LA ASAMBLEA
DE LOS MUERTOS

TOMÁS BÁRBULO

LA ASAMBLEA
DE LOS MUERTOS

S

salamandra

Para o Goto, sem descrições

Da lo mismo que adviertas o no a los infieles: no creen. /
Dios ha sellado sus corazones y oídos; una venda cubre
sus ojos y tendrán un castigo terrible.

Corán, sura 2, aleyas 6 y 7

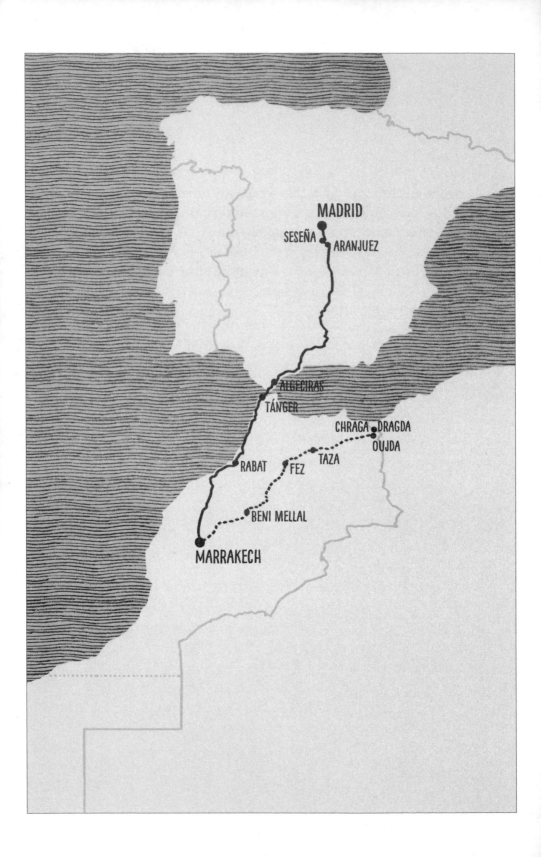

I

MADRID-ALGECIRAS

1

—¡Eh, tú! ¿Adónde vas?

Desde su cubículo, el portero observó con desconfianza al Guapo. No era habitual ver a un tipo así en aquel palacete de la Milla de Oro de Madrid. En su brazo derecho, desde el hombro hasta la muñeca, llevaba tatuado: «EL PUTO AMO».

El Guapo se detuvo bajo el portalón y miró al portero con los ojos verdes cabreados. Estiró los labios y mostró una dentadura pareja presidida por un incisivo mellado. Giró la cabeza y por la mella salió disparado un hilo de saliva, fino y brillante como un alfiler, que aterrizó en la alfombra roja.

—Al tercero —dijo, desafiante. Entre decenas de placas atornilladas a la entrada del portal como condecoraciones había una dorada: «Saint-Honoré. Orfèvres. 3.ª planta»—. ¿Pasa algo?

El portero, con la cara roja de indignación, señaló hacia el fondo con su grueso índice.

—Por el ascensor de servicio.

El Guapo cruzó el portal balanceando los hombros como un luchador y abrió la reja exterior y la doble puerta de caoba y cristal del ascensor principal. Las cerraba cuando el portero salió de su cubículo y corrió hacia él dando voces. Le mostró el dedo corazón de la mano izquierda y pulsó el botón.

Un zumbido anunció el desbloqueo de la gran puerta de roble en la tercera planta. Detrás de un mostrador de cristal y acero, dos mujeres muy jóvenes atendían los teléfonos. Una de ellas le indicó que se sentara y llamó por una línea interior. No tuvo que esperar mucho. Al cabo de dos minutos, la chica le pidió que la siguiera por un pasillo alfombrado. Abrió una puerta.

—Señor Saint-Honoré —dijo con respeto y se hizo a un lado.

El Guapo entró en el despacho. Un hombre grueso, con gafas de concha, de pelo y barba blancos, enfundado en un traje de alpaca gris antracita, avanzó hacia él con la mano tendida y una sonrisa cortés.

—¡Adelante! Por favor, siéntese, señor Romero. —A través de las gruesas lentes, los ojos del Joyero parecían atornillados en el rostro—. ¿Algo de beber? ¿Café, agua? Muy bien, Ana —despidió a la secretaria—. Estamos servidos.

Hundido en el sofá de piel, el Guapo miró en torno: el gran escritorio, el cuadro que parecía hecho por un niño, las lámparas de acero, las mullidas alfombras. La estancia tenía el tamaño de toda su casa.

—¿Cuánto hay que robar para tener un despacho así? —preguntó con una sonrisa socarrona. Había cruzado la pierna derecha y la zapatilla Nike, verde y blanca, le quedaba casi a la altura de la cara.

Su interlocutor soltó una carcajada mientras tomaba asiento.

—Usted podrá hacerse uno mucho más grande cuando nos pongamos de acuerdo. Y por favor, llámeme Jean-Baptiste.

—Veremos.

Repentinamente serio, el Joyero se inclinó hacia delante, apoyó los codos en las rodillas, juntó las yemas de los dedos y guardó silencio unos segundos, como si se concentrara.

—En primer lugar, permítame expresarle mi pésame por la muerte de su padre —dijo levantando al fin la cabeza plateada—. Tengo entendido que conocía el subsuelo de Madrid mejor de lo que la mayoría conoce su superficie.

El joven no contestó.

—Me han contado que solía llevarle de paseo por las alcantarillas, y que usted se mueve por ellas tan bien como por sus calles. También me han dicho que tiene un instinto notable para saber por dónde es seguro transitarlas y dónde se corre el riesgo de sufrir...

—Al grano —lo interrumpió abruptamente el Guapo.

—...una muerte dulce. Al grano —convino el otro, con una leve sonrisa—. Se trata de un butrón en un banco.

El joven enarcó las cejas:

—¡Venga ya! —Se puso en pie, dispuesto a marcharse—. Hoy no puede entrar en un banco ni una cucaracha sin que suene una alarma. O te salta la sísmica cuando haces el agujero o te salta la volumétrica en cuanto das un paso. ¿Y las térmicas? ¿Y las paredes blindadas?... Pero ¿de qué siglo sales tú?

—Por favor. Por favor. —Con un gesto, el Joyero lo invitó a sentarse de nuevo—. Su padre era un experto en butrones.

—¿Y? Antes sí se podía. Antes llegabas con el mazo y tumbabas el muro a golpes. Y aun así, tres veces pillaron a mi viejo. Ahora hacer un butrón en un banco es sacarte un billete seguro para la trena. ¿Te parezco gilipollas?

El otro sonrió con calma:

—El banco que yo digo no tiene nada de lo que usted ha dicho.

—Será un banco de la calle —se burló el joven, pero volvió a cruzar la pierna.

—No está en España.

—¿Y dónde está? ¿En Afganistán?

—En Marruecos.

El Guapo bufó:

—Eso es como Afganistán, pero más cerca.

—¿No ha estado nunca en Marruecos?

—Ya veo suficientes moros aquí.

El Joyero echó la cabeza hacia atrás y lanzó una carcajada teatral.

—Por dos millones no le importará ver algunos más. Escuche. —Su semblante se volvió grave, como si lo hubiera cubierto una nube—. Ese banco sólo tiene una alarma en la puerta y una cámara de vídeo sin conexión a la policía ni a ninguna agencia de seguridad. Y una pared de la cámara de seguridad da a las alcantarillas. ¡Ni en Afganistán encontraría una bicoca semejante!

—No guardarán mucho ahí. Si no, ya lo habrían reventado.

—Ahora mismo no, pero muy pronto, durante sólo tres noches, guardarán seis millones de euros en joyas.

—¿Y eso?

—En la ciudad se celebrará una exposición internacional. Y por la noche los joyeros depositarán sus piezas en la cámara.

—¿Y van a dejar seis millones con el vídeo de mierda que no conecta con la policía? Aumentarán la seguridad. No será tan fácil. —El Guapo movía la zapatilla verde y blanca con impaciencia.

—Es tan fácil —replicó el Joyero subrayando las palabras.

El Guapo permaneció un rato mirando su zapatilla.

—Has dicho que habrá seis millones, pero sólo me ofreces dos. ¿Qué pasa con los otros cuatro?

La voz del Joyero cambió y adquirió un tono duro:

—Yo le facilito la información sobre el objetivo, le doy un plan detallado y le proporciono los apoyos sobre el terreno. Además, me encargo de colocar las joyas en el mercado. Es justo que me lleve más que usted.

—Y yo me juego el pellejo y tengo que repartir con mi gente. ¿Me tomas por idiota?

El Joyero negó con la cabeza.

—Mire: sin mí, usted no sabrá dónde está el banco. Y, aunque lo supiera, no sabría llegar hasta él por las alcantarillas sin la ayuda del pocero que yo le proporcionaré y que le indicará el sitio exacto donde tiene que picar. También le pondré en contacto con un tipo que es un fenómeno con la lanza térmica y que le llevará hasta la boca de la alcantarilla. Lo único que tiene usted que hacer es entrar y coger las joyas. Además —levantó el dedo índice—, si tuviera todo ese tesoro en las manos, sólo podría fundirlo para sacarle beneficio. De lo contrario, lo pillarían en cuanto pusiera una joya en el mercado. ¿Y cuánto podrían darle por unos kilos de oro y plata y algunas piedras sueltas? No alcanzaría ni de lejos el millón. En cambio, yo tengo los contactos precisos para vender las joyas. Por eso le daré dos millones, y no más, cuando me las entregue.

—La mitad de seis son tres. Vamos *fifty-fifty*.

El Joyero se echó hacia atrás y se ajustó la americana con un tirón de las solapas.

—Dos millones, más los gastos de la operación. Necesito su respuesta ahora. Si no le interesa, busco a otro —dijo con dureza.

2

Tras acompañar al Guapo hasta el ascensor, el hombre volvió a su despacho. Con gesto agobiado, se aflojó la corbata y extrajo una botella de agua mineral de un pequeño frigorífico, la destapó y dio un largo trago. Suspiró y se dirigió hacia una puerta del fondo, llamó con los nudillos y esperó hasta que una voz masculina le indicó que entrara.

Un joven de tez morena, alto y delgado, estaba sentado a la mesa de un pequeño despacho sin ventanas. Vestía una camisa blanca con los puños abrochados, sin corbata. La única luz provenía de un flexo que iluminaba lo que parecía un antiguo reproductor de CD conectado a un iPad.

—¿Qué te ha dicho de camino al ascensor? —preguntó en francés.

—Lo mismo que aquí —respondió también en francés el Joyero mientras tomaba asiento en una de las sillas de visita y se quitaba las gafas—, que se lo pensará. —Se frotó el puente de la nariz enrojecido—. En tres días sabremos si se apunta o no.

—Aceptará antes de tres días. Dos millones son una tentación demasiado grande para un tipo como él.

—Dice que si acepta llevará con él a seis más.

El joven se encogió de hombros.

—Ya lo he oído. Eso no es un problema. Al contrario, nos ayudará a pasar inadvertidos. Alquilaremos uno de esos autobuses pequeños que él dice y lo acondicionaremos como pide.

—Entonces, ¿se reunirá con él el jueves?

El otro asintió.

—Pásame la dirección de ese bar.

3

Casi todos los puestos del mercado de Aluche habían cerrado ya cuando llegó el Guapo. En la pescadería, un tipo corpulento como el ogro de un cuento infantil recogía los congelados y los apilaba en la cámara frigorífica. Sus manos enrojecidas parecían guantes de béisbol. Chocó una de ellas, húmeda y fría, con la del Guapo por encima del mostrador.

—¿Aún estás así, Chiquitín?

El grandullón tosió y se encogió de hombros.

—Una vieja vino a última hora. Pasa.

El Guapo levantó la tapa del mostrador y entró en el puesto. No era un hombre bajo, pero sólo le llegaba al otro a la altura del hombro.

—Las viejas vienen siempre a última hora —se quejó el pescadero—. Miran las fechas de caducidad y regatean por las cosas que están a punto de ponerse malas. Las muy hijas de puta saben que si no se las vendo tendré que tirarlas a la basura.

Abrió la caja registradora.

—Mira: un día de trabajo. —Señaló el cajón con desaliento. Dentro había unos pocos billetes de cinco y diez euros y algo de calderilla. Se metió los billetes en el bolsillo y dejó las monedas.

—Venga, tío. Acaba de una vez. Vamos a tomar una copa, que tengo algo que contarte.

El Chiquitín abrió el frigorífico y se agachó para hurgar entre unas bolsas de plástico. La cintura del pantalón se le bajó y dejó al aire buena parte de su culo, blanco y peludo. Cuando se incorporó, tenía en la mano una bolsa con al menos dos kilos de langostinos.

—Toma, para la cena —dijo, y rompió a toser como si le estuvieran arrancando los pulmones.

—¡Pero, tío! ¿Qué coño quieres que haga con esto ahora?

—¿No vamos a tomar una copa? Pues dejas la bolsa dentro del coche y para cuando vuelvas a casa ya estarán descongelados.

—Y el coche estará hecho una mierda y olerá como el coño de una vieja.

—¡Pues a tomar por el culo! —El Chiquitín arrancó la bolsa de las manos del Guapo y la arrojó con violencia al cubo de la basura. Cuando se dio la vuelta, tenía los ojos empañados.

—Hombre, tampoco te pongas así —dijo el Guapo, conciliador. Se acercó al cubo y sacó la bolsa, que ahora tenía pegados trozos de desperdicios. El gigante sonrió, satisfecho.

El estrépito del cierre metálico del puesto ahogó las maldiciones del Guapo, que intentaba mantener los langostinos apartados del cuerpo.

No fueron muy lejos. Se sentaron en la primera terraza que encontraron. El sol aún no se había puesto y el ambiente era sofocante. El Guapo colocó la bolsa, que empezaba a gotear, en una silla de plástico y se sentó en otra. El Chiquitín llamó con un gesto al camarero y le pidió dos cubalibres de Beefeater.

—Ten cuidado —dijo señalando la bolsa de langostinos—, se van a poner malos si los dejas al sol.

El Guapo se olió los dedos con disimulo.

—Me llamó el Chato. Los gitanos le han dado veinte mil por los abrigos.

—¡Qué hijos de puta! Valían más del triple.

—Ya. Pero le dijeron que si quería más, se los llevara en invierno. Que a ver a quién le iban a colocar ellos unas pieles en pleno junio.

El camarero puso en la mesa dos vasos de tubo con hielo y ginebra. Vertió en ellos sendos chorros de dos botellas de Coca-Cola que luego colocó junto a los vasos. En un platillo de metal dejó la cuenta.

El Chiquitín echó el resto de la cola en su vaso. Con su grueso dedo índice sumergió los hielos en la mezcla. Así estuvo un rato, empujándolos con cuidado hacia el fondo, con la mandíbula descolgada, sin decir palabra. Sólo se oía su respiración pesada. Después se llevó el vaso a los labios. Cuando lo devolvió a la mesa, estaba vacío. Levantó una mano y le gritó al camarero:

—¡Eh, tú! ¡Tráeme otro, que éste se me ha caído!

El Guapo sonrió ante la cara de sorpresa del camarero: aquélla era una broma que se había convertido en tradición.

—Fui a ver al tío del otro día. —Se descolgó del cuello de la camiseta unas gafas de sol envolventes y se las puso—. Al que me llamó cuando estábamos en la furgoneta después de dar el palo. Es un butrón.

—¿Dónde?

—En un banco.

El Chiquitín abrió mucho los ojos.

—¡Está pirado!

—No tanto. Es un banco de Marruecos. Dice que el día del trabajo habrá allí seis millones en joyas. Nos proporcionaría un guía que sabe usar la lanza y un pocero que nos llevaría hasta el lugar, y nos pagaría dos millones a la entrega de las joyas. Él se encargaría de colocarlas.

—¿Por qué no lo hace todo él si es tan fácil?

—He estado investigando. Es un ricacho. Hay en Internet fotos suyas con Arnold Schwarzenegger y con la actriz esa que hizo la peli de Will Smith, en la que eran dos superhéroes mazados de otro planeta...

—¿Cuál? ¿La del último tío que queda en la Tierra?

—No, joder... Bueno, da igual. Por lo que entendí, porque la mayoría de las noticias están en guiri, el tío ese es una especie de joyero de famosos. Vamos, que, si quiere, puede colocar el material.

—¿Y cómo lo haríamos? ¿Vamos el Chato, el Yunque, tú y yo con esos dos...? ¿Qué son, moros?

—El pocero sí, el otro es saharaui.

—Pues eso, moros.

—Lo que tú digas, pero el saharaui habla español. Nos serviría de intérprete con el pocero. Y no, no iríamos solos. Llevaríamos a las chicas para no llamar la atención. Que parezca una excursión de vacaciones.

—¿Y cómo vas a llevar a Pilar, con ese bombo? Imagínate que se pone de parto allí. No hay ni hospitales.

—Bueno, tampoco hace falta que vayan todas. Con que fueran tu chica, la del Yunque y la del Chato, sería suficiente. Yo puedo ser soltero...

—O maricón —se rió el grandullón, aleteando las pestañas cómicamente.

—¿Te hostio?

El Chiquitín encendió un cigarrillo, tosió, bajó la cabeza y volvió a sumergir los hielos de su vaso.

—No me gusta, tío —dijo al rato—. ¿Y si nos pillan? Imagínate las cárceles de Marruecos. Llenas de ratas y todo el mundo dándose por el culo... ¡Buf!

—En las cárceles de aquí también se dan por el culo. Mira, es lo que hay. Ya ves lo que da de sí venderles la mercancía a los gitanos y los congelados a las viejas del barrio. A mí me parece que el plan está bien. Y el Joyero ese corre con todos los gastos. Dos millones son mucha pasta.

—Ya. Dan para comer langostinos todos los días.

4

El sol caía a plomo sobre la gran explanada de cemento situada al borde de la carretera de Madrid a Toledo. Hasta allí llegaba a ráfagas el sonido de los vehículos que circulaban por la autovía. Frente a los dos hombres se alineaban, como carros de combate, decenas de autobuses de diversos tamaños.

—¿Lo querría con conductor?

—Sin conductor —contestó el Joyero, con la mirada oculta tras unas gafas de sol de espejo azul. Llevaba una americana de lino y una camisa celeste sin corbata.

—Entonces tendría que dejar una señal algo mayor —le advirtió el empleado. Era un tipo fuerte, cetrino, de unos treinta y tantos años. Cada poco tiempo interrumpía la conversación para atender el teléfono móvil que llevaba en una funda sujeta al cinturón.

—Es para una excursión de varios matrimonios. Queremos viajar sin compromisos. Si nos gusta un sitio, nos quedamos. Si queremos cambiar la ruta, la cambiamos. Sin dar explicaciones. —El Joyero sonrió—: Estamos ya muy mayores para tener que andar dando explicaciones.

—Comprendo —dijo el otro, sin celebrar la broma—. ¿Me dijo que eran diez?

—No. Ocho.

El empleado guiñó los ojos y recorrió con la vista la hilera de vehículos.

—Venga, tengo uno que puede interesarle.

Mientras cruzaban la explanada, sonó su móvil.

—Dime, Pedro... Un grupo de gais y lesbianas... Sí, es una boda... No, un autocar de treinta y seis plazas... Vale. —Colgó el teléfono.

—¿Mucho trabajo? —preguntó el Joyero. El tipo hizo como si no lo hubiera oído. Al fin, se detuvo ante un pequeño autobús blanco con unas líneas de colores en los costados.

—Mire éste. Es un minibús Mercedes. Diez plazas. Climatizador, butacas reclinables con cinturones de seguridad, DVD con sonido Hi-Fi y, además, tiene wifi, que con este tamaño encontrará pocos que lo tengan. Seguridad absoluta: garantía Mercedes. Suba y eche un vistazo.

Volvió a sonar su móvil.

—Dime, Luis... Sí, hay que recogerlos en el aeropuerto a las 18.40... El de ejecutivos... Seis, sí... Coge el que deja Manolo... Venga.

Se volvió hacia el Joyero, que salía del vehículo.

—¿Qué le parece?

—¿Y el maletero?

—¡El maletero es lo mejor! —se animó súbitamente el empleado—. Mire, mire. Aquí cabe el tesoro de Alí Babá.

5

Aquellos edificios de protección oficial de Puente de Vallecas habían sido concebidos en los años sesenta como colmenas para abejas obreras.

Las colmenas estaban llenas de celdas. Al timbre de una de ellas, que tenía clavado en la puerta un oxidado Corazón de Jesús, llamó el Guapo.

—¡Lo sabía! —El rostro sonriente del Yunque apareció en la puerta—. En cuanto vi en la tele que el Cristiano se había cambiado el pelado, me dije: ya verás lo que tarda éste en copiárselo.

Era un tipo pequeño y fibroso con una especie de boina de pelo en lo alto de la cabeza rapada. Las falanges de sus dedos estaban tatuadas con ideogramas chinos.

—Me gusta —dijo su novia, asomando tras él. La Yunque era muy delgada, y con el cabello teñido de rosa parecía un flamenco. En la nariz le brillaba un aro de plata.

El Guapo sonrió satisfecho y se pasó la mano por la cabeza. Llevaba el pelo cortado al tres y unas finísimas líneas paralelas afeitadas sobre las orejas.

El pequeño y atestado salón del piso parecía aún más reducido debido al televisor de 84 pulgadas que ocupaba toda una pared. En la enorme pantalla discutían a gritos varias mujeres muy maquilladas y un par de tipos también muy maquillados. Aunque el aire acondicionado funcionaba a tope, el ambiente estaba cargado de humo de tabaco. En una mesita baja había botellas y platillos con cacahuetes, kikos, aceitunas y cortezas de cerdo, y tres ceniceros atestados de colillas.

En la estancia había cuatro personas más. El Chiquitín compartía un sofá de tres plazas con la Chiquitina, una mujerona que intentaba disimular su gordura envolviéndose en largos fulares y que se había tatuado en el cuello un caballito de mar en homenaje a su novio pescadero. Sentado en una silla del revés, con los pecosos brazos apoyados en el respaldo y el pelo rojo atado en una coleta, estaba el Chato. Su novia ocupaba uno de los dos sillones. Era menuda, casi infantil, pero tenía un aire indolente y provocativo.

—Ven, siéntate a mi lado —le dijo al Guapo. Se sacudió con un golpe de cabeza el liso cabello castaño, le hizo un sitio en el sillón y dio unas palmaditas sobre el cojín, sonriéndole con picardía.

El Guapo agarró el cubalibre que le tendía el Yunque y se dejó caer junto a ella. Estaban tan apretados que apenas podían moverse. La joven posó sobre su muslo una mano diminuta.

—Podrías cortarte un poco, ¿no? —le dijo el Chato con el ceño pelirrojo fruncido. Le temblaban los labios, pálidos. La Chata hizo un gesto de hastío, pero dejó la mano donde estaba.

—¿Cómo está la Guapa? —preguntó la Yunque ignorando la escena.

—En la cama, incubando al pollo.

—¡Pobrecita! Oye, dice el Chiquitín que nos vas a llevar de vacaciones al moro. ¿Es cierto? —La Yunque enarcó una ceja.

—Y que nos vas a hacer ricos. —La Chiquitina soltó una carcajada y su carne blanda se agitó como un flan.

El Chiquitín se ruborizó:

—Sólo les he contado muy por encima...

—Quita la tele —dijo el Guapo.

El Yunque apagó el sonido, pero dejó la imagen.

—A ver —empezó el Guapo, echándose hacia delante para ganar un poco de espacio—. Somos un grupo de amigos de vacaciones en Marruecos. Vamos en un microbús con chófer, dormimos en buenos hoteles y todo eso, en plan turistas. Por cierto —miró con expresión severa a las mujeres—, vosotras, nada de faldas cortas, escotes o pantalones ajustados. Allí no les gusta este rollo, por lo de la religión y tal: vaqueros holgados es lo mejor.

—¡Vaya! ¡Yo que pensaba ligarme a un moro que me sacara de la peluquería! —comentó sarcástica la Yunque.

Su novio se inclinó sobre ella y le apretó los pechos.

—Estas tetas son sólo mías —dijo, poniendo ojos de sátiro—. ¡Míiias!

—¡Cerdo! —La mujer lo apartó de un manotazo, aunque sonriendo.

—¡Vale ya, hostias! —El Guapo dio una fuerte palmada en la mesa con los ojos encendidos—. ¿Me vais a escuchar o me marcho? ¡Estamos hablando de curro, joder! ¡El que no quiera escuchar, que se vaya!

—Perdona, tú —se disculpó el Yunque.

—¡Ni perdona ni hostias!

—¡Oye, rico! —saltó la Yunque—. Ésta es mi casa.

—Vale ya —la cortó su novio.

Ella se levantó bruscamente y salió de la habitación dando un portazo.

—Se nota que es hija de militar —se burló el Guapo.

Durante un rato sólo se oyó el zumbido del aire acondicionado.

—El microbús tendrá un doble fondo —continuó el Guapo, con la voz tensa—. En él llevaremos las herramientas: mazos, palanquetas, lanza, monos, guantes, mochilas, verdugos, botas... No habrá problema para meterlo todo en Marruecos: a la ida, los aduaneros no miran nada. Ese material lo dejamos allí después del trabajo y escondemos las joyas en el doble fondo.

—¿Ah, sí? ¿Y a la vuelta cómo vamos a pasar la frontera? —preguntó el Chato pasándose la mano por la coleta—. Porque los picoletos buscan inmigrantes en los dobles fondos de los coches.

—Sería muy raro que buscaran a un inmigrante en un autobús de turistas españoles. —El Guapo hizo un gesto con la mano, como si apartara esa posibilidad—. Y si lo hicieran, les sería muy difícil dar con el doble fondo.

28

—Al menos, si nos echan el guante, nos lo echan en España —terció el Yunque—. Y ese riesgo también lo corremos ahora, cuando salimos a pillar algo.

El Chiquitín asintió.

En el televisor, una rubia teñida se había puesto a llorar. Cada lágrima medía más de un centímetro en la descomunal pantalla.

—A lo que vamos —cortó el Guapo—. Un día decimos en el hotel que nos vamos de excursión. Salimos en el microbús. Las mujeres se quedan a dormir en él mientras nosotros vamos a dar el palo. Luego volvemos todos juntos al hotel. Pasamos un día más allí para no levantar sospechas y al siguiente nos volvemos a España.

—¿Y en qué ciudad de Marruecos sería eso? —preguntó la Chata con el iPad en la mano, lista para buscar el nombre en Google.

—El Joyero no nos dirá el sitio ni el día hasta que hayamos aceptado.

—El Joyero ese... —El Yunque meneó la cabeza—. A mí lo que no me cuadra es lo de la pasta. Si el palo es de seis millones y lo damos nosotros, ¿por qué nos tocan sólo dos?

El Guapo lanzó una mirada asesina al Chiquitín, que volvió a ruborizarse.

—Porque si nos lo quedamos todo e intentamos venderlo, los maderos nos van a echar el guante; y si lo vendemos por separado vamos a sacar bastante menos de dos millones. El tipo ese nos paga a tocateja y nos olvidamos. ¡Joder, no pongáis tantas pegas! Nos vamos a llevar medio millón por pareja y...

El Chato lo interrumpió:

—¿Y a los otros dos, quién les paga?

—¿Los otros dos?

—Los moros.

—Les paga el Joyero. Ahí nosotros no tenemos nada que ver.

—Pero vamos a trabajar con ellos, tío —insistió el pelirrojo—. No me fío si obedecen a otro. ¿Y si nos la juegan? Me dan mala espina, tío. ¿Tú los conoces?

—Mañana he quedado con el de la lanza.

6

El Guapo abandonó la cama con sigilo para no despertar a su mujer. Fue al salón, cogió del revistero un número atrasado del ¡*Hola!*, encendió un cigarrillo y se sentó en el retrete. Cuando hubo repasado todas las fotografías, dejó caer la colilla entre los muslos, colocó la revista sobre el bidé, tiró de la cisterna y se plantó ante el espejo. Se rasuró con cuidado: de arriba abajo y de abajo arriba. Luego se metió en la ducha. Salió del cuarto de baño media hora más tarde, en medio de una nube de vapor.

—Hay que ver el ruido que haces —protestó débilmente su mujer desde debajo de las sábanas—. ¿Qué hora es?

—Las diez y veinte.

—Buf...

Él se sentó en el borde de la cama y posó su mano en la tripa hinchada de ella.

—Anda, cariño, levántate y prepárame el desayuno.

—Buf...

—Venga, que tengo una reunión en el centro dentro de una hora.

—Eduardo se está moviendo. ¿Lo notas?

—Sí, lo noto. Anda, levántate.

—Eduardo y *zu* mamá *nezezitan* dormir mucho para *eztar fuertez*.

El Guapo apartó las sábanas de un tirón:

—Bueno, vale ya. ¡Levántate, coño, que tengo prisa!

La mujer se incorporó moviendo con trabajo su voluminoso vientre y sus pechos pesados. Incluso con la cara abotargada por el sueño era una belleza.

—Joder, hijo, qué bestia eres —dijo con voz todavía somnolienta. Se puso una bata, se recogió la melena negra, se calzó unas pantuflas y se fue a la cocina arrastrando los pies. Al poco rato se oyó el ruido del exprimidor.

—¿No podrías retrasar ese viaje a Marruecos hasta que nazca Eduardo? —preguntó cuando terminaban de desayunar.

—¿Dos meses? Ya te he dicho que no.

—No me gusta nada. Acuérdate de lo que le pasó a tu padre.

—Hay menos peligro en este palo que en cualquiera de los que hemos dado hasta ahora.

Ella se quedó callada un momento.

—Mantente lejos de la Chata —dijo.

—¡La Chata! —El Guapo abrió los brazos y puso cara de estupor—. ¡Por Dios, pero si también viene el Chato!

—¡Vaya garantía! La Chata se la pega al Chato delante de sus narices los laborables, festivos y fiestas de guardar.

—Mira, cariño, la Chata y los cuernos del Chato son lo que menos me preocupa de este viaje. Sólo pienso en ir, trincar las joyas, volver y cobrar. Y luego tú, ese enano —señaló la tripa de la mujer— y yo nos piramos de vacaciones. Mientras esté fuera, en lo único que tienes que pensar es adónde vamos a ir a tostarnos. —Se levantó y le dio un beso en los labios abultados—. Te veo esta tarde, gorda.

Salió de la casa, subió a su BMW 525i, arrancó bruscamente y atravesó las calles de Vallecas haciendo chillar los neumáticos en las curvas. Los jubilados que daban su paseo matinal y las mujeres que arrastraban su carrito de la compra miraban el coche rojo con cristales tintados y llantas plateadas que circulaba a toda velocidad. Cuando alcanzó la autovía, pisó el acelerador y se dirigió hacia el centro de Madrid zigzagueando entre los otros vehículos.

Le costó encontrar aparcamiento en las estrechas calles que rodean Eduardo Dato. Cuando entró en el pub Lancaster iba con cinco minutos de retraso. A pesar de que había hecho el camino con gafas de sol, tuvo que permanecer un rato en la puerta hasta que se acostumbró a la penumbra.

El local había sido elegido por el Joyero. Parecía congelado en el tiempo: ajados sofás chester, veladores, sillas forradas de cuero y remachadas con chinchetas, grandes espejos que multiplicaban las botellas de los aparadores... Estaba vacío, salvo por el camarero vestido con traje negro y pajarita que trajinaba tras la barra y un tipo moreno de pelo rizado que leía el periódico en una mesa del fondo. Olía a cerrado. El Guapo pidió una cerveza. Cogió el vaso y se acercó con su andar basculante al solitario cliente.

7

El Saharaui estaba sentado detrás de una columna, jugueteando con su teléfono. Por el espejo situado en una pared vio entrar al Guapo. No tuvo dudas: era tal cual se lo había descrito Jean-Baptiste. Lo observó mientras escudriñaba el local, pedía una cerveza y se acercaba al individuo de la mesa del fondo.

—¿Eres amigo de Jean-Baptiste? —le oyó preguntar.

El aludido levantó la vista del periódico con cara de sorpresa.

—¿Eh? No.

El recién llegado se volvió, desconcertado, y entonces el Saharaui levantó una mano para atraer su atención. El Guapo farfulló una disculpa y se dirigió hacia su mesa.

El Saharaui se levantó y pareció que desplegara su cuerpo largo y delgado. Sonrió y al hacerlo mostró unos dientes blanquísimos.

—Haibala. El amigo de Jean-Baptiste —le tendió la mano—. Te he oído.

El Guapo se sentó frente a él. Sobre la mesa había un vaso con hielo, una botella de Fanta de naranja y un cuenco con cacahuetes salados. Dejó al lado su copa de cerveza.

—Bonita camiseta —le dijo el Saharaui. Era una prenda blanca muy ceñida, con el rostro de Mohamed Ali grabado en negro y la leyenda «DIE FOR SUCCESS!».

El Guapo sonrió.

—Gracias. Tu camisa tampoco está mal. —Apuntó con un dedo a la camisa blanca del Saharaui, abotonada en los puños, que resaltaba su piel.

—No, no, no —dijo riendo el Saharaui con un gesto de modestia—. Te he visto en ese espejo cuando entrabas, pero no sabía si eras tú.

—Bueno, al final nos hemos encontrado. Tú eres saharaui, ¿no?

—Sí señor.

—Una amiga de mi mujer traía todos los años a una niña saharaui a pasar el verano. Hasta que empezó la crisis. Entonces se quedó sin dinero y no pudo traerla más.

—Es una desgracia. —El rostro del Saharaui se ensombreció.

—Sí, eso decía ella. La niña le escribía para que la trajera, pero ella no podía hacer nada.

—Es una desgracia que tu amiga se quedara sin dinero. Mucha gente se ha quedado sin dinero. ¡La crisis! —Suspiró con gesto de preocupación.

El Guapo asintió. Se quedó un momento mirando su copa de cerveza, como si intentara ver algo en el fondo del líquido ambarino.

—¿Cuánto tiempo llevas en España? —Volvió a levantar la cabeza.

—Cinco años. —El Saharaui sonrió otra vez—. Antes trabajaba en El Aaiún, reparando barcos con los marroquíes.

—¿Marroquíes? Pero ¿no me has dicho que eres saharaui?

—Yo soy español. Mi abuelo era español y por eso tengo la nacionalidad española.

—¡Ah, yo pensaba que eras saharaui!

—También tengo pasaporte marroquí, pero soy saharaui —concluyó sin dejar de sonreír.

El Guapo lo miró como si hubiera perdido interés en la conversación.

—¿En dónde aprendiste a usar la lanza térmica?

—En El Aaiún —dijo el Saharaui—. Había que cortar mucho metal en los barcos. Grandes pesqueros. Estábamos todo el día cortando, soldando, cortando, soldando...

—¿Te ha explicado el Joyero lo que tendrás que hacer?

—Tres armarios blindados, no hay problema. Los abro para vosotros.

—Vas a tener que hacer un doble fondo en el maletero de un autocar para llevar las cosas.

—Me lo dijo Jean-Baptiste. —El Saharaui desplegó otra de sus sonrisas—. Sin problema.

El Guapo se metió unos cacahuetes en la boca.

—¿Qué material vas a llevar?

—Dos equipos, por si uno se estropea. No muy grandes. —Separó las manos medio metro—. Y seis botellas de oxígeno. Ésas ocupan más. Hay que protegerlas muy bien para que no exploten. Yo me encargo. Con gomaespuma, ¿eh? Bien envueltas. No hay problema. Yo conduzco despacio. Tengo carné de conducir clase D. De España y de Marruecos. Yo conduzco todo el camino. No hay problema.

—Estupendo.

—¿Tú has estado alguna vez en Marruecos?

—Nunca.

—Es un país bonito. —El Saharaui se puso serio—. Pero no te fíes de los policías. Son todos corruptos. No te fíes.

El Guapo dio un trago a su cerveza:

—¿Cuánto hace que conoces al Joyero?

El Saharaui volvió a esbozar una de sus luminosas sonrisas:

—Tres años. Yo hago grabados en metal. Los vendo en el Rastro. Jean-Baptiste los vio y me preguntó: «¿Has trabajado en joyería?» Yo le dije: «No, señor, pero de pequeño he visto a los artesanos de mi país trabajar la plata; el oro no, el oro da mala suerte.» Él me dijo que le hiciera unos anillos y unas pulseras en plata. Tipo saharaui, ¿sabes? Pulseras para los tobillos y los brazos de las mujeres. Me dijo: «Están bien», y me pidió más. Cuando le conté que había trabajado con la lanza térmica en El Aaiún, me llevó a una habitación en la que había una caja fuerte, me dio una lanza térmica y me dijo: «Ábrela.» Yo la abrí en veinte minutos, como si fuera una lata de sardinas. —Se rió—. Y hace unos días me dijo: «Necesito que hagas un trabajo con unos amigos en Marruecos.» Y yo le dije: «No hay problema.» Es un buen hombre, Jean-Baptiste.

El Guapo lo señaló con el dedo:

—Te pareces un poco a...

El Saharaui sonrió e hizo un gesto con la mano, como si apartara el humo de un cigarrillo delante de su cara:

—Sí, sí. Pero él es negro y tiene más dinero que yo.

8

Jean-Baptiste iba enfundado en un fresco traje azul marino cuando abrió la puerta de la oficina al Guapo. A las doce de la noche ya no había portero ni secretarias en la empresa. Sólo estaban encendidas una luz del recibidor y las de su despacho. Se sentaron en los mismos sillones que la vez anterior.

El Joyero miró su reloj. El Guapo silbó.

—Patek Philippe Calatrava de oro rosado. —Se detuvo un momento, como si calculara—: Quince mil euros.

—Más. —Jean-Baptiste sonrió—. Este modelo no baja de los dieciséis mil quinientos. —Miró de nuevo la esfera y comentó—: Espero que Haibala no se retrase mucho. —Se volvió hacia el Guapo—. Así que todos los de su equipo están finalmente de acuerdo.

—Todos.

—¿No habrá cambio de planes a última hora...?

—Salvo que alguien se muera.

—Esperemos que no.

El timbre de la puerta sonó en dos tonos.

—Aquí está. —Jean-Baptiste se levantó y salió de la estancia.

Un par de minutos después regresó con el Saharaui.

—Lo siento —dijo el recién llegado con una sonrisa de disculpa. Llevaba una camisa azul celeste abrochada en los puños—. Los autobuses tardan en pasar a esta hora.

El Joyero se dirigió a la mesa de reuniones situada en un lateral del despacho. Se quitó la americana, la colgó en el respaldo de una silla, se desabrochó los gemelos y se remangó.

—Vamos a sentarnos aquí. Estaremos más cómodos.

Mientras los otros dos arrimaban sus sillas, él desplegó sobre la mesa un mapa de España y Marruecos. Con un roturador rojo hizo tres círculos: en uno encerró Madrid; en otro, Tánger, y en el tercero, Marrakech.

—Éstas son las tres ciudades clave de nuestra pequeña aventura. —Miró al Guapo a través de las gruesas gafas—. El primer día saldrán de Madrid y se dirigirán a Algeciras. —Subrayó la ruta con un rotulador verde—. En Algeciras embarcarán con el autocar hasta Tánger. —El rotulador verde cruzó el mar hasta la ciudad africana—. Allí se hospedarán en el hotel El Minzah. Les gustará —sonrió—: es el mejor de la ciudad. Dejarán el autocar en el garaje. Pasarán dos noches allí. Durante el día es preciso que se comporten como turistas para alejar cualquier sospecha de la policía: vayan al zoco, regateen, compren alguna alfombra... Haibala conoce la ciudad y, además de chófer, puede hacerles de guía. Sigan sus consejos, porque entiende bien la mentalidad de las gentes del país. Háganle caso.

Una nube pareció cruzar el rostro del Guapo. Observó de reojo al Saharaui, que asentía con la mirada concentrada en el mapa.

—Después de la segunda noche saldrán para Marrakech. —El rotulador verde descendió por la costa marroquí, pasó por Kenitra, Rabat, Casablanca y se internó en el sur del país hasta detenerse en Marrakech—. Son casi seiscientos kilómetros por la ruta antigua, al margen de la autopista, así que pasarán el día en la carretera. Tómenselo con calma: den una vuelta por la medina de Rabat, acérquense a la playa en Casablanca... Deben parecer turistas en todo momento. —Subrayó—: No les resultará difícil, es la parte más agradable del viaje. Estaría bien que llegaran a Marrakech a última hora del día. Irán directamente al hotel Shermah. Tiene la ventaja de estar cerca del centro de la ciudad y, al mismo tiempo, algo apartado. Además, cuenta con un amplio parking vigilado al aire libre. No tendrán problemas para dejar el autocar. ¿Alguna duda sobre lo que les he contado hasta ahora?

El Saharaui negó con la cabeza: seguía concentrado en el mapa.

—Sigue —respondió el Guapo con aspereza.

El Joyero asintió. Desplegó un plano de Marrakech, que puso encima del mapa:

—Pasarán esa noche y el día siguiente en el hotel. —Trazó un círculo verde en torno al Shermah—. Coman en el restaurante, báñense en la piscina. Que les vean bien. Al atardecer, Haibala los llevará a dar una vuelta por la Yemáa El Fna —trazó una cruz verde sobre la plaza— y por la medina, sin adentrarse demasiado. Aprovechará para enseñarles el banco...

—¿En dónde está? —interrumpió el Guapo.

El Joyero alzó y bajó la mano varias veces, como si estuviera aplacando a una fiera.

—Todo a su tiempo, todo a su tiempo. Miren el banco, pero que no se les note. ¿Me ha oído, Haibala? —Se volvió hacia el Saharaui, que asintió—. Si luego —se dirigió al Guapo— identificaran a uno de ustedes porque ha llamado la atención merodeando por allí, todo se iría al garete. Creo que estaría bien que pasaran ante el edificio, pero que sólo usted supiera que ése es su banco. A los demás les dará igual cómo tenga la fachada, porque entrarán en él desde las alcantarillas.

A continuación, hizo una cruz en un edificio cercano a la Yemáa El Fna:

—Aquí está su banco, señor Romero —dijo solemnemente. El Guapo acercó la cara al plano hasta casi tocarlo con la nariz—. Pero usted entrará en él desde... —El rotulador sobrevoló la ciudad y se posó en un lugar pintado de verde, al sur de la medina—... ¡Aquí! Tendrán que recorrer dos kilómetros por las alcantarillas antes de llegar a la cueva del tesoro. —Se rió al pronunciar las últimas palabras—. Eso hará más difícil el trabajo de la policía cuando se descubra el robo.

—¿Cuándo podré hablar con el pocero?

—Lo verá usted en Marrakech. En cuanto a hablar con él —el hombre sonrió con ironía—, tendrá que hacerlo a través de Haibala, porque sólo habla el dialecto marroquí.

El Guapo dio un puñetazo en la mesa.

—¡Me cago en dios! ¡Haibala les dirá lo que tienen que hacer en Tánger, Haibala les dirá lo que tienen que hacer en Marrakech, Haibala hablará con el pocero...! —Miró con ira al Joyero—. Esto no es lo que hablamos. En cuanto salgamos de Madrid, mando yo. Si me voy a jugar el tipo, quiero tener las riendas.

El Joyero dirigió una rápida mirada de alarma al Saharaui.

—Es una cuestión de pura lógica —dijo atropellando las palabras. Su voz parecía mal sintonizada—. Haibala conoce la zona, y usted no. En cuanto entren en la alcantarilla, será usted quien mande...

—No, amigo, tranquilo —intervino el Saharaui, conciliador—. Yo no quiero mandar. Tú mandas en todo. Yo te ayudo a ti. No hay problema. Yo sólo hago de guía y traduzco. Nada más, amigo.

Hubo un momento de silencio expectante. El rotulador verde temblaba en la mano del Joyero, que miraba alternativamente a los dos hombres. Haibala tenía los ojos clavados en el Guapo, que hacía un visible esfuerzo por dominarse.

—No quiero volver a repetir esto —dijo—. Desde que salgamos de Madrid y hasta que regresemos, mando yo. Si no estáis de acuerdo, decidlo ahora, me piro y os buscáis a otro.

—Yo sólo... —empezó el Joyero.

El Saharaui se adelantó:

—Mandas tú, claro. Yo también quiero que mandes tú. No hay problema. Yo voy a preguntarte y a pedirte permiso para todo.

El Guapo echó una mirada furibunda a Jean-Baptiste.

—¿Qué dices?

El francés tragó saliva. Estaba pálido y sudaba.

—Manda usted, claro. Sobre el terreno, manda usted.

—Vale —asintió con firmeza el Guapo—. Pues ahora que ya está todo clarito como el agua, sigue con el plan.

El Joyero carraspeó varias veces antes de proseguir:

—El muro que da a la cámara está hecho a soga y tizón. O sea, dos ladrillos por el lado más largo y...

—Sé lo que es soga y tizón —interrumpió desabridamente el Guapo.

—Bien. —Jean-Baptiste titubeó—. De modo que el grosor es de dos ladrillos, que previsiblemente estarán bastante deteriorados por la humedad. No debería llevarles mucho tiempo echar abajo la pared.

—¿La cámara?

—Es un sótano de unos veinte metros cuadrados. Hay tres armarios blindados. En cada armario hay veintidós cajas de seguridad. Lo difícil será abrir los armarios. Las cajas saltan con una palanqueta.

El Guapo se volvió hacia el Saharaui.

—¿Cuánto tardarás en abrir los armarios?

—Cuarenta minutos cada uno, más o menos.

—Dos horas en total —dijo el Guapo—, más otra para imprevistos.

Jean-Baptiste volvió a aclararse la garganta:

—Creo que lo más conveniente sería que, después del trabajo, pasaran un día o dos más en Marrakech, para no despertar sospechas. —Sus ojos, distorsionados por las lentes, iban del Guapo al Saharaui—: Y luego podrían volver directamente a Tánger y tomar allí el barco para Algeciras. En total, estarían una semana en Marruecos.

El Guapo echó mano al plano de Marrakech y empezó a doblarlo:

—Me lo llevo.

El Joyero miró alarmado al Saharaui, pero éste permaneció impasible.

9

El Guapo recogió al Saharaui junto al metro de Antón Martín. Estaba esperándolo de pie, con una de sus camisas abotonadas en los puños y una gran bolsa de deporte al lado. Parecía un vendedor ambulante. En cuanto lo vio, le dedicó una amplia sonrisa. Metió la bolsa en el asiento trasero del coche y se sentó en el del copiloto.

—¿Qué llevas ahí? —le preguntó el Guapo por encima del estruendo de la música—. ¿Una bomba?

—No. —Se rió—. Para hacer el té.

El BMW rojo descendió por la calle Atocha hacia el Paseo del Prado.

—¿Vives con una tía? —le preguntó a gritos el Guapo.

—No, no. Con otros saharauis. Hay tiempo para mujer, hay tiempo.

—¿Y qué haces, te la cascas? ¿O eres bujarrón? —Se volvió para mirarlo—. ¿Eres bujarrón?

—¿Bujarrón?

—Maricón, homosexual, gay.

—No, nooo. —Se rió de nuevo—. Qué malo eres. Yo corro.

—¿Corres?

—Sí. Corro por el barrio. Diez kilómetros todos los días. A veces la policía cree que me escapo y me pide la documentación. Corres y no piensas mucho en mujeres. —Volvió a reírse.

—Es mejor follar.

El BMW rodaba ya por la autovía de Valencia. A ambos lados se veían descampados y edificios a medio construir. El Guapo enfiló una salida y a los pocos minutos se hallaron en una rotonda cubierta de maleza amarilla que daba acceso a una colonia de chalés. Las calles paralelas de la urbanización levantada en el secarral estaban flanqueadas por decenas de casitas adosadas de ladrillo visto. Unas columnas blancas adornaban sus puertas. La mayoría estaban vacías. No había tiendas ni colegios ni bares. Un cartelón anunciaba: «CHALÉS DE LUJO. ÚLTIMA OPORTUNIDAD. DESCUENTOS DEL 40%».

Frente a uno de los chalés había varios coches: eran los únicos en toda la calle. El Guapo aparcó junto a ellos.

—Vamos —dijo.

La puerta de la casa estaba abierta y por ella se escapaba una algarabía mezclada con una música pegadiza y repetitiva.

—¡Ya estamos aquí! —gritó. El Saharaui iba tras él con su gran bolsa.

Entraron en la vivienda y siguieron la pista atronadora de la música. En el patio trasero, el Chiquitín y el Yunque trajinaban grandes trozos de carne en una parrilla envuelta en humo. Ambos tenían las caras brillantes de grasa y las camisas empapadas de sudor. La Chiquitina, envuelta en un fular rosa, servía vino y cerveza en vasos de plástico. La Yunque y la Chata conversaban a gritos con la Guapa, que estaba recostada en una tumbona y se abanicaba con una revista. Había platos con jamón, gambas y queso. Los muros recogían el calor del sol y lo proyectaban sobre el patio, que parecía un horno.

—¡El príncipe de los ladrones! —anunció el Chato al ver entrar al Guapo.

El Guapo empujó hacia delante al Saharaui, que sonreía aferrando su bolsa.

—¡Éste es el Saharaui! —vociferó para hacerse oír. Se volvió hacia él—: Deja eso en el suelo, que voy a presentarte. Este pelirrojo es el Chato.

—*Salam Aleikum.* —El Chato, que llevaba una camiseta negra con la inscripción «NO FEAR» en grandes letras rojas, hizo una reverencia burlona.

—*Aleikum Salam* —respondió sonriendo el Saharaui.

—Estos dos de la parrilla son el Chiquitín y el Yunque. —Ambos se restregaron la mano en los vaqueros y se la tendieron.

—Encantado. —El Saharaui se inclinó sonriente sobre la barbacoa—. Huele muy bien.

El Chiquitín agarró las pinzas y un plato de plástico.

—¿Quieres un choricito de éstos?

—No, mejor no —se escabulló Haibala.

El Yunque le dio un codazo.

—Es musulmán. No comen cerdo.

—¡Hostias! De haberlo sabido habría traído una bolsa de langostinos.

Para entonces el Guapo ya se lo había llevado y le presentaba a las mujeres:

—La novia del Chiquitín, la del Yunque, y esta que está tumbada como una sultana es mi mujer. Dadle charla, chicas, que es un poco tímido.

Cogió un botellín de cerveza y volvió junto a la parrilla.

—¿Qué tal con el moro? —El Chiquitín se pasó el antebrazo por la cara.

—Un poco verde. Esperemos que con la lanza esté más maduro.

Ambos miraron hacia el invitado, que abría la cremallera de su gran bolsa negra ante las mujeres.

—¿Qué lleva en la bolsa?

—Una bomba. —Al ver el rostro de su amigo, el Guapo se rió y fue a agacharse junto a su mujer—. ¿Cómo vas, gorda?

—Achicharrada. Así que ése es el moro. —Dirigió la vista hacia donde el Saharaui conversaba con la Chata—. Mira la cara de funeral que tiene el Chato.

La Chata, con el móvil en la mano y muy arrimada al Saharaui, le pedía su número de teléfono para incluirlo en el grupo de WhatsApp.

—No entiendo cómo puede estar con ella. ¡Si es un putón!

—Pues porque está encoñado.

—¡A comer! —gritó el Yunque.

10

El Saharaui alzó el brazo y vertió el té hirviendo desde la tetera en un pequeño vaso de cristal. Cogió el vaso y escanció su contenido en otro vaso. Repitió la operación varias veces, hasta que todos los vasos estuvieron llenos de líquido espumoso. Luego los ofreció, colocados sobre una bandeja de latón, a los demás.

—Hay que cogerlos por el borde —advirtió—. Queman.

—¡Hostia que si quema! —El Guapo dejó su vaso sobre la mesa y sacudió la mano.

—Así —explicó el Saharaui. Cogió el vaso con el pulgar en el borde y el índice en la base, se lo acercó a la boca y sorbió ruidosamente.

La Chata fue la primera en imitarlo.

—¿Por qué no esperamos a que se enfríe? —propuso el Chato.

—Si quieres... —dijo el Saharaui—. Pero sabe mejor así.

El Guapo volvió a coger su vaso, esta vez con cuidado, sopló el borde y sorbió.

—Está bueno. —Volvió a sorber—. Muy bueno. —Dejó el vaso casi vacío sobre la bandeja—. Bueno, tío, ¿lo has pasado bien?

El Saharaui sonrió.

—Sois muy majos todos. Me tratáis muy bien. Muchas gracias. Tenéis unos nombres muy... graciosos. —Se volvió hacia el Yunque—: ¿A ti por qué te llaman Yunque? Un yunque es una cosa de hierro que se golpea, ¿no? ¿Eres boxeador?

Estalló una carcajada general. El Guapo agarró la cabeza del Yunque, que sonreía resignado.

—¡Mira esta cabeza! —Era plana por ambos lados y por arriba—. Es un yunque. ¡Y es dura, dura! —Le frotó con los nudillos la boina de pelo—. Y mira al Chiquitín, ¿tú por qué crees que le llamamos Chiquitín, eh?

—Porque es muy grande. —El Saharaui se rió—. Pero él —señaló al Chato— tiene la nariz normal.

—Sí. Pero antes le decía a todo el mundo: mira, chato; oye, chato; gracias, chato. Desde que le llamamos Chato se le ha quitado la manía. ¡A lo mejor ahora deberíamos cambiarte el nombre!, ¿eh, Chato? ¿Qué nombre podríamos ponerte?

El pelirrojo frunció el ceño sin responder.

—¿Y a ti por qué te llaman el Guapo? —preguntó el Saharaui.

—Hombre...

—¿No te da vergüenza? —preguntó con amable curiosidad.

—¡Me daría vergüenza que me llamaran el Feo!

—¡Ah!

El Guapo parecía desconcertado.

—¿Por qué debería darme vergüenza?

El Saharaui se encogió de hombros.

—Alguien puede pensar... Que eres... ¿Cómo dijiste? ¿Boj... bojarrón?

Volvieron a sonar las carcajadas.

—¡El bujarrón, ése sí que es bueno! —se rió el Chato— ¡El bujarrón!

El Guapo descargó la mano abierta en la oreja del pelirrojo. El golpe lo hizo caer de la silla.

—¡Me has dejado sordo, me has dejado sordo! —gritó con voz aguda desde el suelo. Tenía una mano en la oreja y gesto de dolor.

—Así aprenderás a pensar antes de hablar —respondió el Guapo. Miró al Saharaui, que estaba muy serio—. Ojo con las coñas, amigo —le advirtió.

El Chiquitín dio un trago a su cerveza y el Yunque suspiró. El Saharaui se agachó para ayudar al Chato a levantarse.

—Lo siento, amigo. ¿Duele mucho?

El pelirrojo lo apartó de un empujón y se metió en la casa sujetándose la oreja. Su novia se limitó a mirarlo como si estuviera pensando en otra cosa.

—Te has pasado —le dijo la Guapa a su marido.

—¡Qué sabrás tú! ¡Venga, Saharaui, otra ronda de esto! ¿No dijiste que eran tres tés?

Escupió por el diente mellado.

11

El Saharaui estaba sentado ante la mesa, observando en la pantalla del portátil las fotografías del minibús que el Joyero había estado viendo el día anterior. En su despacho sin ventanas la única luz procedía del ordenador.

—¿Cuántos kilómetros tiene?

—Ochenta y cuatro mil —respondió en francés Jean-Baptiste, sentado en una de las sillas de visita—. Al menos eso dicen.

—¿Tiene carta verde?

—Me aseguran que no habrá problemas con eso.

Haibala manipuló el ratón y siguió pasando fotografías.

—El maletero está bien —murmuró.

—Dos metros de profundidad. Lo medí personalmente. Para encontrarlos más amplios habría que pasar ya a un autocar.

—Dos metros son suficientes. Y me gusta que los cristales sean opacos. Reduce las posibilidades de que nuestros amigos metan la pata durante el trayecto.

—El otro día pensé que ese animal iba a echarlo todo a perder —dijo Jean-Baptiste—. ¡Es una bomba ambulante!

Haibala asintió.

—Ya vi cómo te temblaban las manos. Es un tipo impulsivo. Hay que manejarlo con cuidado. —Se desperezó estirando los brazos como si pretendiera tocar el techo—. Tiene una cosa buena, y es que controla a su gente. Le respetan y le temen. Es una ventaja, porque así sólo hay que tratar con él. En cualquier caso, ya no hay vuelta atrás.

—¿Cómo son los otros?

El Saharaui sonrió:

—Nunca los dejarían pasar al Ritz. Hay uno que es como un armario: mide dos metros y lleva la cabeza rapada... Creo que no es muy inteligente. Idolatra a nuestro amigo. Hay otro delgado, fibroso, al que llaman el Yunque porque tiene una cabeza... —Dibujó con las manos una especie de rectángulo y soltó una carcajada—... Todos tienen apodos. Al gigante le llaman el Chiquitín. Y luego está el Chato, un pelirrojo que vende libros a domicilio y que tiene una mujer que no lo respeta, de las que se meten en la cama con cualquiera. Por lo que he visto, es el blanco de todas las bromas. Todas las mujeres se llaman como ellos: los mismos apodos, pero acabados en a.

—¡Dios mío, vaya pandilla! ¿Y la mujer del Guapo?

—¿La Guapa? Toda una hembra. Tiene una de esas bellezas... Salvajes. Me recuerda a la actriz esa... Sofía Vergara.

—¡Cuidado! —El Joyero se rió.

—No, cuidado tú. Ella no viene. Está muy embarazada. —El Saharaui hinchó los carrillos y con las manos pareció sujetar un vientre hinchado—. Tendrás que mantenerla bajo vigilancia mientras estamos fuera, por si nuestro amigo plantea algún problema.

—Tal como me la ha descrito, será un placer. ¿Cómo son las otras?

—La Chiquitina es grande y gorda, una especie de réplica de su marido, novio o lo que sea. Y la Yunque... Es delgada, tiene carácter, lleva el pelo teñido de rosa y una argolla de plata en la nariz. A propósito —dijo el joven, repentinamente serio, como si hubiera recordado algo—, debes decirle a nuestro amigo que conviene que lleve camisas de manga larga para que se le vean menos los tatuajes, y que todos se dejen crecer el pelo y se lo corten de forma... un poco más tradicional. Pasarán más inadvertidos. Y explícale que en Marruecos una mujer con el pelo rosa llamaría demasiado la atención.

—¡Uf! A ver cómo reacciona.

—Usa todas tus dotes de persuasión. —El Saharaui señaló la pantalla—: Creo que este vehículo es perfecto.

—¿Cuándo quiere que lo alquile?

—Cuanto antes. Pero primero debes buscar una nave en la que podamos trabajar. Un sitio discreto en las afueras, donde nadie haga preguntas.

12

El Chiquitín dejó las bolsas de congelados en la acera y, a la luz de la farola, buscó la llave del portal. Abrió y sujetó la puerta con un pie mientras se agachaba para recoger las bolsas. Entró y, al tiempo que la puerta se cerraba a sus espaldas, tanteó en la oscuridad en busca del interruptor.

Alguien detuvo la puerta y se introdujo tras él. El Chiquitín tuvo tiempo de volverse, pero antes incluso de ver quién había entrado, recibió un golpe en el estómago que lo dobló en dos. Las bolsas se le cayeron de las manos y los congelados se estrellaron contra el suelo.

—Tranquilo —dijo una voz ronca en la oscuridad—, todavía no queremos molerte a palos. Esto sólo ha sido para que estés tranquilo.

El Chiquitín estaba de rodillas, encogido, tosiendo como si le fueran a reventar los bronquios e intentando recuperar el resuello. De vez en cuando, una arcada sacudía su cuerpo. Una sombra se colocó a su espalda, mientras otro individuo permanecía recortado contra el débil resplandor que entraba desde la calle.

—Escúchame bien, Víctor —dijo el que tenía enfrente—. ¿Me estás escuchando?

El Chiquitín oyó a su espalda lo que le pareció el sonido de un objeto de aluminio al ser arrastrado por el suelo. Emitió un gruñido que podía interpretarse como un sí.

—Llevas veintiséis horas de retraso en el pago, Víctor.

—Tres... semanas... más... sólo...

—¿Quieres tres semanas más? ¿Para qué? ¿Esperas que te toque la lotería?

—Un... negocio...

—¡Ah, tienes un negocio que te permitirá devolvernos los veintidós mil euros! ¿Es eso?

—Sí...

El que estaba a su espalda volvió a arrastrar el aluminio por las baldosas.

—No nos interesan tus negocios. —La voz sonaba ahora razonable—. Lo que queremos es que pagues lo que nos debes. Somos gente seria, Víctor. Si un cliente no nos paga, hacemos lo que hace cualquier banco: ejecutamos los avales.

—Por favor, sólo... tres semanas.

—No me estás escuchando. —Le dio una patada en el costado—. Mañana irás a ver al señor Martínez para hacer los trámites de la entrega del piso de tus padres.

—Por favor, son muy mayores —sollozó el Chiquitín, aún encogido en el suelo—. El piso vale mucho más de veintidós mil euros. Dadme tres semanas más, os pagaré los intereses.

—No me vengas con que tus padres son muy mayores, Víctor. Eso ya lo sabías cuando pediste el préstamo. Hay mucha gente de ochenta años que se está quedando en la calle porque no puede pagar el alquiler o la hipoteca. Algunos incluso se tiran por el balcón. Tal vez eso sería lo mejor que les podría pasar a tus padres, ¿eh? ¿Lo has pensado? Una muerte rápida, sin que les dé tiempo a comprender que su hijo los ha estafado.

—Os pagaré el doble.

—¿El doble? ¿Cuarenta y cuatro mil euros? ¿Y de dónde los vas a sacar, retrasado? ¿De qué va ese negocio que tienes?

—No puedo decirlo. Pero es un negocio seguro.

El Chiquitín empezó a incorporarse.

—Como hagas un movimiento en falso, mi amigo te revienta la cabeza con el bate como si fuera una sandía —le advirtió el hombre.

Una sombra cubrió el resplandor de las farolas de la calle y oyeron cómo una llave se introducía en la cerradura del portal.

El que había hablado pulsó rápidamente el interruptor y se encendieron las luces.

—Recoge todo eso —ordenó al Chiquitín.

Un hombre que ya había dejado atrás los setenta años, encorvado y tocado con una gorra gris de visera, entró en el portal y dio un respingo al verlos.

El que estaba más cerca de la puerta le sonrió. Era un tipo gordo, medio calvo y con barba de cuatro días. Su compañero ocultó el bate tras una pierna.

—Se ha apagado la luz y se nos ha caído la compra —dijo el gordo, como si aquello tuviera gracia.

El Chiquitín, agachado, recogía trabajosamente los congelados.

—Toma, aquí hay más. —El gordo se inclinó y le entregó unos lomos de merluza.

—Tú eres el hijo de la Manuela, ¿no? —preguntó el anciano.

—Sí —respondió el Chiquitín sin alzar la vista.

—Tu madre es muy buena mujer. A veces me pasa algunos congelados que le sobran. Si subes ahora, te doy un cazo que me prestó, para que se lo devuelvas.

El Chiquitín, con una bolsa en cada mano, asintió y comenzó a subir los escalones detrás del viejo, sin mirar atrás. El gordo gritó a sus espaldas:

—¡Hasta mañana, Víctor! ¡No te olvides! ¡Mañana por la mañana!

13

El minibús se detuvo ante una nave del polígono industrial de Leganés. Era un vehículo blanco con ventanas ahumadas en los costados y alegres líneas de colores en la carrocería.

Justo delante, el Joyero descendió de su cupé Mercedes gris metalizado con un manojo de llaves en las manos. Manipuló los candados y retiró las cadenas que sellaban el lugar. Luego empujó con esfuerzo las grandes puertas correderas de metal hasta dejar el camino expedito.

El minibús entró primero y se detuvo en el centro de la nave vacía. El Mercedes lo hizo después y aparcó junto a la entrada. El Joyero se bajó y volvió a empujar las pesadas puertas, que se cerraron con estrépito. El lugar quedó en penumbra. La única claridad entraba por los ventanucos situados en lo alto de las paredes, a unos seis metros del suelo.

—Vamos a tener un problema con la luz —dijo.

El Saharaui estaba de pie junto al minibús, escudriñando el entorno.

—¿Dónde están los enchufes?

—Hay tres al fondo y dos más en esta pared. La potencia está bien. Lo he comprobado.

—Serán suficientes. Échame una mano con esto.

Abrieron el maletero del minibús y sacaron varios alargadores y lámparas de pie, una sierra de calar, una visera de soldador, una amoladora, siete espráis de pintura blanca, un taladro, una caja de alcayatas de rosca, una caja de mascarillas de cirujano y otra de gorros, unas gafas protectoras, masilla, un metro, una linterna, unas tijeras de sastre, un tubo de pegamento extrafuerte, guantes de trabajo, papel de lija, dos rollos de cinta aislante, un lápiz de carpintero, un rotulador rojo para plástico y metal, dos rollos de papel de estraza, un cúter, una mesa plegable de tres metros de largo, un gran tablero de contrachapado y una delgada plancha de metal de cuatro por dos metros. El Saharaui lo distribuyó todo en el suelo como si fuera la mercancía de un vendedor ambulante.

—Desde luego, el empleado de la empresa de autobuses no mintió sobre la capacidad del maletero —jadeó el Joyero. Su camisa gris se había llenado de manchas de sudor.

El Saharaui enchufó los alargadores, encendió las lámparas y apuntó las pantallas hacia el maletero. Sacó las alfombrillas de goma y las dejó en el suelo, a un lado. Desplegó la mesa y colocó sobre ella el tablero. Luego desenrolló seis metros de papel de estraza y se metió en el maletero con ellos y con un rollo de cinta aislante.

—¿Quiere que le eche una mano? —preguntó Jean-Baptiste, pero no obtuvo respuesta. Se encogió de hombros y fue hacia su coche, abrió la puerta del copiloto y se sentó en el asiento de cuero. Encendió el MP3 y prendió un cigarrillo.

El Saharaui salió del maletero al cabo de media hora. Acercó un poco más las lámparas y enfocó con la linterna el interior. Con el haz de luz fue recorriendo las esquinas.

Cuando el Joyero se acercó, vio que había hecho una pared de papel que ocultaba un doble fondo.

—¿Qué te parece? —preguntó el Saharaui.

—Está un poco flojo, ¿no?

—Sí. Quiero que la pared sea cóncava.

Volvió a introducirse en el maletero y, con el lápiz de carpintero, trazó en el papel los límites con la chapa. Luego lo despegó cuidadosamente y lo colocó sobre la mesa. Con las tijeras de sastre, lo recortó siguiendo la línea marcada por el lápiz.

Trabajaba en silencio. Con la ayuda de Jean-Baptiste, colocó el gran tablero de contrachapado en la mesa y, sobre él, el papel de estraza que había recortado. Lo sujetó al tablero con cinta aislante y fue recorriendo sus bordes con el lápiz. Luego retiró el papel.

—Debe de haber una forma más sencilla de hacer esto —comentó el Joyero.

—Es muy probable, pero yo no la conozco.

El Saharaui se puso las gafas protectoras, encendió la sierra de calar y, con mucho cuidado, comenzó a recortar la madera siguiendo la línea del lápiz. Tuvo que detenerse varias veces porque la sierra se recalentaba. Al cabo de cuarenta y cinco minutos, el tablero estaba listo.

—Ayúdame con esto —le dijo a Jean-Baptiste.

Entre ambos introdujeron el tablero en el maletero. El Saharaui lo colocó en el lugar exacto que había ocupado el papel de estraza. Era un poco más alto que el hueco al que estaba destinado, por lo que le ocurría lo mismo que antes había llamado la atención del Joyero con el papel: quedaba abombado. Entonces el Saharaui tiró hacia él desde la parte superior y empujó el abombamiento, que de inmediato se convirtió en concavidad.

El Joyero se echó hacia atrás, contempló la obra y exclamó:
—¡Perfecto!

El Saharaui no contestó. Fue recorriendo con el haz de la linterna los bordes del tablero. En los lugares donde sobresalía un poco de sus límites, trazaba una línea; allí donde quedaba una rendija, dibujaba pequeñas flechas. Cuando terminó, se quitó la camisa empapada de sudor y la dejó colgada en la puerta del autobús. Tenía un torso largo y delgado, con la espalda muy plana. Destapó una de las botellas de agua y se la bebió de un tirón. Luego le dijo a Jean-Baptiste:
—Vamos a sacarlo.

Entre los dos extrajeron el tablero del maletero y lo colocaron sobre la mesa. Estuvieron un buen rato frotando los papeles de lija contra los bordes marcados por el lápiz. Luego volvieron a introducir el tablero en el maletero, y el Saharaui le hizo nuevas marcas. Otra vez lo sacaron y lo lijaron un poco más en algunos puntos, hasta que encajó perfectamente, salvo por las pequeñas rendijas que ya habían sido señaladas la primera vez.

Pusieron el tablero en el suelo, apoyado contra el vehículo. Levantaron luego la plancha de metal y la colocaron sobre la mesa. Sobre ella instalaron el tablero.

—Sujétalo bien —dijo el Saharaui—. Que no se mueva.

Con el rotulador rojo, fue dibujando el borde del tablero sobre la plancha de metal. Allí donde aparecían las pequeñas flechas de lápiz, alejaba un poco la línea roja. Así, hasta que el contorno estuvo cerrado. Retiraron el tablero.

—Se ha hecho de noche —dijo el Joyero mirando hacia los ventanucos. Tenía la camisa pegada al cuerpo, como si acabara de ducharse con ella puesta. Sus elegantes cabellos blancos estaban ahora adheridos al cráneo. Parecía haber envejecido diez años en cuatro horas.

El Saharaui también levantó la vista.

—Ya queda menos —dijo.

Se puso la camisa, que estaba casi seca, se calzó los guantes, encendió la amoladora y se colocó la visera de soldador.

El ruido era infernal. Mientras él iba cortando el metal entre una lluvia de chispas, el Joyero procuraba que la plancha no se moviera. Así estuvieron dos horas, deteniéndose sólo para beber agua u orinar contra la pared del fondo. Jean-Baptiste propuso salir para comer algo, pero el Saharaui se negó.

Cuando la plancha estuvo lista, la encajaron en el maletero.

—No es perfecta —comentó el Saharaui—, pero con un poco de masilla en los bordes y una capa de pintura será muy difícil descubrir el doble fondo.

Tenía los ojos enrojecidos y la camisa llena de pequeñas quemaduras producidas por las chispas.

Con el taladro, hizo varios agujeros en el lugar donde tocaban los bordes de la plancha. Introdujo en ellos tacos de plástico, que aseguró con pegamento extrafuerte, y enroscó las alcayatas. Comprobó que el abombamiento de la plancha de metal hacía que ésta las presionara y evitaba que se venciera hacia atrás. También se cercioró de que bastaba con girar seis alcayatas de la parte superior para retirar la plancha y acceder al doble fondo.

Salió del maletero y se estiró, como si intentara alcanzar el techo con las puntas de los dedos. Luego se dobló hasta tocarse con ellas los zapatos.

—¿Le duele la espalda? —preguntó el Joyero.

—Me duele todo.

—Creo que debimos encargar este asunto a un profesional.

—Nunca se sabe quién es confidente de la policía. Además, me gusta saber cómo funciona todo por si hay que arreglarlo.

Volvió a introducirse en el maletero y selló las rendijas con masilla blanca. Lo forró con papel de estraza, salvo la plancha que acababan de colocar. Se calzó unos guantes de látex y se puso un gorro y una mascarilla de cirujano y las gafas protectoras. Agitó uno de los espráis de pintura y volvió a entrar en el habitáculo.

Al cabo de una hora había gastado cinco de los siete espráis y la plancha del doble fondo tenía una blancura reluciente. Despegó los papeles de estraza: la diferencia de pintura era apenas distinguible a la luz dura de las lámparas. Si alguien abriera el maletero en la calle para revisarlo, sería prácticamente imposible que la notase.

Con el metro, midió la distancia que quedaba entre el doble fondo y la puerta del maletero. Luego midió la misma distancia en las alfombrillas de goma y cortó el sobrante con el cúter. Encajaron a la perfección.

—Listo —dijo. Tenía la cara y el cuello completamente blancos allí donde las gafas y la mascarilla no los cubrían—. Vamos a subirlo todo a la parte trasera del autobús.

Cuando terminaron de amontonarlo, el Saharaui preguntó a Jean-Baptiste si tenía hambre.

—Más que mi abuelo cuando iba de Tinduf a Nuadibú.

—Bien. Dame las llaves de tu coche. Voy a buscarte algo de comer.

—Pero ¿no nos vamos ya?

—El maletero debe estar abierto hasta que se seque. Esta noche tendrás que dormir en el autobús. —Extendió la mano y repitió—: Dame las llaves.

Jean-Baptiste sacó el llavero del bolsillo y se lo entregó.

El Saharaui se montó en el Mercedes y esperó a que el Joyero le abriera las puertas de la nave. Pasó ante él sin despedirse. Un hombre con media cara pintada de blanco y la ropa llena de lamparones y pequeñas quemaduras, que conducía suavemente, como un chófer profesional.

14

—A ver, Víctor, ¿qué tripa se te ha roto?

El señor Martínez estaba repantingado en un gastado sillón de cuero negro, tras una mesa atestada de papeles. A un lado había un viejo ordenador encendido. En la pared colgaba un calendario de propaganda de Ryanair, con varias azafatas posando en biquini ante un avión. Un ventilador situado sobre un archivador metálico verde giraba perezosamente.

Martínez tenía aspecto de jubilado. Andaba por los sesenta años y era de mediana estatura y pelo cano. Vestía una camisa de manga corta, pantalón gris y mocasines negros no muy limpios.

—Necesito tres semanas más —dijo el Chiquitín. Estaba sentado en el borde de una silla que parecía demasiado pequeña para su corpachón. Tenía las grandes manos apoyadas en las rodillas, en la postura de un luchador de sumo, y su respiración era tan audible como el fuelle de una fragua—. Tres semanas, y se lo devuelvo con intereses.

Martínez se caló unas gafas de lectura y hojeó los papeles que tenía delante.

—Víctor Jiménez Giráldez. Veintidós mil euros —leyó con calma—... Avalistas: Pedro Jiménez Luengo y Manuela Giráldez Navas... Calle Tembleque, número cincuenta y dos bis, tercero F... Ochenta metros cuadrados... Vencimiento: 13 de julio.

Se quitó las gafas y levantó la vista. No había rastro de compasión en sus ojos claros.

—Está todo correcto. No veo por qué tendría que darte más tiempo. ¿Qué ganaría yo con eso?

El gigante se limpió el sudor de la frente con la mano derecha y volvió a posarla sobre la rodilla.

—Le pagaré el doble, se lo juro.

Martínez colocó las gafas sobre el expediente:

—Mira, yo no soy una ONG. Tú pediste un préstamo exprés y aceptaste unas condiciones. Dijiste que me lo devolverías en seis meses, y que en el caso de que no lo hicieras podría quedarme con el piso de tus padres. Ahora vienes con que si te amplío el plazo me pagarás el doble. Me parece una informalidad, y no me gustan los informales. Pero dices que me devolverás cuarenta y cuatro mil euros. Vale; por una vez, podemos estudiarlo. ¿Qué me ofreces como aval?

El Chiquitín tragó saliva:

—Tengo un puesto en el mercado. Está alquilado, pero da para ir tirando. Durante las tres semanas, le puedo dar todos los beneficios. Y también puedo trabajar para usted. Le hago lo que quiera.

—Ya. Y me la chuparás cuando te lo pida, ¿no?

El Chiquitín volvió a pasarse la mano por la frente.

—Te he hecho una pregunta. —Martínez lo miraba con dureza—. Durante esas tres semanas, ¿me la chuparás cuando te lo pida?

El Chiquitín tenía los ojos empañados.

—¿Eh? —apremió Martínez.

—...Sí.

—Me la chuparías, claro que me la chuparías. El problema es que yo no necesito que me la chupes. ¿Has visto a mi secretaria, la rubita esa que está en la puerta? Tiene veintidós años, es licenciada en Económicas, habla inglés y me la chupa cuando yo quiero, un día sí y otro también. A veces la llamo cuando está con su novio, sólo por joder, y le digo que venga a chupármela. Y le cuenta al novio una milonga y se presenta aquí en un pispás. Le digo que se ponga en bolas y se pone en bolas, y te juro que es algo digno de ver. Y yo se la meto por el agujero que me apetece. Y todo eso, su trabajo y lo demás, me cuesta mil quinientos euros al mes. Dime, ¿por qué iba yo a querer que me la chuparas tú? ¿Acaso crees que soy maricón?

—...No.

—Pues eso. ¿Para qué crees que querría yo un puesto en el mercado, eh? ¿Acaso piensas que soy un tendero? ¿Y para qué iba yo a querer que un tipo como tú trabajara para mí? Mírate. No hay más que oírte respirar. No aguantarías ni una carrera de cincuenta metros sin reventar como un sapo. Encima, no tienes carácter: te ponen cerca un gramo de coca o una timba de póker y estás perdido. —Su tono era ahora el de un abuelo compasivo—. No eres de fiar, Víctor.

Una lágrima resbaló por la mejilla del Chiquitín.

—Dentro de tres semanas tendré doscientos mil euros —dijo.

En los ojos de Martínez brilló un destello de codicia.

—¿Y de dónde los vas a sacar?

—Tengo un trabajo.

—¿Un trabajo de tres semanas por el que te pagan doscientos mil euros? ¡Joder, sí que es un buen trabajo! ¿Qué vas a hacer, Víctor? ¿Vas a asesinar al presidente de los Estados Unidos?

El Chiquitín permaneció callado, con la cabeza baja.

—A ver. Me pides tres semanas, pero no tienes avales y no quieres contarme cómo vas a conseguir la pasta. No voy a perder más tiempo contigo. Ahora mismo empezamos a ejecutar la deuda.

—Es un palo —dijo Víctor.

—¿Un palo?

—Vamos a limpiar un banco.

—¿Vamos? ¿Tú y quién más?

El Chiquitín permaneció mudo, mirando al suelo.

—¿Cómo voy a avalarte una operación si no sé en qué consiste, eh? Este negocio se basa en la confianza, y tú me estás demostrando que no confías en mí. Entonces, ¿por qué voy yo a confiar en ti?

—Voy a hacerlo con unos amigos.

—¿Y están también locos, como tú? En los bancos ya no hay dinero, Víctor. Sólo hay ordenadores.

—En éste sí hay dinero.

—¿Ah, sí? ¿Qué banco vais a limpiar?

—Un banco de Marruecos.

—¡Un banco de Marruecos! —Martínez elevó los brazos al cielo—. ¡De Marruecos, nada menos! ¿Y cómo vais a cambiar la moneda, Víctor? ¿Habéis pensado en eso?

—No es moneda, son joyas.

—¡Ah! ¿Y a quién se las vais a vender? ¿Lo habéis pensado ya?

—No hay que venderlas. Es un encargo. Entregamos las joyas y nos dan doscientos mil a cada uno. Por eso le garantizo que usted tendrá sus cuarenta y cuatro mil euros. Es un buen negocio para usted, sólo por esperar tres semanas.

—Ay, Víctor, Víctor, qué inocente eres. Cuarenta y cuatro mil euros de dinero sucio no son lo mismo que cuarenta y cuatro mil de dinero limpio, ¿comprendes? Yo correría un riesgo enorme si aceptara un dinero procedente de un golpe. Imagínate que os pillan. «¿Y dónde está el dinero que falta?», te preguntaría la policía. «¡Oh, se lo di al señor Martínez!», dirías tú. Y ya tengo yo a la poli en la chepa. No, no. Es una operación demasiado arriesgada, y el riesgo cuesta dinero. El precio son cien mil euros. Tres semanas por cien mil euros.

—¡Pero si la deuda es de veintidós mil! Eso es... Uno, dos, tres, cuatro, ¡cinco veces la deuda!

Martínez abrió los brazos, con las palmas hacia arriba:

—¿Qué quieres que te diga, Víctor? Es lo que hay. Son negocios. Lo tomas o lo dejas. Te aseguro que si lo dejas —le dedicó una sonrisa beatífica—, no le diré a la policía absolutamente nada de ese golpe que preparáis en Marruecos.

El Chiquitín lo miró con la boca abierta; como si, con un pase de magia, hubieran hecho aparecer y desaparecer un elefante ante sus ojos.

15

—¡Qué pena! ¡Pero si te queda de maravilla!

—Ya lo sé, hija, pero a mi chico no le gusta rosa —dijo la Yunque—. Dice que me hace parecer una loca.

—¿Una loca? No tiene ni idea. Él sí que estaría mejor si se quitara esa boina de pelo que lleva en lo alto de la cabeza. Pero ¿quién les habrá dicho a los hombres que eso es bonito?

—Se la va a quitar. Ya se está dejando crecer el pelo para luego igualarlo.

—¿Sigue currando en la discoteca?

—Sí, pero quiere dejarlo. Trabajar de noche y dormir de día lo está volviendo loco.

—No me extraña. Pobrecillo, toda la noche pelándose de frío en la puerta. Y con el riesgo de que algún zumbado le saque una navaja...

Acababan de echar el cierre de la peluquería. Aún no habían pasado el escobillón y la luz de neón se multiplicaba en los grandes espejos e iluminaba los tres lavaderos de loza, los sillones negros, los brazos metálicos de los secadores, el suelo cubierto de cabellos cortados que se les adherían a los zuecos.

Mientras la peluquera preparaba la decoloración en un bol, la Yunque acercó la cara al espejo y la inspeccionó atentamente, abriendo mucho los ojos y estirando la piel de las mejillas con la punta de los dedos. La nariz aquilina y los ojos negros imprimían carácter a su rostro. Se alejó un par de pasos del espejo y se estiró el vestido, primero de frente y luego, metiendo el estómago, de perfil. La delgadez le aportaba una engañosa elegancia. Suspiró y se sentó en el sillón.

—¿Adónde te vas por fin de vacaciones? —le preguntó su amiga.

—A Marruecos. Bueno, a Marruecos una semana. Luego ya veremos.

—¿A Marruecos? ¡Estás loca, tía! ¿Qué pretendes, que te secuestren?

La Yunque fingió un gesto de fastidio:

—Qué quieres que te diga. A mi chico le apetece. Además, vamos con unos amigos.

—¿Con quiénes? ¿Con los Guapos y toda esa gente?

—Sí. Vamos a alquilar un autocar entre todos. Nos sale muy bien de precio.

La otra se puso unos guantes de goma azules y comenzó a separarle el pelo en mechones con el mango del peine. Con una pequeña brocha, le iba extendiendo la decoloración desde la raíz hasta las puntas, y luego envolvía cada mechón en papel de plata.

—¿No iréis a subir costo? —La miró en el espejo con ojos inquisitivos.

—¡Nooo!

—¡Ah, hija! Porque te iba a decir que no te metieras en esas historias. Yo no voy a Marruecos ni muerta. Hace cuatro años pasamos un par de días en la casa que el amigo de un amigo de Manolo tenía en Mazarrón. Un chaletazo frente al mar, con un mirador imponente, piscina, gimnasio... Todo lo que te puedas imaginar. —Mientras hablaba, seguía separando mechones y extendiendo la pasta decolorante—. Im-pre-sio-nan-te. Tenías que ver al tío: estaba cachas y tenía un barco larguísimo y un deportivo de ésos... un Ferrari amarillo. Decía que se dedicaba a la construcción. Su mujer era una chica de Almería, muy mona. Nos llevaron a los mejores restaurantes, en las discotecas no nos cobraban... Total, que un día estamos en casa con la tele encendida y dice Manolo: «¡Coño, ése es Juan, el de Mazarrón!»

Se detuvo con la brocha en una mano y el peine en la otra, ligeramente en alto, y siguió hablando a la imagen de su compañera en el espejo:

—Mira, los habían cazado. Cogieron un coche lleno de droga: había droga debajo del salpicadero, dentro de los neumáticos, detrás de los asientos... Y lo peor no fue eso, lo peor fue que al tal Juan el baile le pilló en Marruecos, y la policía de allí le echó el guante. Mi amiga me contó que su mujer fue a verlo un mes más tarde a la cárcel de Tánger y que el tío se le echó a llorar. ¡Aquel hombretón, más chulo que un ocho, llorando a moco tendido! Le contó que estaba encerrado en una celda de veinte metros cuadrados con quince moros, y que comían todos con los dedos de una misma cazuela, que había ratas como conejos, que las cucarachas se paseaban por sus caras mientras dormían...

—¡Joder, Rosa, vale ya!

—Perdona, hija —volvió a concentrarse en el trabajo—, pero es que sólo de pensar en ir a Marruecos me dan los siete males. Y eso, por no hablar de los terroristas...

16

El Chato estaba tumbado en el sofá, leyendo un libro sobre Marruecos, cuando sonó su teléfono. Lo sacó del bolsillo del vaquero, miró la pantalla y descolgó.

—Dime... ¿Que te ha pasado qué?... Joder... ¿Voy a por ti?... ¿Seguro que estás bien?... Pero ¿cuándo ha sido?... ¿Que estás dónde?... Joder, ¿y a qué hora llegas?... Vale. Oye, hoy me he sacado mil euracos en metálico... Sí. He dado con una pareja de viejos que estaban más *pallá* que *pacá* y los he convencido para que firmaran un contrato de compra de la enciclopedia... No, espera. Le digo a la vieja: «La señal tiene que ser en metálico, señora.» Y me dice: «¿Cuánto sería, porque aquí en casa no tengo más que mil euros?» ¡Mil euros! Y le dije: «Son dos mil, pero no se preocupe, señora, me fío de usted.» Firmamos hoy el contrato y mañana vengo a por los otros mil. ¡Y me dio las gracias!... Sí... Bueno, no tardes mucho. Si quieres que vaya a por ti, dame un toque.

El Chato encendió un cigarrillo y revisó los últimos mensajes en su WhatsApp:

LA YUNQUE: (Ha enviado una imagen) Os gusta mi nuevo look?
LA GUAPA: Me gustabas mas con el pelo rosa
LA CHATA: T pareces a rossy de palma ☺
EL YUNQUE: Cochina envidia cariño

LA YUNQUE: Mira quién fue a hablar mis mundo

EL GUAPO: Alguien sabe dónde sa metido el chiquitín?

LA CHIQUITINA: Di que estás muy bien, vas a ligar un montón en Marruecos

LA CHATA: Me a picao una avispa

LA CHIQUITINA: A ido a arreglar unos papeles de su madre

LA GUAPA: Frótate la herida con pis rápido

LA CHATA: (Ha enviado una imagen).

EL GUAPO: Yo había quedado con él para comprar los equipos

LA CHIQUITINA: Llámalo al móvil

EL YUNQUE: Dile a alguien que te mee

EL GUAPO: No lo coge

LA YUNQUE: Me meo ☺))))

LA CHIQUITINA: Lo tendrá en silencio como siempre

EL YUNQUE: Dónde andas, que te acompaño yo?

LA GUAPA: Dónde te ha picao?

EL GUAPO: En la puerta del decathlon de la carretera de Burgos joder

LA CHIQUITINA: Está empanao, lleva dos noches sin sobar

EL YUNQUE: Voy echando hostias

EL GUAPO: Son un montón de cosas, no puedo con todo

LA CHATA: En el brazo joder. Voy al baño. Espero que lo del meado no sea coña

EL YUNQUE: En media hora max estoy ahí

LA CHIQUITINA: Ayer me lo encontré fumando en la terraza a las cinco de la mañana

EL GUAPO: Me cago en los muertos del chiquitín

LA GUAPA: No es broma lávatela con pis como si fuera agua y no te seques

LA CHIQUITINA: Estará al caer

17

«¿Qué estabas haciendo, Dolores?» «Estoy preparando unos cala-mares en su tinta para chuparse los dedos.» «¡Qué ricos!» «Pues si quieres venir a comerlos, yo te invito. Tú eres de la familia, te oigo todos los días. Mira, te quiero más que a mi marido, con eso te digo todo.» «¡Ja ja ja! Dolores, no me metas en líos. Creo que quie-res dedicarle una canción a alguien muy especial.» «Sí, se la quiero dedicar a mi amiga Juani, que hoy cumple cuarenta.» «Pues no per-damos tiempo. Un beso, Dolores.» La voz del locutor dio paso a la música. «Porque tú te ves bonita, tú te pones orgullosa. Ni más ni menos, ni más ni menos...», empezaron a cantar Los Chichos.

El Chiquitín apagó la radio y arrojó por la ventanilla el resto del cigarrillo, que cayó sobre las numerosas colillas que había junto al coche. Tenía los ojos enrojecidos tras los cristales os-curos de las gafas, su respiración era más pesada que nunca y las manos le temblaban tanto que le costó encender otro pitillo. Llevaba dos días sin ducharse ni cambiarse de ropa y olía tan mal que hasta él mismo se daba cuenta.

Estaba aparcado frente a la oficina de Martínez desde las seis de la mañana. Lo había visto llegar a las ocho, conduciendo un Volkswagen Polo gris oscuro. Iba solo. Había metido el coche en el garaje del edificio y desde entonces nada había pasado. Eran ya las dos de la tarde.

Entonces vio salir del portal a la secretaria rubia de Martínez. Vestía un top azul cielo y unos shorts vaqueros. Un par de transeúntes se volvieron para mirar sus piernas bronceadas. La chica cruzó la calle y caminó junto a los coches, hacia donde estaba el Chiquitín. Debió de sonar su móvil, porque se detuvo, lo sacó del bolso y se puso a hablar por él. Estaba a sólo dos metros del coche. Mientras hablaba, se volvió de espaldas y metió dos dedos por la pernera del pantalón, como si estuviera ajustándose el elástico de las bragas. El Chiquitín la observaba hipnotizado, cuando bruscamente se abrieron la puerta del copiloto y la de detrás del conductor. Antes de que pudiera reaccionar, ya tenía una navaja en el cuello y otra en el estómago.

—Hola, Víctor. —Era el mismo individuo gordo, medio calvo y con barba de cuatro días de la vez anterior. Su compañero tampoco habló en esta ocasión: a modo de saludo, aumentó la presión de su cuchillo en el cuello—. ¿Qué haces aquí parado, con el calor que hace?

—Estoy esperando para ver al señor Martínez.

—¿Y por qué no has subido, en vez de estar achicharrándote en el coche? —Mientras hablaba lo cacheaba sin separar la punta del arma de su barriga. Luego abrió la guantera—: ¡Pero mira lo que tenemos aquí! ¡Un martillo y un cuchillo, preparaditos con su esparadrapo para no dejar huellas! ¡Bueno, bueno, bueno! —Extrajo un verdugo negro—: ¡Y un disfraz de Spiderman! —Volvió a cerrar la guantera—: Vamos a dar una vuelta, Víctor. Llévanos a alguna parte y nos cuentas tu historia. —Apretó un poco más la navaja contra la tripa—: Tira hacia Seseña, anda.

El Chiquitín puso el coche en marcha y se incorporó al tráfico. El calvo echó el cierre centralizado.

—Por si tienes la tentación de suicidarte —dijo.

A partir de la desviación de Seseña, fue indicándole la ruta. Cuando no hablaba, sólo se oía en el coche la respiración pesada del Chiquitín. Al cabo de quince minutos llegaron a un lugar que parecía un scalextric: había calles asfaltadas que se cruzaban entre sí y rotondas de cemento, pero no había aceras ni farolas ni edificios. No se veía a nadie.

El calvo le ordenó que bajara del coche. Su compañero se situó detrás de él, con la punta de la navaja hincada en sus riñones. El sol golpeaba sobre el asfalto.

—Verás, Víctor —dijo el calvo con el martillo en la mano—. Hoy no podemos jugar al béisbol, porque a mi amigo se le ha olvidado el bate. Pero por suerte tú has traído este martillo. —Sonrió—. Jugaremos a verdad o mentira. Vas a poner la mano... ¿Eres zurdo o diestro?

El Chiquitín no contestó.

—Bueno, pues vamos a empezar por la mano izquierda. La vas a poner encima de esa piedra de ahí. Yo te iré haciendo unas preguntas: si dices la verdad, salvas un dedo; si mientes... —Movió el martillo en el aire—: ¡Pum! ¿Lo has entendido?

El otro le pinchó en la espalda.

—S-s-sí.

—Pues ponte de rodillas y extiende esa manita que tienes.

El Chiquitín se agachó, resoplando como si agonizara, y extendió la mano izquierda sobre la piedra.

El calvo se echó a reír.

—¡Joder, si es como un muestrario de pollas! ¡En esa mano es imposible fallar un martillazo!

El Chiquitín oyó a su espalda una risa y notó que la presión de la navaja se relajaba. Abrió más la mano, hasta alcanzar los bordes de la piedra con la punta de los dedos, la levantó y se volvió en un solo movimiento. Sorprendido, el hombre empujó la navaja y se la clavó al mismo tiempo que el pedrusco se estrellaba en su cara.

El calvo se abalanzó hacia el Chiquitín blandiendo el martillo. El golpe lo alcanzó en el brazo izquierdo. Con la mano derecha, se arrancó la navaja de la espalda y se la hundió a su atacante en el cuello, hasta las cachas.

El calvo cayó sentado en el asfalto. De su cuello brotaba la sangre a borbotones, como de un aspersor de jardín. Intentaba sacarse la navaja, pero estaba hundida tan profundamente que no podía.

Con el brazo izquierdo inerte, el Chiquitín recogió el martillo y se dirigió hacia el otro hombre, que se hallaba tirado en el suelo y gemía tapándose la cara con las manos. Levantó el martillo y le golpeó la cabeza una, dos, tres veces, hasta que quedó convertida en una pulpa sanguinolenta.

Volvió junto al calvo, que lo miraba con ojos vidriosos. Se agachó y, de un tirón, le sacó la navaja del cuello. Inmediatamente, la sangre brotó con más fuerza: a cada latido, un chorro. El calvo se tumbó lentamente en el suelo mientras la vida se le escapaba por la arteria abierta.

El Chiquitín se sentó en el borde de la calle. Ahora respiraba como una locomotora de vapor. Se palpó el brazo izquierdo y consiguió doblarlo. Luego se quitó la camiseta ensangrentada y fue a mirarse la espalda en el retrovisor del coche. El corte era poco profundo; la navaja sólo se había hundido un centímetro. Pero de la herida manaba un chorrito constante de sangre.

Miró alrededor: sólo había asfalto ardiente y matojos secos. Se quitó los pantalones y los calzoncillos. Luego dobló estos últimos en cuatro partes y los aplicó contra la herida de la espalda. Con el cinturón, ajustó el apósito hasta que temió que el cuero no resistiera más. Volvió a ponerse los pantalones y la camiseta. Se levantó, tambaleante, abrió la puerta del coche y se sentó al volante. Se agachó y levantó una esquina de la alfombrilla. Una bolsita de plástico quedó al descubierto. La abrió con cuidado, introdujo el meñique y lo sacó con la uña cargada de polvo blanco. Esnifó y repitió la operación varias veces. Luego guardó la bolsita en el cenicero, abrió la guantera y comprobó que el cuchillo de cocina seguía allí. Arrancó y se alejó poniendo el intermitente en cada cruce de aquellas calles muertas.

18

La Chata estaba tumbada en el sofá con los pies, tatuados con arabescos azules, reposando en el regazo del Chato. A pesar del aire acondicionado, ambos se encontraban en ropa interior. La gran pantalla de plasma lanzaba resplandores cambiantes sobre la pareja. La piel blanca y pecosa del pelirrojo brillaba como la de un lagarto. Se había cortado la coleta.

«Los cadáveres fueron hallados por la señora de la limpieza», decía una voz en off. La cámara enfocó el portal del edificio, frente al cual estaban plantados dos policías nacionales con los brazos cruzados y las piernas abiertas, y luego fue subiendo por la fachada hasta detenerse en las ventanas del cuarto piso. «El cuerpo de la mujer se hallaba desnudo y el del hombre tenía los pantalones en los tobillos. Ambos habían recibido varias puñaladas y estaban tendidos en un gran charco de sangre.» Un joven muy serio con gafas oscuras y un polo azul de Lacoste intentaba acceder a un coche entre un enjambre de periodistas. «Los agentes han interrogado al novio de la fallecida, que ha quedado en libertad sin cargos horas más tarde.» Una foto del tipo de las que figuran en los carnés de identidad ocupó toda la pantalla. «Según fuentes de la investigación, el fallecido, Javier Martínez, se dedicaba a prestar dinero de forma rápida a intereses muy altos. Sin embargo, su negocio no se basaba tanto en el cobro de esos intereses como en la ejecución de los avales de quienes no podían pagar a tiempo. Este tipo de actividad, que se ha disparado desde que estalló la crisis económica, podría haberle granjeado enemigos...»

—Uno que se pasó de listo —dijo el Chato, y cambió de canal.

—He gastado un poco de dinero —dijo la Chata. Su cuerpo conservaba la gracia despreocupada de la adolescencia y su piel satinada tenía un tono dorado—. He comprado dos biquinis, cuatro camisetas y dos vaqueros para el viaje.

—Joder, tienes el armario tan lleno de ropa que un día va a reventar.

—Pero todo lo que tengo es barato y malo.

—¿Cuánto has gastado?

—Adivínalo.

—Trescientos euros.

—Un poquito más.

—¿Más? Trescientos cincuenta.

—Más, hombre.

—¿Cuánto? ¿Cuatrocientos?

—Quinientos treinta.

—¡Joder!

—No te cabrees, anda, que hoy has ganado mil y pasado mañana nos vamos de viaje. Además —añadió con voz mimosa—, me ha picado una avispa.

—Hostias, es que, por mucho que gane, tú siempre gastas más. Es como intentar llenar de agua un cubo con un boquete como una naranja en el fondo.

—¡Huy, huy, que te estás enfadando...! ¿Qué puedo hacer para quitarte el enfado, eh? —La Chata se incorporó y le acarició las tetillas rosadas con sus pequeños dedos—. ¿Se te ocurre algo? —ronroneó.

En ese momento, su móvil la avisó desde la mesa baja de que había entrado un mensaje. Extendió el brazo y lo atrapó.

—¿Quién es? —preguntó el Chato.

—El Chiquitín. Le pide perdón al Guapo porque se le olvidó ir al Decathlon. —Arrojó el teléfono sobre la mesa y volvió a ronronear—: A ver, pelirrojo, ¿por dónde íbamos?

19

Un tenue resplandor comenzaba a perfilar las masas negras de los edificios de Madrid cuando el Saharaui terminó de hacer su equipaje. En el fondo de la maleta había colocado una vieja chilaba a rayas, un turbante negro, un par de sandalias gastadas y unas gafas de pasta con gruesos cristales de miope. En un compartimento lateral había escondido, envueltos en una bolsa de plástico, un pasaporte de Argelia y dos fajos de dinares argelinos y dírhams marroquíes. En medio, protegido por las prendas de vestir, iba un ordenador portátil. Encima de todo ello había puesto la bolsa de aseo, dos pantalones vaqueros, cuatro camisas, varios calcetines oscuros, una bolsa con un par de zapatos negros y un jersey. En una mochila había metido su ropa deportiva: zapatillas, pantalones, camisetas y un bañador naranja tipo bóxer. Su documentación española y marroquí estaba en una riñonera, junto a quinientos euros en billetes pequeños, algunas monedas, un mapa de Marruecos y Argelia, un pequeño bloc y un bolígrafo.

Miró el reloj de plástico que llevaba en la muñeca: las seis y quince. Salió de puntillas de la habitación y se dirigió al fondo del pasillo, donde estaba el baño. Al pasar ante las puertas de los otros cuartos oyó los ronquidos de los demás habitantes de la casa. La noche anterior se había despedido de ellos. Les había contado que la vida en España no había resultado ser tan fácil como él pensaba y que retornaba a El Aaiún para trabajar en el puerto.

Afeitado y duchado, volvió a su habitación. Echó otra ojeada al reloj: sólo habían pasado quince minutos. Colocó la alfombra en dirección al este y se dispuso a recitar la oración del alba.

Su teléfono móvil le avisó de que tenía un mensaje nuevo, pero él lo ignoró hasta que terminó de rezar. Entonces miró la pantalla, se ciñó la riñonera, se echó la mochila al hombro y cargó la maleta para no despertar a los que dormían.

Cuando salió a la calle vacía casi había amanecido. Jean-Baptiste, vestido con un traje de lino de color crema, bajó de su Mercedes para ayudarle a meter el equipaje en el maletero.

—Parece que vas a una boda —bromeó el Saharaui.

—Esto es más importante que una boda —respondió el Joyero.

La glorieta de Atocha estaba desierta cuando la cruzaron.

—Agosto —dijo Jean-Baptiste a modo de explicación.

Acercó la mano a la radio para encenderla, pero el Saharaui lo interrumpió:

—No.

Continuaron circulando en silencio.

En Leganés, pararon en un bar para desayunar. Sólo había en el local cuatro parroquianos, muertos de sueño, con aspecto de acabar de bajarse del camión.

—¿Lo tienes todo claro? —preguntó el Saharaui.

—Todo —respondió Jean-Baptiste—. He duplicado los códigos, por si acaso. ¿Usted cómo está?

El Saharaui respiró hondo antes de responder:

—He hecho todo lo que podía hacer. A partir de este momento debo ir resolviendo los problemas a medida que se presenten. ¡Que Alá me ayude!

—*Humma Alá Iana!*

Aparcaron el coche en la nave industrial y despidieron con una propina al guarda de seguridad. En cuanto salió, el Saharaui se apresuró a comprobar que el maletero del minibús no había sido manipulado.

—¿Algún problema? —preguntó el Joyero.

—Ninguno.

Fuera sonó un bocinazo. El Saharaui lanzó a Jean-Baptiste una mirada significativa y fue a abrir las puertas. Un chorro de luz procedente de la calle inundó la nave sombría.

Tres coches entraron, uno detrás de otro. Con una sonrisa, les indicó por señas dónde debían aparcar.

—Hola, buenos días, amigo —le dijo al Guapo—. ¿Has dormido bien?

—Muy bien. —Abrió el cargado maletero del BMW rojo y preguntó—: ¿En dónde ponemos todo esto?

—¿Son las cosas para el trabajo?

El Guapo asintió.

—Espera, por favor.

El Yunque, el Chato y el Chiquitín se habían bajado de sus coches.

—¡Hola, amigos! —El Saharaui volvió a mostrar sus dientes blanquísimos—. Mirad, éste es el señor Jean-Baptiste. Éstos son el Chato y su novia, el Yunque y su ¿chica? ¿Se dice chica? ¡Eso es, su chica! Y el Chiquitín y la Chiquitina. Y esta señora es la Guapa.

Sólo la Chiquitina y la Guapa llevaban vestidos. Las otras dos, vaqueros y camisetas.

—Aquí hace un frío del carajo. —La Yunque se frotó los brazos desnudos y miró el recinto con curiosidad. Además de teñirse de negro, se había quitado el aro de plata de la nariz.

El Joyero estrechó la mano a los hombres e, inclinándose, besó ceremoniosamente las de las mujeres.

—¡Oyyy, qué caballero! —exclamó la Chiquitina, riendo como una niña.

—¿Éste es el autobús? —preguntó la Chata.

—¡Saharaui —gritó el Guapo—, basta ya de mierdas y vamos al lío!

No se había movido de al lado de su coche. El Saharaui corrió hacia él.

—Perdón, perdón.

Los otros tres se acercaron a ayudarles. El Joyero se quedó charlando con las mujeres.

Acarrearon las pesadas bolsas de plástico hasta el pie del maletero. El Saharaui les mostró el interior. Los cuatro inspeccionaron el habitáculo.

—No se nota nada —dijo el Yunque.

—Y ahora, mirad —el Saharaui giró con cuidado las seis alcayatas y bajó la plancha de metal. En el interior del doble fondo, envueltas en gomaespuma y atadas unas a otras con cordeles, estaban las dos lanzas térmicas y las seis bombonas de oxígeno.

—Más vale que evitemos los baches —comentó el Chato—. Si no, ¡buuum! —Se había peinado hacia arriba el pelo corto, como si estuviera electrificado.

El Yunque le dio una colleja.

—¡Cállate, pajarraco!

—Aquí hay sitio para los equipos. —El Saharaui extendió los brazos para recibir la primera bolsa.

Al alcanzársela, el Chiquitín hizo un gesto de dolor. Llevaba el brazo izquierdo ceñido por una muñequera larga.

—¿Qué te pasa? —le preguntó.

—Un golpe —dijo, y se ruborizó.

—Se pegó una hostia en la calle —intervino el Yunque— y se hizo daño en el brazo y una herida en la espalda. Sabe Dios lo que habría bebido.

—No es nada —dijo el Chiquitín.

—¡Bienaventurados los borrachos —clamó el Chato con voz de profeta—, porque ellos verán a Dios dos veces!

Cuando terminaron de acomodarlo todo, volvieron a levantar la pared falsa de metal y ajustaron las alcayatas.

—Con cuidado —advirtió el Saharaui—, que no salte la pintura.

Luego colocaron el resto de sus equipajes.

—¡Las ocho y diez! —gritó el Guapo—. ¡Vosotras, vamos, al bus!

—Señor Romero —Jean-Baptiste se acercó a él con la mano extendida—, nos vemos aquí mismo dentro de ocho días.

—Tú ten la pasta preparada. —Se volvió hacia su mujer—: Gorda, ¿seguro que sabes volver a casa?

Ella asintió, muy seria.

—Mira lo que te digo: que no me entere yo...

El Guapo frunció el ceño.

—No me des más la brasa. —La abrazó y le dio un beso. Después se inclinó y le besó la tripa abultada.

El Saharaui encendió el motor; el Guapo ocupó el lugar del copiloto y cerró la puerta del minibús.

—¡Abrochaos los cinturones! —gritó el Chato.

El Joyero saludó con la mano hacia los cristales tintados. La Guapa tenía lágrimas en los ojos. El vehículo arrancó suavemente, salió a la calle y se alejó.

—¿Puedo acompañarla a algún sitio? —preguntó amablemente Jean-Baptiste.

II

ALGECIRAS-TÁNGER

1

A la altura de Aranjuez, el Chiquitín dijo que necesitaba ir al baño.

Los hombres habían elegido los asientos delanteros y las mujeres hablaban entre ellas en la parte de atrás del minibús. El Guapo se había sentado junto al Saharaui. Gritó sobre el hombro, por encima de la música de Camela:

—No llevamos ni cincuenta kilómetros. Hazte un nudo en la minga y paramos dentro de media hora.

—Tengo que ir, de verdad —insistió el Chiquitín. Tenía la cara blanca.

El vehículo estaba lleno de humo de tabaco. Tras los cristales tintados pasaban los secarrales de las afueras de Madrid, sobre los que comenzaba a apretar el sol.

—A ver, Saharaui —intervino el Yunque—, mira si hay una salida por ahí, antes de que éste estalle y lo llene todo de mierda.

El Saharaui puso el intermitente a la derecha y tomó la primera desviación que encontró hacia un área de servicio. Aparcó junto a la gasolinera; al lado había un hotel y un bar restaurante con un gran cartel: «LA PARADA». En cuanto el vehículo se detuvo, el Chiquitín movió su enorme cuerpo hasta que logró salir al aire libre. Se dirigió con paso muy rápido y las piernas muy juntas, como un oso practicando marcha atlética, hacia el bar restaurante. La Chiquitina fue tras él.

El Guapo apagó la música y se volvió.

—Vamos a aprovechar. Todo el mundo a exprimir la vejiga y las tripas. Las chicas, a comprar bebidas y bocadillos. No volvemos a parar hasta Algeciras. Ya está bien de perder el tiempo.

El Saharaui los observó bajarse a través de sus gafas oscuras.

—¿Tú no vienes? —le preguntó el Guapo.

—Hay que vigilar el autobús.

El Guapo asintió y se marchó con los otros.

Cuando llegaron, la Chiquitina estaba apoyada junto a la puerta del servicio de caballeros. El Yunque fue hacia ella. Los demás siguieron hasta el bar.

—¿Qué le pasa?

La mujer puso los ojos en blanco.

—Lleva varios días rarísimo: apenas pega ojo, está de un humor de perros, le duele el brazo, tiene la tripa suelta...

—Voy a ver si necesita algo. —El Yunque entró en el servicio. Varios hombres utilizaban los urinarios. Sólo dos cabinas estaban ocupadas—. Chiquitín —dijo junto a una de ellas—, ¿estás bien?

—Sí —respondió el Chiquitín desde la otra—. Ahora salgo.

Se oyó un estallido de tripas y correr el agua de la cisterna. Un hombre vestido con un polo rosa y unos pantalones morados miró al Yunque y enarcó las cejas.

El Yunque tuvo tiempo de orinar y de enjuagarse las manos y la cara antes de que volviera a oírse el ruido de la cisterna y se abriera la cabina.

—Joder, tío —dijo, tapándose la nariz—. Cierra al menos la puerta.

El Chiquitín obedeció. Seguía pálido. Sus pulmones sonaban como dos ollas exprés y se sujetaba el brazo izquierdo con la mano derecha.

La Chiquitina estaba esperándolo.

—¿Estás bien?

—Sí, dame un par de esas pastillas para el dolor.

—El prospecto dice dos al día. Son las nueve de la mañana y ya llevas tres.

—Esas dosis son para los que no pesan ni la mitad que yo, joder. Me duele. Dámelas de una vez.

—Es que, además, a este ritmo no te van a llegar para toda la semana...

—¡Que me las des, coño!

La Chiquitina suspiró, abrió su bolso y sacó una caja verde y blanca.

—Toma. A partir de ahora las llevas tú. Trágate las que quieras. Por mí, como si te mueres.

—¿Qué es eso que tomas? —le preguntó el Yunque.

—Para el dolor del brazo.

—¿A ver? —el Yunque le quitó la caja de las manos—. Adolonta retard cien miligramos —leyó en voz alta—. Comprimidos de liberación prolongada. ¿Y te quitan el dolor?

—¡Qué va! Bueno, un poco. Sólo un poco.

Echaron a andar hacia el bar.

—¡Ya está aquí el hombre bomba! —anunció el Chato.

El Guapo le dio una palmada en la espalda al Chiquitín.

—¿Mejor?

El grandullón asintió.

—Tómate un té o una manzanilla, anda. Aún tienes mala cara. Hemos comprado provisiones y no volveremos a parar hasta Algeciras. El que quiera cagar o mear tendrá que hacerlo en marcha, por la puerta.

—Confundirían el culo del Chiquitín con la cabeza de un cachalote fumándose un puro —dijo el Chato. Fue el único que se rió de su propio chiste.

Cuando, quince minutos más tarde, salieron del bar, la Chiquitina lanzó un grito ahogado y señaló hacia delante: dos guardias civiles habían aparcado sus motos junto al minibús y hablaban con el Saharaui a través de la ventanilla. El Guapo se adelantó balanceando los hombros.

—¿Qué pasa?

Los guardias, que no se habían quitado los cascos, llevaban gafas de sol de espejo. Uno de ellos se volvió. Era joven, probablemente más joven que el Guapo.

—¿Quién es usted?

—Es uno de los pasajeros —aclaró el Saharaui—. Ahí vienen los demás. —Se volvió hacia el Guapo—: Los agentes querían saber si los papeles del coche estaban en orden.

El guardia se quitó las gafas y miró los brazos tatuados del Guapo.

—¿Adónde se dirigen?

—A Marruecos. —El Guapo puso los brazos en jarras—. ¿Qué pasa? ¿Es delito irse de vacaciones?

—¿Me permite su documentación?

El Guapo se volvió hacia el resto del grupo con sonrisa de perdonavidas.

—Tiene cojones —dijo, y sacó la cartera del bolsillo trasero de sus vaqueros.

El guardia inspeccionó el documento de identidad con deliberada calma. Se lo devolvió clavándole una mirada penetrante.

—Cumplimos con nuestro deber, caballero —dijo—. Pueden continuar.

Los agentes subieron a sus motos y se alejaron hacia la carretera.

—Chulos de mierda —murmuró el Guapo, y escupió por el diente mellado.

El Yunque miró alrededor.

—¿Y el Chiquitín?

—Venía con nosotros —dijo el Chato.

—Mira, allí está. —La Chata señaló hacia el otro lado de la gasolinera.

El Chiquitín caminaba hacia ellos, sujetándose el brazo malo, entre los coches que hacían cola en los surtidores.

—¡Venga, tío, que tienes que entrar el primero! —le gritó el Yunque. Luego, en voz más baja, murmuró—: ¿Qué coño habrá ido a hacer allí?

2

Las chicas tarareaban con los rostros vueltos hacia las ventanillas. Cada vez que Bob Marley entonaba el estribillo a través de los altavoces, ellas repetían «*No, woman, no cry!*», como si fueran sus coristas.

El Saharaui observó de reojo al Guapo, que tecleaba en su móvil en el asiento de al lado.

—Al policía no le gustaron tus tatuajes.

—Era un gilipollas —dijo el Guapo sin levantar la vista de la pantalla.

—A mí me pidió la documentación porque tengo cara de moro, y a ti porque tienes los brazos tatuados. —El Saharaui se rió.

El Guapo se volvió hacia él, muy serio.

—Si lo que te preocupa es que mis tatuajes llamen la atención en Marruecos, tranquilo. Llevo cuatro camisas de manga larga en la maleta.

—No, no, amigo. Sólo recordaba su cara de cabrón debajo del casco...

El olor de los bocadillos de embutido se había mezclado con el del tabaco. El Yunque y el Chato dormitaban en sus asientos. En el suyo, el Chiquitín inclinaba la cabeza sobre su iPad. Dos cables blancos conectaban sus orejas con la tableta.

«Los dos hombres llevaban tres días muertos, según el informe del forense —decía una voz en off mientras la cámara mostraba las calles desiertas de Seseña—. Uno de ellos fue asesinado a martillazos y el otro recibió en el cuello una puñalada que le provocó la muerte por hemorragia. Ambos trabajaban para el prestamista Javier Martínez, cuyo cadáver fue encontrado hace dos días en su oficina del barrio de Aluche junto al de su secretaria. Los dos cuerpos estaban semidesnudos y presentaban numerosas heridas de arma blanca. La policía parece haber descartado definitivamente el móvil pasional y centra ahora sus investigaciones en los negocios de Martínez...»

—¿Qué tal vas? —la Chiquitina lo miraba desde arriba. Se había asomado sobre el respaldo de su asiento sin que él se diera cuenta. Con un rápido movimiento de la mano, apagó la pantalla. Ella señaló el iPad con severidad.

—¿Qué estabas viendo ahí?

—Nada. Una peli. —Entonces levantó la cabeza, miró por encima del hombro de su novia y sus ojos se llenaron de furia—. ¿Quién es ése?

La Chiquitina se volvió:

—¿Quién?

—El maricón ese de la tele que está contigo.

—¿Me estás tomando el pelo? Aquí no hay nadie.

El Chiquitín metió el iPad en el bolsillo del asiento delantero, se desabrochó el cinturón de seguridad e intentó incorporarse.

—Me voy a dar un paseo —dijo con decisión—. Me estoy abrasando.

—¡Víctor! ¿Qué te pasa?

—¡Dejadme pasar! ¡Dile al maricón que se aparte!

El Yunque se incorporó en su asiento.

—¿Qué te pasa?

—¡Quítate, que me estoy abrasando!

El Guapo ya se había deslizado entre su asiento y el del Saharaui:

—¡Eh, eh, tranquilo!

—¿En dónde te quema, Víctor? —La Chiquitina parecía a punto de llorar.

—¡Dejadme pasar!

—Éste se ha metido algo —dijo el Yunque—. ¡Guapo, ven a echar una mano!

El Chato le tendió una botella de agua.

—Bebe, tío, bebe.

La Yunque y la Chata, desde sus asientos, decían algo que se perdía bajo el sonido de la música.

El Guapo llegó, doblado por el bajo techo, apartándolos a todos.

—A ver, ¿qué pasa?

—Se ha metido algo —insistió el Yunque.

—¡Han sido las pastillas, que se ha comido doscientas! —rompió a llorar la Chiquitina—. ¡Te lo dije, Víctor!

—Venga, Chiquitín, dame un abrazo. —El Guapo abrazó al gigantón y comenzó a frotarle la espalda.

—Necesito bajarme, tío, me estoy quemando —dijo el Chiquitín, un poco más calmado.

—En un momento paramos, ¿vale? —Se volvió hacia los otros—: ¡Aquí no hay nada que ver! Venga, tío, cuéntamelo todo. ¿Qué te has metido, eh?

—Las pastillas, te juro que sólo he tomado las pastillas. Tengo que bajar, tengo que bajar.

La Chiquitina ya estaba leyendo el prospecto:

—Posibles efectos adversos... Alucinaciones, estado de confusión, alteraciones del sueño... ¡Son las putas pastillas para el dolor! —sollozó.

El Guapo le puso en la mano al Chiquitín una botella de agua de litro y medio.

—Venga, tómatela en dos tragos. Tienes que mear toda esa mierda que te has metido.

—¡Hay que parar y llevarlo al médico! —chilló la Chiquitina.

—No te pongas histérica. —El Guapo la miró con severidad—. Estas cosas se eliminan meando. Si no mejora, lo llevamos al médico en Algeciras.

La Chiquitina miró hacia la parte delantera del vehículo:

—¿Cuánto falta para Algeciras?

—Dos horas —respondió el Chato—, sólo dos horas. Estamos ya a la altura de Sevilla.

El Chiquitín le devolvió al Guapo la botella vacía y le preguntó en tono confidencial:

—¿Qué hace aquí el maricón ese de la tele con ella?

El Saharaui observaba a través del espejo retrovisor.

3

—¿Usted qué se ha creído? ¿Que las pastillas son pipas de girasol?

El médico le había tomado la tensión y le había escrutado las pupilas con una linterna. Ahora estaba con los brazos en jarras junto a la camilla en la que el Chiquitín se hallaba tumbado.

—¿No sabe leer o qué? La dosis prescrita es de dos comprimidos por día y usted se ha tomado doce en cuatro horas. Este medicamento es un opioide y actúa sobre células nerviosas de la médula espinal y del cerebro, nada menos. ¡Poco es lo que le ha pasado para lo que podría haberle ocurrido! Levántese y vístase.

El médico se sentó a su mesa y escribió una receta. Se la entregó a la Chiquitina, sin mirarlo a él, lo que fue una forma más de mostrarle su desprecio.

—Dele una de éstas antes de cada comida. Que siga bebiendo mucha agua. Nada de alcohol.

—¿Y para el dolor, qué tomo? —intervino el Chiquitín en tono sumiso.

—¡Ajo y agua!

Mientras bajaban en el ascensor, guiñó los ojos y preguntó a su novia:

—Entonces, ¿el maricón ese de la tele no estaba contigo?

—No, Víctor.

—¡Joder, esto es como llevar una doble vida!

El minibús estaba aparcado frente a la consulta. Seis pares de ojos se clavaron en ellos cuando entraron.

—¿Qué? —preguntó el Guapo.

—El diagnóstico es: ¡Idiota! —dijo la Chiquitina, acomodándose en su asiento—. Se ha tragado en cuatro horas seis veces más pastillas de las que debía tomarse en veinticuatro. Al médico sólo le ha faltado darle una hostia.

—¿Le ha mandado algo?

—Tiene que tomar otras pastillas antes de las comidas. Nada de alcohol y mucha agua.

—Podemos comprarlas en la farmacia del puerto —dijo el Saharaui.

El Guapo miró su reloj:

—Ya son las cinco. Vamos para allá. ¿Hay algún restaurante?

—Muy malo. Mejor un bocadillo en el barco.

Siguieron las indicaciones de los carteles que mostraban la silueta de un barco y la palabra Tánger. A medida que se acercaban al puerto, aumentaba el número de coches cargados de familias magrebíes con descomunales bultos en las bacas. Los vehículos, viejos y de grandes marcas, avanzaban igual que caracoles. Dos niños les hacían muecas a través del cristal trasero de un Mercedes.

El Saharaui se detuvo ante un edificio del puerto, bajó la música y encendió las luces de emergencia. Escoltado por el Chato, entró a comprar los billetes y las pastillas para el Chiquitín. En el vestíbulo, las voces de los viajeros que iban y venían formaban un eco de palabras mezcladas en varios idiomas. Un tipo flaco y desdentado se acercó a ellos para pedirles algo de dinero con el que comprar un bocadillo.

—Lárgate de aquí o te doy una hostia —dijo el pelirrojo. Al ver la mirada sorprendida del Saharaui, añadió con desprecio—: ¡Yonqui de mierda!

En el minibús, el Chiquitín tenía puestos los auriculares y movía nerviosamente una pierna. El Yunque se dirigió a él.

—¿Cómo estás, tío?

—Mejor, mejor.

—¿Qué estás escuchando?

—La radio. Escucho la radio —dijo, quitándose los cascos.

—Tío, te tiemblan las manos.

El Chiquitín no respondió. Miraba de reojo a los policías municipales que ordenaban las filas de coches que se disponían a embarcar.

—¿Cuándo hay que entregar el pasaporte? —preguntó.

Se abrió la puerta corredera y subió el Chato con la medicina. El Saharaui entró por la del conductor.

—Todo listo —dijo. Colocó las tarjetas de embarque sobre el salpicadero, apagó los intermitentes y se incorporó a la fila de vehículos.

—Nunca había visto tantos moros juntos —murmuró el Guapo.

El Saharaui se echó a reír.

—Pronto verás muchos más. ¡Un país lleno de moros!

El minibús avanzaba lentamente hacia el muelle, donde estaban atracados dos barcos. Con sus bodegas abiertas, parecían ballenas que se iban tragando los coches uno a uno. Cuando el Saharaui se detuvo junto al empleado de la naviera que recogía las tarjetas de embarque, el Chiquitín se encogió en su asiento. Luego el vehículo aceleró y se dirigió hacia la estrecha rampa.

—¿Cuándo hay que entregar los pasaportes? —volvió a preguntar.

—En Tánger —contestó el Saharaui por encima del hombro.

—¿Entonces no hay que dárselos a la policía española?

—¡Ay, África, qué emoción! —exclamó la Chata—. Los saharauis sois africanos, ¿verdad?

4

La gran sala del barco parecía un cine, con las hileras de butacas apuntando hacia delante y la moqueta maloliente. El aire estaba lleno de conversaciones en árabe y gritos de niños que correteaban por los pasillos. El Guapo, el Saharaui y el Yunque hicieron cola ante el bar para comprar bocadillos y bebidas. En los monitores de televisión, un negro llamado Django viajaba con un blanco bajito en un carromato con una gran muela en el techo. Todos, salvo el Saharaui y el Chiquitín, se pusieron los auriculares para escuchar la película.

Acababan de comerse los bocadillos y aún estaban bebiendo las cervezas cuando el mar comenzó a zarandear el buque. Los estómagos de los viajeros empezaron a subir y bajar al ritmo del oleaje.

—Viento de poniente —comentó el Saharaui en voz muy alta para que el Guapo lo oyera.

Enseguida comenzaron a oírse arcadas. Los pequeños que antes se mostraban tan juguetones lloraban con desconsuelo. La primera del grupo en vomitar, en una bolsa de plástico, fue la Chiquitina. Su novio, el Guapo y las otras dos mujeres no parecían estar mucho mejor, y miraban al vacío muy pálidos. Una pareja de policías pasó junto a ellos observando con atención sus rostros, como si estuvieran buscando a alguien en particular.

El Saharaui se levantó y se acercó a hablar con una familia marroquí. Volvió al cabo de unos minutos con cinco pastillas amarillas en la palma de la mano.

—Para el mareo —dijo—. Una para cada uno.

Las mujeres se las tragaron inmediatamente, pero el Guapo negó con la cabeza.

—Son de Biodramina —insistió el Saharaui.

El Guapo volvió a negar, aunque el color de su cara no había mejorado.

—No me hace falta. —Se volvió hacia el Chiquitín—: Tú tampoco la tomes. A saber qué reacción pueden hacerte con todo lo que te has metido.

Obediente, el gigante devolvió la píldora al Saharaui, que se guardó ambas en el bolsillo de la camisa.

Desde donde estaban no podían ver el mar. Las ventanillas, cubiertas por una costra de salitre y suciedad, lo impedían. El Yunque y el Chato salieron a fumarse un cigarrillo en la estrecha cubierta. El Saharaui fue tras ellos.

El viento era allí fuera tan fuerte que les impedía encender los mecheros y les obligaba a hablar a voces. El Chato señaló el mar: siete delfines avanzaban paralelos al buque con elegantes ondulaciones. Durante un rato los miraron saltar sobre las cejas blancas de las olas.

—Esto me recuerda a cuando estuve en la Legión —dijo el Yunque, situándose de espaldas al vendaval—. El ventarrón casi nos tiraba al suelo cuando salíamos de patrulla. Pero en vez de venir cargado de agua, como éste, iba cargado de arena.

—¿Estuviste en el ejército? —El Saharaui hizo la pregunta con tanta viveza que el Yunque lo miró con sorpresa.

—Casi dos años —gritó.

—¿Te gustó?

—Nada. Quería comprarme un Audi A-1. La mayoría de la gente estaba allí porque quería comprarse un coche. Los fabricantes de coches deberían poner vallas publicitarias en todos los cuarteles.

—¿Estuviste en España o saliste fuera?

—Me mandaron seis meses a Herat, en Afganistán.

—¿Y qué hacías allí?

—Matar el tiempo. Lo que haces en el ejército es simplemente estar en un sitio y rogar que no pase nada. Y si pasa, te pones a disparar como un loco hasta que agotas el cargador y luego sales corriendo.

—¿Mataste a alguien?

—¿Cómo voy a saberlo? Disparábamos a ciegas contra el lugar desde el que se suponía que nos habían atacado. Si alguna de esas cientos de balas le dio a alguien, no lo sé.

—¿Ya está el abuelete con sus batallitas? —El viento pegaba al cuerpo del Chato la camiseta que llevaba—. Que te diga por qué lo echaron. Anda, Yunque, díselo.

El Yunque se encogió de hombros.

—¡Lo echaron por meter la mano en la caja!

—Los oficiales se lo estaban llevando crudo a base de hinchar las cuentas de la comida y de las obras. Pensé que yo también podría pillar algo, pero no les gustó la idea. Me largaron por la puerta de atrás, para no armar un escándalo. Y ahí se acabó mi aventura en la Legión. Al final, no me llegó para comprarme el coche.

—Pero ahora tienes entrenamiento militar —dijo el Saharaui con admiración—. Eso es bueno.

El Yunque volvió a encogerse de hombros.

—¿Vamos dentro?

Entraron en la gran sala empujados por una ráfaga de viento cargado de sal. El Guapo los miró con ojos vidriosos. A su lado, el Chiquitín estaba pálido como un cadáver. Las tres mujeres presentaban un aspecto más animado. En los televisores, Django, vestido ahora de vaquero, estaba perpetrando una matanza de blancos.

—¿Falta mucho? —preguntó la Yunque—. Porque yo no aguanto más sin ir al baño. Los lavabos están atascados. Hay un charco de mierda delante de la puerta.

El Saharaui miró su reloj de plástico.

—Unos quince minutos.

—Oye —el Chiquitín le tiró de la manga de la camisa—, ¿cómo es la aduana de Tánger?

—¿Cómo es? Como un zoco, amigo. Un follón. —Se rió.

—Quiero decir —siguió con su respiración agónica— si es antigua o si tiene ordenadores y esas cosas.

5

Un hombre en uniforme militar pateaba con saña a un niño semidesnudo que estaba tirado en el suelo. El niño tendría unos diez años. Lloraba, chillaba y se retorcía en el polvo, pero el militar no dejaba de golpearlo con sus botas negras. Se agachó y lo levantó en vilo por una oreja. Así, con el niño caminando a su lado de puntillas, desapareció detrás de un edificio de la aduana de Tánger.

—¡Qué bestia! —dijo la Chiquitina—. ¡Qué animal!

—Y nadie ha dicho ni pío. —Había anochecido y el Yunque contemplaba a través del cristal oscuro del minibús detenido a la multitud que esperaba su turno bajo los focos, en torno a los cuales revoloteaban miles de insectos. Algunos hombres se habían bajado de los coches y charlaban. Las mujeres y los niños hablaban con las ventanillas bajadas. Nadie parecía tener prisa—. Míralos a todos: se la pela.

—¡Uaja dulaja jara baraja! —se burló el Chato.

Hacía un rato que el Saharaui había ido con el Guapo a intentar agilizar los trámites de entrada en Marruecos. Les había repetido que no se bajaran del vehículo bajo ningún concepto. Si había algún problema, debían llamarlo al móvil y él volvería al momento.

Un hombre desdentado golpeó la ventanilla del copiloto. No le hicieron caso, pero el individuo insistió. El Yunque le preguntó a través del cristal qué quería, y el otro le hizo gestos para que bajara la ventanilla.

—¿Qué pasa? —preguntó el Yunque con mala cara tras bajar el cristal hasta la mitad.

—¡Hola, amigo! ¿Español de dónde?

Era un tipo enteco y cetrino. Tenía unos cuarenta años y vestía una camisa amarillenta.

—De Madrid. ¿Qué pasa?

—¡Madrid muy bonito! Yo tuve una novia de Madrid. Mi hermano trabaja en Madrid.

—Muy bien, pero deja de dar golpes en la ventanilla, ¿vale?

El desdentado bajó la voz, como si revelara un secreto:

—Amigo, tengo papeles para aduana. Conmigo pasas rápido. Yo conozco al jefe.

—No, gracias. Y deja de tocar el autocar.

La cara de la Chiquitina apareció por detrás de la del Yunque:

—Oye, ¿tú sabes por qué el militar ese le pegaba antes al niño pequeño?

—¡Hola, señora! ¿Militar? No, no militar. ¡Mehani! ¿Tú sabes? El niño, malo. Quería cruzar el mar debajo de un camión. Está prohibido, muy peligroso. —Alargó la mano—: Vamos, papeles de aduana.

El Guapo apareció junto al desdentado.

—¿Qué pasa?

El Yunque señaló al marroquí con la barbilla:

—Éste, que dice que conoce al jefe de la aduana y que nos ayuda con los papeles.

—Jefe amigo mío —dijo el individuo.

El Guapo no le prestó la menor atención. Abrió la corredera.

—A ver, las chicas. Id con el Saharaui, que está en la tercera cola. En cuanto terminéis, venid cagando leches, que vamos los demás.

—Jefe amigo mío —insistió el otro—. Todo rápido, no hay problema.

El Guapo se volvió.

—¿Por qué no te vas ya de aquí, eh? ¡Lárgate, coño!

En un instante, la cara del individuo se transformó en una máscara de odio.

—¡Tú racista! —gritó.

Los ojos de docenas de marroquíes que esperaban su turno se volvieron hacia ellos mientras las tres mujeres bajaban del autobús, esquivaban al hombre y se iban hacia donde les había indicado el Guapo.

—¡Tú racista! —seguía gritando el marroquí—. ¿Para qué vienes a Marruecos si tú racista?

El Guapo subió al autobús y cerró la puerta mientras el otro seguía vociferando fuera. Ahora daba gritos en árabe y escupía en el suelo junto al minibús.

—¿Por qué no le damos una mano de hostias? —propuso el Chato.

—Porque no queremos acabar detenidos, por eso —respondió el Yunque, irritado.

Pronto se oyeron golpes en la carrocería del vehículo. El tipo parecía haber entrado en trance y aporreaba la chapa. Un policía con las manos en los bolsillos observaba la escena a sólo unos metros de distancia.

—Este moro de mierda está loco —masculló el Guapo con una voz que mezclaba el temor y la rabia—. Todavía nos va a meter en un lío. ¿Y el policía no hace nada?

—Porque está pensando en qué puede sacar él de este jaleo —contestó el Yunque antes de bajar la ventanilla del copiloto—. ¡Eh, amigo! ¡Ven aquí!

El marroquí interrumpió un momento los gritos. Sus ojos brillaron con astucia. Mientras se acercaba a la ventanilla, volvió a gritar:

—¡Tu amigo racista! ¡Insulta a los marroquíes!

—A ver —dijo el Yunque con suavidad. Tenía en la mano un billete de diez euros, donde el otro pudiera verlo, pero no los demás viajeros—. Si dejas de molestar, te doy el dinero que tengo en la mano. Si sigues gritando, vamos a la policía y te quedas sin nada. ¿Qué te parece?

El desdentado miró hacia ambos lados para cerciorarse de que nadie vería la transacción.

—Dame otro billete —dijo muy deprisa—. Veinte euros.

El Yunque sacó del bolsillo un billete de veinte euros.

—Dame los dos, dame los dos —dijo el marroquí—. Rápido.

El Yunque resopló y le tendió los dos billetes, que el individuo hizo desaparecer como un ilusionista hace que se esfume una carta de la baraja. Luego le estrechó la mano.

—Bienvenido, amigo. Bienvenido. —Sonrió y se alejó entre el enorme atasco de coches.

El policía que había estado mirando se fue tras él.

—Me cago en su puta madre —masculló el Guapo.

—Ahí viene la Chiquitina con su gran fular rosa ondeando al viento del desierto —ironizó el Chato—. ¿Sabes, Chiquitín? Nunca he entendido por qué se tatuó un caballito de mar en el cuello. Si quería hacerte un homenaje, habría sido más lógico que se tatuara un langostino.

El Chiquitín, abstraído, no contestó. Su novia se asomó al interior de la furgoneta e hizo gestos apremiantes con la mano:

—Dice el Saharaui que vayáis rápido para no perder el sitio en la cola.

Los tres hombres descendieron. El Guapo miró a los dos lados con los ojos encendidos.

—Si vuelvo a ver a ese moro, lo mato. —Escupió por el diente mellado—. Me da por culo el dinero: lo mato a hostias.

El Yunque volvió la cabeza.

—¡Venga, Chiquitín! ¡No te quedes atrás!

6

El Chiquitín pareció encogerse cuando el policía de rostro adusto que estaba detrás de la ventanilla lo miró fijamente. El agente introdujo el pasaporte en el ordenador, tecleó y volvió a sacarlo. Con él en la mano, preguntó algo en árabe a su compañero. Éste echó un vistazo al documento y se levantó de su silla para observar la pantalla. El gigante temblaba mientras ambos discutían. Bruscamente, el debate acabó. El segundo policía volvió a su sitio y el primero estampó un sello en el pasaporte y anotó a mano un número. Lo cerró y se lo devolvió a su dueño sin pronunciar palabra.

—Ya están todos —dijo el Saharaui—. Vamos al minibús.

El Guapo observaba al Chiquitín, que ahora encabezaba la marcha de vuelta al vehículo. El Saharaui caminaba detrás de ambos.

—Chiquitín, ¿qué coño te pasa? —El Guapo lo cogió por el codo bueno.

El Chiquitín dio un respingo.

—Nada. ¿Por...?

—Temblabas como un flan delante del madero.

—Es que aún no me encuentro bien. —La oscuridad ocultó su rubor—. A veces me dan vahídos, ¿sabes?

El Guapo le apretó más fuerte el codo.

—No me jodas. A ti te pasa algo con la poli. Desapareciste cuando viste a aquellos dos picos hablando con el Saharaui en

Aranjuez. Te has tirado el viaje preguntando si había que entregar el pasaporte en España, si los marroquíes tenían ordenadores... ¿Qué hostias te pasa?

—Nada, tío. Es que a mí la madera me pone muy nervioso. Y más la de aquí.

Los cinco hombres subieron al minibús.

—¿Todo bien, señoras? —El Saharaui arrancó el vehículo y dirigió a las mujeres una sonrisa de oreja a oreja a través del retrovisor.

—Muy bien —respondió Chata.

La Chiquitina dijo:

—Yo no. Todavía tengo el estómago revuelto después de ver la paliza que el militar ese, el ¿mchari, o cómo dijo que se llamaba el loco aquel que se acercó al coche?, le dio al pobre niño.

El Guapo se volvió en el asiento.

—¿Qué paliza?

La Chiquitina relató el episodio con detalle:

—Y luego se lo llevó de una oreja, pero en vilo, ¿sabes? ¡Pobrecito! Si ese bestia le dio semejante tunda delante de todo el mundo, ¡a saber lo que le habrá hecho después, cuando se lo llevó detrás del edificio!

—¡Joder, qué mierda de país! —bufó el Guapo—. ¡Y luego el hijoputa aquel me llama racista! Acabo de llegar y ya me entran ganas de matar a alguno.

—¡Mira, mira, mira! —gritó el Chato—. ¡Ése es! ¡Está intentando timar a unos paisanos!

El marroquí, con su inconfundible camisa amarillenta, estaba apoyado en la ventanilla de un Volkswagen Golf negro con matrícula española.

—Deberíamos avisarlos de que ese moro es un estafador —dijo la Yunque.

El Guapo se desabrochó el cinturón de seguridad.

—Para, que voy yo.

El Saharaui dudó un momento y frenó un poco más adelante.

—Jefe, mejor no meterse en problemas. La gente como ésa es muy rara. No sabes qué puede pasar. Podemos acabar en la comisaría.

—Es verdad, vámonos de aquí —dijo el Chiquitín desde el fondo.

El Guapo dudó un momento. Luego dio una palmada en el salpicadero:

—Da marcha atrás.

El marroquí estaba de espaldas cuando el minibús se detuvo paralelo al Golf.

—¡Eh, paisanos! —gritó el Guapo por la ventanilla.

El hombre se dio la vuelta. Al verlo, se le borró la sonrisa.

—Tened cuidado con este hijoputa —advirtió el Guapo a la joven pareja que iba en el otro coche—. Nos acaba de estafar treinta euros con la misma historia que os está contando a vosotros.

—¡Racista! —gritó el marroquí—. ¡Es un racista! —Y comenzó a vociferar en árabe.

El Saharaui echó el freno de mano y se bajó. Rodeó el vehículo y, con gesto muy serio, le dijo al individuo algo en su idioma. Fue un párrafo breve, pronunciado en tono cortante. El otro se calló de golpe y abrió mucho los ojos, como si hubiera visto al diablo. Sin una palabra, dio media vuelta y se fue corriendo entre los coches. El Saharaui permaneció un rato con los brazos en jarra, mirando cómo se alejaba.

Entonces el Guapo también bajó del minibús:

—¿Qué os estaba diciendo el cabrón ese?

El muchacho que conducía debía de rondar los veinte años y llevaba gafas graduadas con la montura roja. Su novia tenía una larga melena rubia y lisa.

—Decía que si lo dejábamos subir al coche nos podía llevar a un hotel de la playa donde le hacen descuento.

El Guapo se rió.

—Os habéis librado de una buena. —Apoyó un antebrazo tatuado en el techo del coche, se dobló hasta que su cara quedó a la altura de la ventanilla. La chica vestía unos shorts vaqueros muy cortos—. ¿De dónde sois?

—De Barcelona.

—Si me permitís un consejo, esos pantalones que llevas —señaló las piernas bronceadas de la rubia— están muy bien para

España, pero en Marruecos pueden darte problemas. —Se volvió hacia el Saharaui—: Vámonos.

—¡Oye! —llamó el chico—. ¿Sabéis de algún hotel que esté bien por aquí?

El Guapo se volvió hacia el Saharaui:

—¿Cómo se llama el nuestro?

—El Minzah.

—Nosotros vamos al Minzah —repitió.

—¡Os seguimos!

El Saharaui arrancó al tiempo que el Guapo cerraba la puerta.

—¿Qué le has dicho al hijoputa para que saliera corriendo?

—Le he dicho que era amigo del Chiquitín. —El Saharaui se rió.

El Golf se pegó al guardabarros trasero del minibús.

7

El recepcionista del Minzah alzó la cabeza y dio un respingo al ver al Saharaui. Recorrió con la vista las caras de sus acompañantes y durante unos segundos pareció desconcertado.

—Tenemos cinco habitaciones reservadas —le dijo el Saharaui en francés—. A nombre de José Manuel Romero.

El otro pareció volver en sí. Farfulló una disculpa y consultó su ordenador.

—Perfectamente, señor: cinco habitaciones para dos noches. ¿Me permiten sus pasaportes?

Cuando el Saharaui se los entregó, lo primero que hizo el recepcionista fue buscar el suyo y comprobar su identidad. Cuando lo hubo hecho, sonrió.

—Perdone, pero cuando lo he visto entrar le he confundido con...

—Sí, sí, ya lo sé. Pero ni siquiera soy familia suya.

El otro se echó a reír.

Los dos jóvenes del Golf negro esperaban a un lado del mostrador. La rubia se había atado a la cintura una chaqueta que cubría la parte posterior de sus muslos. Era una de esas mujeres lánguidas, de piel blanca y ojos azules que en las películas antiguas de espadachines interpretaban papeles de princesas.

—Disculpa —dijo su novio en francés al recepcionista—, ¿tienes una habitación doble para esta noche?

El hombre apenas levantó la vista.

—Lo lamento, señor —respondió en español—. Estamos completos.

—¿Y sabes de algún otro hotel cercano que esté bien y que tenga habitaciones libres?

—Es difícil —dijo, sin dejar de atender a su trabajo—. En estas fechas suelen estar todos ocupados.

La Chiquitina tocó al Guapo en el brazo.

—El Saharaui y tú tenéis una habitación cada uno. Por una noche, podríais dormir juntos y les dejabais una a ellos.

El Guapo y el Saharaui se miraron, y los demás los miraron a ellos.

—Preferiría que ella durmiera conmigo y él con el Saharaui. —El Guapo se rió.

La rubia sonrió, pero no su novio.

—Hecho —la Chiquitina se volvió sonriente hacia la pareja—. Por esta noche tenéis habitación. ¿Cómo os llamáis?

—Jordi —dijo el muchacho—. Ella es Helena.

Cuando terminaron de rellenar las fichas, el recepcionista llamó al botones.

—Los equipajes están en el coche —le dijo el Saharaui.

—Lo siento, señor, pero no nos queda sitio en el aparcamiento del hotel. Sin embargo, hay un garaje aquí cerca, de absoluta confianza, con el que trabajamos habitualmente. Si lleva usted el coche allí, entréguele al guarda esta tarjeta —garabateó una firma en la cartulina— y lo cargaremos a su cuenta, exactamente como si lo hubiera estacionado en nuestro parking.

—¿Es seguro?

—Señor, es el garaje más seguro de todo Marruecos. Tiene vigilancia las veinticuatro horas. Jamás ha habido allí un robo. El hombre que lo cuida... Es un hombre muy peculiar —sonrió—, ya lo verá. Pero es absolutamente responsable.

El Saharaui asintió. Al pasar junto al Guapo, susurró:

—Voy a verlo.

—Te acompaño.

Salían del hotel cuando oyeron la voz alarmada del Chiquitín:

—¿No nos devuelve los pasaportes?

—Los necesitamos para tomar unos datos —dijo el recepcionista—. Cuando vayan a salir, los tendrán ya a su disposición.

Subieron al minibús. Tras cerrar la puerta, el Guapo silbó por lo bajo:

—¡Joder, cómo está la rubia!

—Guapa, ¿eh?

—Había pensado en muchas maneras de pasar la noche, pero nunca imaginé que dormiría contigo. Espero que sea verdad que no eres un moro bujarrón.

El Saharaui se rió.

—Y yo espero que la habitación tenga dos camas.

El garaje quedaba a sólo dos manzanas del hotel. El Guapo pulsó un timbre sucio que había a un lado del portón de hierro. Lo pulsó varias veces, hasta que, dos minutos más tarde, se abrió una pequeña puerta recortada en la grande. Por ella asomó un hombre menudo, envuelto en una raída gabardina de color garbanzo atada en la cintura con un cordel, y con los pies descalzos. Tendría unos sesenta años, llevaba el pelo cortado al rape y en la mano derecha blandía una gruesa estaca de un metro de longitud. Les echó un vistazo malhumorado y se dirigió al Guapo en español:

—¿Tienes mucha prisa? ¿Sabes lo que les pasa a los que tienen mucha prisa? ¿No? ¡Pues que llegan antes al cementerio!

El Saharaui le tendió la tarjeta del hotel a través de la ventanilla.

—Nos ha dicho el conserje del Minzah que podíamos aparcar aquí.

El hombre ni siquiera miró la tarjeta.

—¿Sabes cómo supe que éste es español? —le preguntó al Saharaui, señalando al Guapo con la cabeza—. Por la cara de mala leche que tiene. Los españoles siempre tienen cara de mala leche y andan con prisas. Venga, venga —imitó los andares de un gorila—, date prisa, moro de mierda. —Se enderezó y le preguntó el Guapo—: ¿Qué prisa hay, eh? ¿Te espera la parienta para ñaca ñaca? Tómate la vida con tranquilidad, hombre. Vivirás más y terminarás igual: en el cementerio. —Se volvió hacia el Saharaui y guiñó los ojos, como si estuviera haciendo un esfuerzo mental—: Tú no eres español, tú eres marroquí.

—Soy español. Tengo pasaporte español.

—¡Bah! La mitad de los marroquíes tienen pasaporte español, eso no quiere decir nada. —Se había acercado a la ventanilla del conductor—. Tú a uno de esos que van por ahí presumiendo de pasaporte español le dices: viene el rey, ¿y en quién crees que piensan? ¿En Felipe VI? ¡No! Piensan en Mohamed VI y se tiran cuerpo a tierra. El pasaporte español es para vosotros como un pasaje de avión, una cosa que os permite ir y venir por Europa. Pero sois marroquíes desde la gastada suela de vuestras apestosas sandalias hasta la punta de la capucha de vuestra sucia chilaba. ¿De qué parte de Marruecos eres? —Esto último lo dijo en árabe.

—Soy de muy cerca de donde eres tú —respondió el Saharaui también en árabe, pero no en el dialecto marroquí, sino en hassanía.

El otro entornó los ojos con recelo.

—¿Eres saharaui?

—De El Aaiún. Y tú, a pesar de que ahora hablas el dialecto marroquí, eres de Dajla.

—*Ya weeeily!* Tú eres un brujo.

El Saharaui se echó a reír.

—Si fuera un brujo, ya habría abierto esa puerta y habría aparcado el coche, porque me duele la espalda de estar tantas horas conduciendo.

—Perdona, hermano. —El hombre entró por la puertecita por la que había salido y un momento después abrió el portón y les indicó que entraran.

El Guapo subió al vehículo y se volvió hacia su compañero:

—¿Tú crees que es sensato dejar el minibús en manos de este loco?

—No creo que esté loco.

Acababa de decirlo cuando un chimpancé colgado de una cuerda del techo pasó ante el parabrisas.

8

La Chata usó un algodón empapado en acetona para quitarse la pintura de las uñas de los pies. Estaba sentada en la alfombra, en bragas y sujetador, mientras el Chato, echado en calzoncillos sobre la colcha, leía en voz alta fragmentos de la historia de Tánger en el iPad. La ventana de la habitación estaba abierta a la oscuridad de la calle y de vez en cuando llegaba hasta ellos el eco de alguna conversación en árabe.

—¿Sabes que todo esto fue español durante cinco años? De 1940 a 1945.

—Claro. Sale en «El tiempo entre costuras».

—No, eso era Tetuán. Está aquí cerca, pero es otra ciudad. ¡Ahí va! Aquí estuvieron los Rolling Stones, niña.

—¿Aquí? ¿En este hotel?

—No sé... En el hotel estuvieron Winston Churchill y Rita Hayworth, la de *Gilda*.

—Ya sé quién es Rita Hayworth.

—¿Y Churchill? —El Chato enarcó una ceja.

—¿Está vivo?

El pelirrojo suspiró y bajó la mirada al iPad.

—¿Sabes quién nació aquí? ¡Bibi Andersen!

—Ésa sí está viva, porque la vi hace poco en Tele 5.

—Mira, mira. Dice que durante el siglo veinte Tánger era una ciudad llena de espías y de contrabandistas.

—Lo que yo te decía, es la ciudad de «El tiempo entre costuras».

—Que no, que ésa es Tetuán.

La Chata terminó de limarse las uñas y comenzó a pintárselas de color rosa chicle. Tenía los pies griegos, delicadamente arqueados. Unas finas ramas tatuadas en azul trepaban desde la base de sus delgados dedos hasta los tobillos.

Por la ventana les llegó la voz del Guapo y luego la del Saharaui, varios tonos más baja.

La Chata sujetaba con el índice y el pulgar el dedo gordo del pie izquierdo, mientras con la otra mano deslizaba el pincel sobre la uña. Asomaba la punta de la lengua entre los dientes y tenía el ceño fruncido.

—¿Te fijaste en la cara de pánico que puso el tío aquel de la aduana cuando le habló el Saharaui?

—Sí. —El Chato seguía consultando el iPad—. Entre ellos se entienden muy bien.

—¿Qué le diría para que saliera pitando?

—Ni idea. Aquí pone que hay que ver la medina, la gran mezquita, el museo Dar el... no-sé-qué y las grutas de Hércules y el cabo Espartel.

—Nunca había visto así al Saharaui. Siempre tan humilde, tan sonriente... Y de repente parecía otro. ¿No te diste cuenta?

—¡Hostias, aquí se rodó *El ultimátum de Bourne*!

—Parecía el jefe de todo.

—¿Cómo el jefe de todo? ¡Tenías razón, también se rodó «El tiempo entre costuras»! Joder, habría jurado que esa serie era en Tetuán.

—Sí, a ver cómo lo explico. —La Chata cerró el frasco de la pintura de uñas y desenroscó la tapa del endurecedor—... Como si... Bueno, no sé cómo decirlo. Allí parado, con las manos en la cintura, parecía un profesor zanjando una riña en el patio del colegio.

El Chato levantó la cabeza y la miró con sus ojos deslavados.

—No me fastidies que te gusta el Saharaui. ¿Un moro? —Arqueó la boca hacia abajo con desprecio.

—Es muy atractivo. Eso te lo puede decir cualquiera de las chicas.

—Bueno —replicó él enseguida—, a mí me gusta la catalana esa que está en la habitación de al lado.

—¡Por favor, si no puede ser más sosa!

—¿Sí? Pues a mí me pone burro.

La Chata metió sus frasquitos y su lima en el neceser y lo dejó sobre la mesilla de noche:

—Vas a tener que ponerte a la cola detrás del Guapo —dijo, burlona.

—¿El Guapo le ha echado el ojo?

—Hijo, no te enteras de nada.

Se sentó en la cama de espaldas al Chato, se desabrochó el sostén y se quitó las bragas.

—¿Te has fijado en cómo huele aquí? Huele a comino y a mar.

Se levantó y se acercó a la ventana. El Chato se incorporó de un salto y apagó la luz de la habitación.

—¡Que te van a ver desde la calle!

—¿Y qué? —Ella abrió los brazos y las piernas y echó la cabeza hacia atrás, como si estuviera entregándose a la ciudad—. Como decía mi abuela, lo que se van a comer los gusanos, que lo disfruten los cristianos.

El Chato se acercó a su espalda y le puso las manos sobre los pequeños pechos.

—¡Qué puta eres!

Ella se rió, se inclinó y se apoyó en el alféizar. Podía ver las coronillas de los escasos transeúntes que pasaban por la calle. Siguió mirándolas mientras el Chato la penetraba y la empujaba con fuerza y ella se movía hacia delante y hacia atrás.

—Así te gustaría que te la metiera el moro, ¿eh, zorra?

La Chata gemía cada vez más fuerte.

9

—El Guapo es insoportable.

La Yunque deshacía las maletas mientras su novio zapeaba ante el televisor.

—Mira, se pillan todas las cadenas españolas.

Ella se volvió con un puñado de ropa en las manos. El pelo oscuro endurecía sus facciones, de por sí marcadas.

—Escúchame cuando te hablo. ¿Quién coño se cree que es? —Imitó la voz del Guapo—: ¡Las chicas, a comprar bocadillos! ¿Y cuando el Chiquitín se puso malo en el autobús? —Volvió a imitar la voz del Guapo—: ¡Todos fuera, aquí no hay nada que ver! ¿Cómo que no hay nada que ver, si el Chiquitín se ha vuelto loco? Siempre con esos aires, como si fuera... Como si fuera John Wayne.

—¿John Wayne?

La Yunque sonrió.

—Eso decía mi padre cuando se tropezaba con algún gilipollas así: «Es más chulo que John Wayne.»

—Pues no era chulo tu viejo.

Ella no le hizo caso.

—Y mira lo que te digo: el Chiquitín está mal. Pero mal de verdad. Te digo que le pasa algo chungo. No me extrañaría que en uno de esos ataques se quedara en el sitio.

—Pero ¿qué ataques, mujer? Le dolía el brazo, se pasó con las pastillas y ya está solucionado.

—¿No ves que está fuera de sí? Está ido, como apabullado, todo el rato preguntando por el pasaporte. Normalmente él no es así.

—Vale, está nervioso. ¡Joder, está en un país extraño para hacer un trabajo en el que se la juega! No todo el mundo tiene los nervios del Guapo.

—¡El Guapo! Por Dios, ¿no te has dado cuenta de que al Guapo no le cabe un grano de arroz por el culo? No sé por qué le tienes tanta devoción a ese animal. ¿Por qué tienes que hacer siempre lo que él dice? Tú vales cien veces más que él. —Colgó bruscamente una camisa en una percha. Cogió unos zapatos y los arrojó dentro del armario.

Él se encogió de hombros.

—El Guapo tiene sus cosas, como todo el mundo, pero es el único que tira del carro. Localiza los blancos, planea los palos, contacta con los compradores... Se dedica sólo a esto. Yo tengo la discoteca, el Chiquitín tiene la pescadería, el Chato tiene las enciclopedias...

—¡El Chato! ¡No me hables del Chato, siempre como un perro apaleado detrás de esa tía! Por Dios, ¿cómo puede seguir con ese putón? ¡Si le ha puesto los cuernos con todo el mundo!

El Yunque suspiró.

—Está encoñado. Estaba solo y se enganchó a ella como pudo haberse enganchado a la heroína. Al menos la Chata fue sincera. Desde el principio le dejó claro que no iba a tener la exclusiva. Me lo contó él mismo. Un día fue a buscarla y ella estaba follando con otro, así que se sentó en un banco de la calle a esperar a que terminaran. —Movió la cabeza con tristeza—. Ahí no hay nada que hacer. Lo hemos hablado veinte veces y no atiende a razones...

—Pues no la trago —zanjó ella—. Y como la vea rondándote le saco los ojos. A ella y a ti.

Él se echó a reír.

—¡Eh, que yo no he hecho nada! ¿Sabes? Con el pelo negro pareces una actriz.

—¿Quién? ¿Rossy de Palma? —dijo ella con sarcasmo.

—¡Qué dices! Pareces Penélope Cruz, pero mucho más guapa.

La Yunque sonrió. Luego, muy seria, lo señaló con el tubo de pasta de dientes.

—Lo que te decía antes es cierto. La Chiquitina está desesperada porque no sabe qué le pasa a su chico. Cada dos por tres se le empañan los ojos...

—Habrán reñido. Ya se arreglarán. Mira, en la tele hay canal porno. ¿Pongo una y nos animamos?

Ella lo ignoró:

—Me ha dicho que él no para de escuchar la radio y de ver las noticias en el iPad. Y que por las noches no puede dormir y se pasa la mitad del tiempo en el baño, con la tripa suelta. El otro día ella revisó el iPad para ver qué había estado viendo, y le salió la página de Antena 3.

—¿Y? Estaba viendo Antena 3. ¿Y?

—Había una noticia de un crimen en Aluche. Alguien se había cargado a un prestamista, a su secretaria y a dos personas más.

—A lo mejor los conocía. Él tiene el puesto de congelados en el mercado de Aluche.

—O a lo mejor tiene miedo de que los mismos que se cargaron a esos cuatro se lo quieran cargar a él.

—¡No te montes películas, anda! Venga, deja eso y vente a la cama. —La mujer continuó vaciando la maleta con brusquedad. El Yunque suspiró—: A ver, ¿dónde está el iPad?

Apagó el televisor, se tumbó bocabajo en la cama y encendió la tableta. Estuvo un rato trasteando en ella, hasta que Google le proporcionó una larga lista de entradas para «crimen prestamista Aluche».

«El asesinato del prestamista Javier Martínez, de su secretaria y de dos de sus empleados pudo haber sido cometido por alguno de sus clientes, según las últimas investigaciones de la policía. Los agentes repasan estos días sus archivos y centran su atención en los documentos hallados en su oficina. También han interrogado a los comerciantes y vecinos de la zona. Varios de ellos han coincidido en señalar la presencia de dos hombres, uno alto, moreno, grueso y calvo, y otro también moreno, de estatura media, en los alrededores poco antes de la hora en que supuestamente se produjeron los asesinatos.»

Pulsó la palabra «Imágenes» y ante sus ojos aparecieron, mezcladas con otras muchas, las fotografías de las víctimas: un hombre de unos sesenta años, una muchacha teñida de rubio de veintitantos, un tipo moreno, grueso y medio calvo de treinta y pico, y otro hombre de pelo castaño que debía de tener la misma edad que el anterior.

Pulsó la palabra «Vídeos» y durante un rato estuvo repasando lo que habían contado las televisiones sobre el caso. Todas repetían las mismas tomas y, con ligeras variaciones, la misma noticia que acababa de leer.

El Yunque silbó:

—¡Vaya carnicería! Esto lleva la firma de alguna mafia del Este.

Se volvió en la cama y vio que su novia estaba ahora en el baño.

—¿Te acuerdas —levantó la voz— de cuando el Chiquitín dejó plantado al Guapo en el Decathlon y tuve que ir yo a ayudarlo con los equipos?

La voz de ella salió por la puerta entreabierta del servicio.

—Claro. Fue el mismo día que a la Chata le picó la avispa.

—¡Eso es! —El Yunque encendió su teléfono móvil y buscó en el WhatsApp—. ¡Aquí está! Y eso fue... —Miró en la pantalla del iPad—. Fue el mismo día de los asesinatos.

La Yunque apareció con expresión de interés.

—¿Qué quieres decir? ¿Que se los cargó él?

El Yunque dio un respingo.

—¿Cómo que se los cargó él? ¿Tú te imaginas al Chiquitín cargándose a cuatro personas? ¡Por favor!

La mujer dejó la maleta abierta en el suelo y se subió a la cama para mirar el iPad.

—¿Y entonces?

Él volvió a pasar las imágenes en la pantalla.

—A lo mejor no tiene nada que ver. Pero puede que el Chiquitín conociera al prestamista ese. Y que cuando se lo cargaron le entrara el canguelo.

—¡Un momento! —La Yunque abrió mucho los ojos negros—. De esos días son también sus dolores en el brazo y su herida en la espalda.

—Bueno, pero eso fue porque iba mamado y se cayó.

—Eso dice él —murmuró ella.

—¡A ver si ahora todo va a tener que ver con la muerte de esos cuatro! —Le puso a su novia el móvil debajo de la boca, como si fuera un micrófono, e impostó la voz—: Dígame, señora, ¿dónde estaba usted a aquella hora del día de autos?

La joven le dio un manotazo.

—No hagas coñas, que a mí estas cosas me dan mucho miedo. ¿Y qué me dices de la tabarra que da con el pasaporte?

—Está nervioso. Tú misma lo has dicho. ¿Sabes qué? Mañana cojo al Chiquitín por banda y le pregunto si conocía al prestamista ese.

El Yunque dejó a un lado el iPad y volvió a dar sonido al televisor.

10

El Guapo y el Saharaui volvían andando al hotel: el Guapo, por la estrecha acera; el Saharaui, por el asfalto, lo que le hacía parecer diez centímetros más bajo. De vez en cuando alguna sombra se deslizaba por la calle desierta y mal iluminada. Un coche pasó junto a ellos con ruido de chatarra.

—Mañana por la mañana vuelves allí y compruebas el minibús —ordenó el Guapo—. Ese tío está loco. ¡Un mono como mascota, saltando por encima de los coches!

—Es como un perro. Cuando le dijo: ¡Vigílalos!... —El Saharaui puso cara de fiera, enseñó los dientes y lanzó un gruñido mientras se reía.

—Te quiero allí a primera hora.

—Sí, jefe. Sin problema.

En el vestíbulo del hotel, el joven del Golf estaba limpiando sus gafas rojas. Se levantó de la butaca nada más verlos.

—Llevo una hora esperándoos. Me ha dicho el de recepción que el garaje está muy cerca, pero a esta hora no me atrevo a andar solo por ahí con el coche. ¡Joder, es que lo he estrenado hace sólo quince días! ¿Podríais acompañarme en un momento?

El Guapo lanzó una mirada penetrante al Saharaui.

—Ve tú. Y haz que tu amigo lo trate bien y le invite a un té.

En cuanto salieron, fue al mostrador y preguntó al conserje el número de la habitación de los dos jóvenes. Un minuto después estaba llamando suavemente a la puerta.

La rubia le abrió envuelta en el albornoz del hotel. Llevaba el pelo recogido con una toalla. Sobre la cama había un par de bolsas de viaje abiertas.

—Vengo a ver cómo os han instalado —dijo él con una sonrisa.

—Ah, pues muy bien, gracias.

Seguía sujetando la puerta, sin invitarlo a pasar.

—¿Qué tal las vistas? —Señaló con la barbilla hacia las ventanas—. ¿Dan a la piscina?

—No, son a la calle. —Por fin ella se apartó y fue a descorrer las cortinas.

El Guapo la siguió y cerró tras él.

—Bueno, no está mal —dijo. Apoyó las manos en el alféizar y sacó medio cuerpo fuera. Respiró hondo y se volvió—. Te he pillado duchándote. —Apuntó con un dedo a la toalla que ella llevaba en la cabeza.

—Iba a secarme el pelo. —Helena se sonrojó.

—¿Sabes —dijo él, al tiempo que giraba una de las dos descalzadoras que había en el cuarto—, sabes que tuve una novia peluquera que me enseñó a secarle la cabeza con un masaje? —Señaló la butaca—. Siéntate aquí y verás.

Ella dio un paso atrás y su sonrisa se volvió más tensa.

—No, muchas gracias. Hay un secador en el cuarto de baño y...

—Por favor, señorita —insistió él, haciendo una reverencia, sonriendo más ampliamente y señalando la butaca—. No ofenda mi arte. Va usted a experimentar un placer desconocido.

—Jordi ha bajado sólo a aparcar... —dijo ella, sentándose en el borde.

—Pues cuando llegue le doy a él otro masaje. Soy peluquero unisex. Por favor, póngase cómoda, recuéstese...

El Guapo le aflojó la toalla y comenzó a masajear el cuero cabelludo a través del tejido con las yemas de sus fuertes dedos.

—¿Qué tal va?

—Bien.

Ella se apretaba el cuello del albornoz con una mano mientras con la otra procuraba mantener unidos los faldones.

117

—¿Demasiado fuerte?

—No, así está bien.

Él retiró la toalla y masajeó directamente la cabeza, bajando hacia la nuca, subiendo y volviendo a bajar hacia las sienes. Al cabo de un minuto, con las puntas de los dedos, comenzó a acariciarle las orejas.

—Ya está —dijo ella, poniéndose bruscamente en pie. Estaba muy colorada y evitó mirarlo a los ojos.

El Guapo alzó las cejas con sorpresa.

—¿No te gusta?

—Tengo que vestirme y sacar las cosas de las maletas —dijo Helena, apretándose el cuello del albornoz.

Él dio un paso adelante, la agarró por la nuca y le estampó un beso en la boca. Ella intentó apartarlo, y para hacerlo tuvo que soltar el albornoz. El Guapo aprovechó para deslizar las manos por sus hombros.

—Eres lo más bonito que he visto en mi vida —murmuró.

—Pero ¿qué haces? —La chica se revolvió agitada—. ¡Déjame!

De repente se puso rígida; pareció que iba a quebrarse, y sus ojos se volvieron del revés. Asustado, el Guapo la soltó. La muchacha se desplomó sobre la cama. Su cuerpo comenzó a vibrar como si estuviera recibiendo una descarga eléctrica, la nuca golpeaba una y otra vez contra las sábanas. De la boca comenzó a brotar espuma, los dientes empezaron a crujir.

El Guapo le arrancó el cinturón del albornoz y se lo introdujo entre los dientes. Los labios y las orejas de ella estaban ya azules.

—Eh, tranquila, que no pasa nada —dijo él con voz trémula.

Poco a poco, los temblores fueron haciéndose más suaves y espaciados. Cuando cesaron, el Guapo le retiró el cinturón de la boca.

La chica estaba tumbada en la cama con el albornoz abierto. Su mirada fue enfocándose sobre las cosas que había en la habitación; también sobre la cara pálida del Guapo.

—Hay... unas pastillas... blancas... en mi... neceser —jadeó Helena.

El Guapo miró en torno y se precipitó al cuarto de baño. Volvió con el neceser y lo vació sobre la cama.

—¿Éstas? —Ella negó con la cabeza—. ¿Éstas? —Ella asintió.

Corrió al lavabo. Cuando volvió con un vaso de agua, la rubia ya se había tragado uno de los comprimidos.

El Guapo la ayudó a incorporarse y a beber. Luego volvió a recostarla en la cama, le cerró el albornoz y le anudó el cinturón con dedos temblorosos.

—¿Llamo a un médico? —preguntó, controlando ya la voz.

Ella negó con la cabeza:

—Vete.

Se volvió de lado y adoptó la posición fetal. A los tres minutos estaba dormida.

El Guapo no esperó más: se levantó despacio y, de puntillas, se deslizó hacia la puerta. La abrió, salió y la cerró a sus espaldas con cuidado.

11

La cama gimió cuando el Chiquitín se dio la vuelta. Los muecines llamaban a los fieles a la oración del alba desde todos los minaretes de la ciudad, pero el cielo seguía oscuro. A su lado, su novia roncaba suavemente.

Se sentó en el borde del colchón, jadeando. Los latidos del corazón retumbaban en sus oídos. Su cuerpo y las sábanas estaban empapados de sudor, como si acabara de ducharse. Caminó desnudo hasta el cuarto de baño, orinó y se puso el albornoz del hotel. Ahora tiritaba. Fue a por su teléfono móvil, que se encontraba sobre la mesilla de noche, volvió al baño, cerró la puerta y se sentó en la tapa del retrete.

Activó el último mensaje del buzón de voz:

«¡Víctor! ¿Víctor? Ay, hijo, ya no sé si hablo contigo o con la máquina esta. Mira, Víctor: hoy vinieron a casa unos señores preguntando por ti. Eran dos, muy jóvenes y muy educados, ¿sabes? Dijeron que eran de la policía y que querían hacerte unas preguntas. Me dijeron que no me preocupara, que era una cosa... Ay, no sé qué palabra dijeron, y que no me preocupara. Tu padre no estaba en casa, porque había ido a jugar a las cartas con los del bar, ya sabes. Con el de la Pepa y con el del sanatorio de aquí al lado, que cada vez está peor; yo creo que se está muriendo, está amarillo como un limón... Dijeron que era por algo del préstamo que pediste. Y yo les dije: pero bueno, si ese señor murió, ya no habrá que devolverle nada. Y ellos me dijeron que en eso no en-

120

traban ni salían, que estaban hablando con todos los que tenían préstamos con él. Dijeron que era para hacer un informe. El que parecía más mayor me decía todo el rato que no me preocupara, que no me preocupara... Me lo dijo tanto, que empecé a ponerme nerviosa y, mira que me fastidia, se me saltaron las lágrimas. Me corrían por la cara y no podía pararlas. Y él, venga a decirme que no me preocupara. Total, que dijeron que habían ido a tu casa y que, como no había nadie, habían venido a la nuestra, sólo para preguntar dónde estabas. Yo les dije que te habías ido de vacaciones. Y ellos: ¿Adónde? Y yo: A Marruecos. Y ellos: ¿A qué ciudad? Y yo: Ni idea. Y ellos: ¿Se ha ido solo? Y yo: No, con su novia y unos amigos. ¿Y cómo se llama su novia? Mari Carmen. ¿Y quiénes son esos amigos? Y yo les dije: miren, Víctor tiene treinta y dos años y es un hombre hecho y derecho que tiene su vida y que... Espera, que andan en la cerradura. Debe de ser tu padre. Anto... Píiiiiii.»

Se quedó sentado en la oscuridad, mirando la pantalla del móvil, con la mandíbula descolgada. Sólo se oía el ruido de sus pulmones, como el de un serrucho contra un madero. Estuvo así media hora, hasta que el amanecer comenzó a aclarar el ventanuco del baño.

Se levantó y entró en la habitación. Rastreó en torno con la linterna del teléfono, en busca del iPad. Volvió al cuarto de baño con él bajo el brazo.

Durante un buen rato buscó en la pantalla con sus gruesos dedos, pero no halló nada nuevo que le interesara. Los medios habían dejado de hablar del cuádruple crimen. Se pasó los dedos crispados por el cráneo, como si quisiera reventárselo. Se despojó del albornoz, encendió la luz y observó la huella del martillazo, ya amarilla, que se extendía por su antebrazo. Se volvió ante el espejo para ver la marca del navajazo en la espalda: una herida cubierta de finas tiritas y manchada de Betadine.

Abrió la ducha y esperó hasta que el agua salió caliente. Entonces se colocó bajo el chorro, rasgó dos sobres de gel y se lo extendió con las manos por todo el cuerpo. Debido tal vez al efecto relajante del agua caliente, se le escapó un sollozo. Cuando terminó de enjuagarse, se secó, apagó la luz y salió del baño. No abrió el armario para evitar que el ruido despertase a su novia, que ahora roncaba bocabajo. Se vistió sigilosamente con la misma ropa del día anterior, cogió la llave de la habitación y salió, cerrando con cuidado.

El recepcionista estaba solo tras el mostrador del vestíbulo. No era el mismo de la noche. Éste era un hombre enjuto al que el traje oscuro le quedaba demasiado holgado. Miraba algo en el ordenador y sólo se percató de su presencia cuando él apoyó sus enormes manos en la superficie de madera.

—*Bonjour, monsieur* —le saludó.

—Mi pasaporte.

—¿Cómo? ¡Ah, el pasaporte! —dijo en castellano—. ¿Su nombre y su número de habitación, señor?

—Víctor Jiménez Giráldez. —Le mostró la llave—: Habitación doscientos catorce.

El recepcionista tecleó en su ordenador y esperó un momento.

—Víctor Jiménez Giráldez —confirmó al fin. Sacó una llave del bolsillo y abrió un cajoncito, del que extrajo un fajo de pasaportes rodeado por una goma elástica. Los pasó rápidamente con el pulgar de la mano derecha, como si fueran cartas de una baraja. Se detuvo en uno, lo abrió y lo volvió a cerrar. Abrió el siguiente y sonrió.

—Aquí tiene, *monsieur.* —Le tendió el documento—. El comedor ya está abierto para el desayuno. —Señaló un pasillo—: Es por allí.

El Chiquitín asintió y echó a andar en la dirección que le había indicado. Antes de torcer por el pasillo, miró hacia atrás: el hombre estaba colocando los demás pasaportes en los casilleros de las habitaciones.

12

Cuando el Guapo se despertó, el Saharaui ya se había duchado y vestido. Estaba frente a la ventana, mirando hacia la calle a través de los visillos, con los puños de su camisa blanca perfectamente abrochados.

—Puedes abrirla —le dijo el Guapo desde su cama.

—Buenos días —respondió él con una sonrisa.

Corrió los visillos y abrió la ventana. La habitación que compartían se llenó de ruidos de claxon y gritos. El Guapo se desperezó.

—¿He roncado mucho?

—Todo lo que has podido —dijo el Saharaui.

El Guapo frunció el ceño.

—Pues te jodes, igual que me he jodido yo cuando me has despertado con esa cantinela que rezáis por la noche.

—Perdona. Intenté hacerlo bajito.

—¡Menuda tabarra! La próxima vez te encierras en el baño.

—No hay problema. —El Saharaui sonrió.

El Guapo apartó las sábanas y se quedó sentado en calzoncillos en el borde de la cama. Su amplio pecho lampiño parecía extraño entre los dos brazos tatuados de vivos colores. Se rascó los costados y bostezó.

—¿Qué hora es?

El Saharaui miró su reloj de plástico.

—Las ocho y diez. Si te parece, voy a acercarme al garaje para ver cómo sigue nuestro coche.

—Me parece. —El Guapo se levantó y se fue dando tumbos hacia el baño—. Te mando un WhatsApp cuando estén todos listos.

—¿Van a seguir esos dos muchachos, Helena y Jordi, con nosotros?

El Guapo tardó un momento en responder.

—No lo sé. Veremos qué pasa hoy.

Tras cerrar la puerta, el Saharaui le dio la vuelta al cartel rojo de «No molesten» y dejó visible su lado verde: «Por favor, haga la habitación.» Llamó al ascensor y descendió al vestíbulo. Allí se encontró al Chiquitín.

Estaba esperando el ascensor, con el rostro ensimismado. No dio muestras de reconocerlo. El Saharaui lo tomó del brazo y lo apartó para dejar pasar a una pareja de ancianos estadounidenses. Ambos iban vestidos con pantalones cortos, sandalias y calcetines. Sus piernas eran tan blancas que parecían fluorescentes.

—¿Qué tal has dormido, amigo? —preguntó el Saharaui—. ¿Ya has desayunado?

El gigante lo miró con los ojos enrojecidos. No se había afeitado y tenía un lamparón de café en la camiseta. Olía mucho a sudor.

—¿Eh? Sí. Yo... vengo del comedor. Oye, ¿sabes qué hay que hacer hoy?

—Lo que diga el jefe. Yo sólo soy el chófer. ¿Por qué te has levantado tan temprano?

El Chiquitín no respondió. Se quedó mirando las puntas de sus zapatillas y la mandíbula inferior comenzó a descolgársele poco a poco. Respiraba como si roncara.

—¿Vienes a tomar un café conmigo? —le ofreció el Saharaui.

Se dejó conducir de vuelta al restaurante. Por el camino pasaron delante de un hombre joven, moreno y de pelo rizado que estaba sentado en un sofá, de cara a la recepción. Vestía pantalón de tergal, camisa blanca de manga corta y unos mocasines negros baratos. Ése no era, desde luego, el atuendo de los clientes del hotel. Estaba tan cerca del mostrador que podía oír todo lo que decían los viajeros. Parecía concentrado en la pantalla de su teléfono.

Al pasar ante él, el Saharaui tropezó con sus pies y pronunció una disculpa en árabe, pero el otro no respondió; se limitó a encoger las piernas sin apartar la vista de la pantalla del móvil.

Se instalaron en una mesa. El Saharaui pidió un zumo de naranja, té a la menta y pasteles. También pidió un café para el Chiquitín.

—¿Estás bien, amigo?

El Chiquitín asintió. Miró en torno, como si no supiera muy bien dónde se hallaba, y finalmente enfocó la vista en el rostro del Saharaui. Habló en voz baja y muy rápido:

—¿Tú sabes si España y Marruecos se cambian presos?

El Saharaui enarcó las cejas.

—¿Cómo?

—Si tú cometes un delito en Marruecos y te vas a España —respiró hondo por la boca y sus pulmones sonaron como un silbato—, y la policía de aquí le dice a la de allí que te detenga y te envíe para aquí, ¿la policía española lo hace?

—Creo que sí.

—¿Y al revés? Si alguien comete un delito en España y se escapa aquí, y la policía de allí le dice a la de aquí que lo mande de vuelta, ¿la policía marroquí lo hace?

El Saharaui sorbió su té y se tomó un tiempo antes de responder:

—No estoy seguro —hablaba lentamente, tratando de serenarlo—, pero creo que sí.

El Chiquitín comenzó a desmenuzar un pastelito con sus grandes dedos.

—Es que me ha llamado un amigo de allí, ¿sabes?, de Madrid. —El rubor tiñó toda su cabeza, desde la barbilla hasta el cráneo—. Ha dado un palo y la policía anda buscándolo. Me ha preguntado a qué país de África puede ir para que no le echen el guante.

El Saharaui asintió y se metió un pastelito en la boca. Masticó durante un rato con los ojos clavados en el plato, como si estuviera meditando. Se encogió de hombros.

—Eso es según el palo que haya dado tu amigo. ¿Comprendes? Muchos países tienen... ¿acuerdos?... Acuerdos para devolver a la gente que ha hecho unos delitos, pero a la gente que ha hecho otros delitos no la devuelven.

—Ponme un ejemplo —dijo el Chiquitín con ansiedad.

El Saharaui pensó un instante.

—Si un español pone una bomba en Madrid y mata a personas y lo cogen en Marruecos, creo que lo devuelven.

—No, no es eso —dijo el Chiquitín—. Él no ha puesto una bomba.

El Saharaui se encogió de hombros.

—Es que no me dices qué ha hecho...

El Chiquitín miró por la ventana la tranquila lámina azul de agua de la piscina. Sus ojos se humedecieron.

—Tuvo una pelea con unos tipos. Algunos murieron.

El Saharaui enarcó las cejas.

—Los mató.

—... Sí.

—¿Iba a robarles?

—No. Ellos iban a robarle a él.

—Entonces puede decir: los maté para defenderme.

—A unos sí, a otros no.

El Saharaui suspiró.

—Ya. ¿Y la policía sabe que fue él quien los mató?

El Chiquitín negó vigorosamente con la cabeza.

—Pero él cree que pueden saberlo pronto, ¿no?

El Saharaui tenía los ojos negros clavados en el Chiquitín, que miraba el pastelito desmigajado en su plato. Cuando levantó la vista parecía estar de nuevo a punto de llorar.

—¿Adónde puedo decirle a mi amigo que se vaya?

13

El Guapo encendió un cigarrillo, apoyó una nalga en el alféizar de la ventana y marcó en el móvil el número de su casa.

—Hola, gorda... ¿Te he despertado?... ¡Y eso que aquí es una hora menos!... Vaya, lo siento... Escucha, escucha. —Activó el manos libres del teléfono y lo sacó por la ventana para que recogiera el bullicio de la calle—... ¿Qué te parece?... Eso que oyes son un millón de moros dando por el culo bajo la ventana de mi habitación... No, hasta ahora todo va como la seda... A ver, sí, hay nervios, pero los disimulan bastante bien... Tus amigas, como si fuesen de excursión a la playa. Yo creo que los nervios de verdad empezarán cuando lleguemos a Marrakech... No, ahora estamos en Tánger... Todo el día. Mañana salimos para Marrakech... No he vuelto a tener noticias de él. Quedamos en que no volveríamos a hablar hasta que regresáramos a Madrid, a menos que pasara algo... Parece un buen tío, pero esta gente es distinta a nosotros. No puedes fiarte de ellos. Nunca sabes qué están pensando. Esta noche me ha despertado con sus rezos. Se ponía de rodillas en la alfombra y se levantaba, se volvía a arrodillar y se volvía a levantar. Parecía una pesadilla... Sí, es que nos ha tocado compartir habitación... Pues que había una pareja de españoles que no tenían habitación y a la Chiquitina se le ocurrió la brillante idea de que les cediéramos la mía... ¡No me jodas que vas a volver a darme la brasa con la Chata!... Pero, cariño, si para mí no hay más mujer que tú... ¡Joder, para ya con eso!... Vale, vale. Tú piensa que ya nos queda menos para irnos de vacaciones y para follar como desesperados... ¡Que no, hostias! Mira, como vuelvas a hablarme de la Chata, te cuelgo, ¿eh? ¡Que te cuelgo!... ¡A tomar por culo!

Con un gesto de los dedos medio y pulgar, tiró la colilla a la calle. Se guardó el móvil en el bolsillo del vaquero y se abotonó los puños de la camisa. Cogió la llave de la habitación y bajó a desayunar.

El Yunque, el Chato y sus novias cuchicheaban sentados ante una mesa del comedor. Acercó una silla y, en cuanto se sentó, la Chata le susurró con los ojos brillantes:

—¡Felipe González está en el bar!

Él hizo un gesto de extrañeza:

—¿Quién?

—Felipe González —intervino el Yunque—, el que fue presidente. El del PSOE.

—Hemos dado una vuelta para ver el hotel —dijo la Yunque—, y ahí estaba el tío, con unos amigotes.

El Guapo miró en torno, a los turistas concentrados en sus desayunos que ocupaban las mesas cercanas. Bufó:

—Eso no nos viene nada bien.

—¿Por qué? —preguntó el Chato, perplejo.

—Porque si ese tío está aquí, debe de haber ciento y la madre de policías para protegerlo. Toca aumentar las precauciones. Nada de llamar la atención.

—Pues yo me iba a acercar a pedirle un autógrafo —dijo la Chata.

—Pues ya te estás olvidando.

La Yunque miró a su novio, apretó las mandíbulas y soltó de golpe el aire por la nariz. Luego meneó la cabeza. El Yunque apartó la vista.

—Mira quiénes están ahí —dijo.

Todos volvieron la cabeza. En la puerta del restaurante, Jordi y Helena oteaban las mesas en busca de una libre. Cuando los vio, el muchacho los saludó con la mano e hizo un gesto a su novia para que lo siguiera. Ambos estaban pálidos y ojerosos. El chico se detuvo junto al Guapo. Helena se quedó un poco rezagada.

—¿Qué tal habéis dormido? —preguntó el Guapo dirigiéndose a Jordi.

—Pues no muy bien. —El muchacho se volvió hacia su novia—. Helena se puso mala y hemos pasado media noche en blanco.

La Yunque adelantó la cabeza, interesada.

—¿Qué te pasó?

—El estómago —dijo ella, ruborizándose.

El Guapo se levantó y acercó una silla para la chica. La colocó justo a su lado.

—Siéntate aquí, anda.

Ella dudó un momento, pero acabó por sentarse.

—El caso —dijo Jordi— es que ahora mismo Helena no está en condiciones de viajar. Hemos preguntado en recepción y nos han dicho que tampoco tienen habitaciones libres para esta noche. Han llamado a otros hoteles de la ciudad, pero todos están completos. —Miró al Guapo con cara de desolación—: No nos queda más remedio que volver a pediros el favor de que nos cedáis otra vez vuestro cuarto.

—Claro que sí —dijo el Guapo—. Chato, ponle una silla por ahí a Jordi.

El camarero se aproximó a la mesa.

—¿Qué quieres tomar? —le preguntó el Guapo a Helena—. ¿Zumo de naranja, té, café?

—Un zumo y un café —dijo ella sin mirarlo.

El Chato miró alrededor.

—¿Dónde estarán los Chiquitines?

El Yunque se levantó.

—Yo ya he terminado. Voy a despertarlos.

—¿Y el Saharaui? —preguntó la Chata.

—Ha ido al garaje, a mirar una cosa en el minibús —dijo el Guapo. Se volvió hacia Jordi—: Si queréis, podéis venir de excursión con nosotros. Vamos a ver la medina y... bueno, lo que haya que ver. Nuestro chófer nos hace de guía. Él se lo sabe todo.

Jordi miró a su novia desde el otro lado de la mesa. Ella se encogió de hombros.

14

Felipe González salía del hotel cuando el Yunque llegó a la recepción. El expresidente iba en mangas de camisa, acompañado por un hombre y dos mujeres. Una de las mujeres era rubia y aparentaba unos cincuenta y pico años; la otra era morena y algo más joven. El hombre parecía marroquí. En torno al grupo se movían varios tipos corpulentos, bien trajeados, con gafas de sol y bultos sospechosos bajo las americanas. Uno de ellos abrió la puerta trasera de un todoterreno negro. González se apartó con una sonrisa para dejar subir a las mujeres primero. Se oyó el ruido de las puertas de varios vehículos al cerrarse de golpe y el todoterreno arrancó, precedido por un automóvil y seguido por otro.

Uno de los turistas que se habían detenido a ver la comitiva, un tipo grueso de unos sesenta años con una pulsera con los colores de la bandera española, dijo en voz alta, desafiante:

—¡Y dice que es socialista!

Le respondieron algunas risas.

El Yunque subió en el ascensor hasta la segunda planta y tocó con los nudillos en la puerta de los Chiquitines. Le abrió ella; tenía los ojos enrojecidos y se enjugaba las lágrimas con el dorso de sus manos regordetas. Sin decir palabra, se apartó para dejarlo pasar.

—Eh, ¿qué pasa aquí? —exclamó él con falsa alegría.

La Chiquitina cerró la puerta. Su novio estaba sentado como un buda en la cama sin hacer, con la espalda apoyada en el cabecero. Su gran panza peluda casi tapaba el calzoncillo. Miró al Yunque como si fuera un extraño.

—Pero ¿qué os pasa? —repitió el Yunque con las cejas enarcadas y los ojos muy abiertos.

—Que te lo cuente él. —La Chiquitina cogió el bolso y se echó un fular sobre los hombros—. Si es que a ti quiere contártelo. Yo me voy a desayunar.

Cerró con un portazo.

El Yunque se quedó a los pies de la cama, con cara de perplejidad y las palmas de las manos hacia arriba. El Chiquitín miraba la pared de enfrente.

Sonaron dos golpes, la puerta se entreabrió unos centímetros y una camarera asomó el rostro.

—*Bonjour, monsieur. Est-ce que je peux nettoyer votre chambre?*

El Yunque avanzó hacia ella negando con el dedo:

—Más tarde, más tarde. —Y le cerró la puerta en las narices. Se volvió hacia el Chiquitín—: Ahora mismo vas a decirme qué coño te pasa, ¿de acuerdo? No pienso irme hasta que me lo cuentes.

El Chiquitín se quedó callado. Sólo se oía el rugido de sus pulmones. Tenía la mirada perdida.

—Venga, Víctor. —El Yunque se sentó en el borde de la cama y le pasó un brazo fuerte y fibroso por el hombro—. Somos amigos desde antes de que Dios creara el mundo. Cuéntame qué te pasa e intentamos arreglarlo, como siempre.

Las lágrimas empezaron a correr silenciosamente por las mejillas del gigante.

—Es por lo que pasó el día que dejaste plantado al Guapo en el Decathlon, ¿verdad?

El Chiquitín dio un respingo.

—¿Quién te ha dicho eso?

Se sorbió los mocos y se secó las lágrimas.

—No me lo ha dicho nadie. Estás así desde aquel día. Venga, dime qué pasó.

El Chiquitín lo miró fijamente durante un rato. Cuando comenzó a hablar, sollozaba como un niño.

—No me dejaron otra salida, Yunque. Me amenazaron con poner a mis padres en la calle. Me dijeron que los tirara por la ventana. ¡A mis padres! Yo sólo quería llegar a un acuerdo. Les dije que íbamos a dar un golpe aquí, y entonces me pidieron cien mil. Me dijeron que si no se los daba se lo iban a contar a la poli. ¿Qué podía hacer?

El Yunque palideció.

—Un momento. ¿Me estás hablando del prestamista de Aluche al que se cargaron?

El Chiquitín se sonó los mocos en el embozo.

—¿Qué iba a hacer? ¿Dejar que echara a mis padres a la calle y que nos mandara a todos a la trena? Dime, ¿qué otra salida tenía?

—Te lo cargaste. —El Yunque tenía los ojos muy abiertos, como si acabara de ver el Infierno.

—¿Qué habrías hecho tú, eh? Dímelo, porque yo llevo días y días rompiéndome la cabeza y creo que no me quedaba otra. Estaban todos en el ajo: el bicho ese de Martínez, su secretaria y los dos hijos de puta que intentaron romperme las manos.

—¿Te cargaste a los cuatro? ¿Tú te cargaste a los cuatro?

—Si hubiera esperado tres semanas, como le pedí... Sólo tres semanas... Pero el muy hijo de puta lo quería todo. Nada le importaba una mierda: ni la edad de mis padres...

El Yunque cerró los ojos y levantó las manos como si con ellas intentara detener el torrente de palabras:

—¡Espera, espera, espera! Cuéntamelo todo despacio desde el principio. ¿Tú le habías pedido un préstamo a ese Martínez?

El Chiquitín asintió. Había en su rostro congestionado un atisbo de alivio, como el del feligrés que traspasa sus pecados al confesor para que cargue con ellos.

—¿De cuánto?

—De cinco mil —volvió a sonarse en la sábana.

—¿Y por qué no nos los pediste a nosotros?

El Chiquitín se incorporó, muy excitado.

—¿Te imaginas cómo se habría puesto el Guapo si le hubiese pedido esa pasta para pagar deudas del póker?

El Yunque enterró la cabeza entre las manos tatuadas. Estuvo así varios minutos mientras el Chiquitín repetía, contrito:

—La he cagado, ya sé que la he cagado.

Luego añadió:

—Lo único que os pido es que me ayudéis a encontrar un país que no tenga convenio de *extracción* con España. No volveréis a saber de mí.

El Yunque levantó la cabeza.

—¿Qué?

—Un país que no devuelva a los chorizos a España. Marruecos no puede ser, porque Marruecos devuelve a casi todos. Me lo dijo el Saharaui.

El Yunque dio un salto.

—¿Se lo has contado al moro?

El Chiquitín movió la cabeza de un lado a otro con vehemencia:

—Nooo. Le dije que un amigo mío había dado un palo en España y quería largarse a un país donde no pudieran echarle el guante. No soy tonto.

—¡La hostia puta! —El Yunque volvió a enterrar la cabeza entre las manos. Luego se levantó, fue al baño y se enjuagó la cara con agua fría. Cuando volvió, miró fijamente al Chiquitín, que seguía recostado en la cama. Colocó una descalzadora frente a él, puso un cenicero a su lado y encendió un cigarrillo—. Me lo vas a contar todo desde el principio —dijo con voz cortante—. Absolutamente todo, cada puto detalle.

15

El Chato echó una mirada alrededor y dijo:

—Faltan el Yunque y el Chiquitín.

Se habían reunido todos en el vestíbulo para ir de excursión a la medina. Las mujeres contemplaban las joyas bereberes expuestas en las vitrinas y los caftanes que exhibían los maniquíes de la tienda del hotel. En su compañía, Helena parecía algo más animada que durante el desayuno.

—¿Subo a buscarlos? —preguntó el Saharaui.

—Ya los llamo yo. —El Guapo extrajo el teléfono del bolsillo del vaquero y marcó el número. La Chiquitina se acercó, expectante—. Estamos esperándoos aquí abajo para ir a la medina —dijo—. Bajad ya... —Arrugó el ceño—. ¿Otra vez? —Lanzó una rápida mirada a la Chiquitina—. Bueno, me llamáis a mí y os envío al Saharaui. —Cortó la comunicación—. Dice el Yunque que tu chico no se encuentra muy bien, pero que ya se le está pasando. Me llamará en cuanto estén listos. —Se volvió hacia los demás—: ¡Vamos, chicos, todos en fila a la medina, detrás del Saharaui! ¡Venga, venga!

Al salir, pasaron por delante del individuo vestido con vaqueros, camisa blanca y zapatos baratos con el que tres horas antes había tropezado el Saharaui: seguía mirando la pantalla de su móvil en el sillón situado frente al mostrador de recepción.

En la calle, la Chata se enganchó rápidamente del brazo del Saharaui.

—Dime, morito, ¿qué es esto de la medina?

El Saharaui se rió.

—Es la ciudad antigua. Aquí puedes comprar de todo: desde joyas o alfombras hasta las cebollas que venden esas mujeres. —Señaló a varias campesinas que, sentadas en el suelo, ofrecían las hortalizas de sus huertos. Se cubrían las cabezas con amplios sombreros de paja de los que colgaban bolas de lana rojas y negras. Bajo ellos, sus rostros sarmentosos, duros e inexpresivos, mostraban tatuajes tribales en la frente y en la barbilla.

Ella lo miró con picardía.

—Yo quiero comprar un esclavo de ojos negros, piel tostada y pelo rizado.

—Antes se podía, ya no —se rió él.

Un individuo de unos treinta años, vestido a la europea, que estaba indolentemente apoyado en una pared, les sonrió.

—¡Hola, amigos! ¿Españoles? ¡Bienvenidos!

—Gracias —respondió irónica la Yunque.

El tipo se despegó de la pared.

—Venid por aquí, la medina. —Con un gesto del brazo, los invitó a entrar en una callejuela—. Yo conozco tienda cosas baratas. Venid por aquí.

El Saharaui le dijo algo en árabe y el otro dio un paso atrás.

—¡Ah, ya tenéis amigo que os enseñe! Si luego queréis ver más, farmacia bereber... yo conozco. Yo estoy aquí siempre. —Y volvió a apoyarse en la pared.

El grupo se adentró en el dédalo de concurridas callejuelas en penumbra. Eran como túneles flanqueados por pequeñas tiendas, de las que emanaba un penetrante olor a cuero mal curtido. Especias, bandejas, bolsos, cazadoras, cestos, cabezas de carnero acosadas por las moscas asomaban a los lados de un río de gente cada vez más nutrido. Ancianos vestidos con chilabas y sentados en las escaleritas de los comercios observaban a los excursionistas con una mezcla de escepticismo y desprecio. Delgadas jóvenes cubiertas con recatados pañuelos sostenían la mirada a los hombres mientras sus gruesas madres caminaban con la vista fija en el suelo, bamboleándose como si avanzaran sobre la cubierta de un barco. Gatos sarnosos se deslizaban pegados a las paredes. Jordi y la Yunque hacían fotos entre la riada de gente que los empujaba e ignoraban a los comerciantes que intentaban atraerlos a sus puestos.

El Guapo se rezagó un poco y llamó al Chato, que caminaba con cara avinagrada detrás de su novia y del Saharaui.

—Entretenme al catalufo, anda.

Se unió al grupo de mujeres y durante un rato caminó y bromeó con ellas. Al poco tiempo había conseguido demorarse con Helena unos pasos con la excusa de ver escaparates.

—Oye —le dijo en voz baja el Guapo—, quería disculparme por lo de anoche...

—No hace falta —contestó ella muy rápido, sin mirarlo.

Un vendedor de alfombras los invitó a entrar en su local y el Guapo, sujetando del brazo a Helena, aceptó de inmediato. Ella miró preocupada al grupo, que se alejaba por la calleja.

—¿No nos perderemos?

—Qué va. Esto son cuatro calles. Y además, para algo está el móvil.

Cinco minutos más tarde estaban sentados en dos banquetas junto a una bandeja con sendos tés verdes, mientras el vendedor, un hombre chaparro con grandes bigotes negros, extendía ante ellos, una sobre otra, las alfombras y ponderaba sus virtudes. Les pidió que descartaran las que no les gustaran del montón que había desplegado. El Guapo obedecía negando o asintiendo con la cabeza.

—También quería disculparme por adelantado —dijo en voz baja—, porque voy a volver a intentarlo.

Ella lo miró sorprendida.

—¿Cómo?

El bigotudo había reducido el montón de alfombras a sólo dos: eran piezas de lana de colores cálidos.

—¿Cuál te gusta más, señor? —preguntó al Guapo.

—¿Cuál te gusta más? —repitió el Guapo, mirando el perfil serio de Helena.

—No voy a comprar ninguna. Quiero irme de aquí.

El vendedor insistió con una sonrisa:

—Sin compromiso. Sólo di cuál te gusta más, señora.

—Ésa —dijo el Guapo, señalando la más pequeña, de dos metros por metro y medio, con dibujos rojos y anaranjados.

—¡Tú tienes buen gusto, señor!

El tipo bebió un sorbo de su vaso de té. Sacó del bolsillo un bloc cuadriculado y un bolígrafo sin capuchón.

—Señora, por favor, escribe el precio que tú crees que vale esa alfombra.

Helena rechazó la libreta:

—Es que no voy a comprarla.

—No importa, señora —insistió el bigotudo—, no importa. Sólo por saber cuánto crees que vale. Sin compromiso.

Helena escribió: veinte dírhams, y le devolvió la libreta. El vendedor leyó la cifra y se echó a reír:

—Señora, tú tienes gran sentido del humor. Por favor, por favor —volvió a entregarle el bloc—, pon una cantidad de verdad. ¿Cuánto crees tú que valen tres meses de trabajo de varias mujeres y niños, de los tintoreros, cuánto crees tú que valen?

Helena escribió: dos millones de dírhams.

—Oh, señora, tú me tomas a mí el pelo. —Volvió a reírse el bigotudo—. Ahora yo voy a escribir una cantidad de verdad y tú me dices qué te parece.

Helena se levantó bruscamente y salió de la tienda. El Guapo fue tras ella, sin hacer caso a las protestas del comerciante. La alcanzó ya en la calleja. La cogió del brazo y la hizo volverse.

—Esta noche, cuando los demás se vayan a cenar, me quedaré en el hotel —le dijo—. Tú puedes hacer lo mismo. Iré a tu habitación y llamaré a la puerta. Si estás, bien. Si no, no quiero volver a veros, ni a ti ni al de las gafas rojas.

En ese momento sonó su móvil. Miró la pantalla y vio el número del Yunque.

—¿Qué? —dijo nada más descolgar, sin soltar el brazo de Helena.

El Yunque habló de forma pausada, con un tono que le puso los pelos de punta:

—Tenemos un problema muy gordo. Más vale que vengas ahora mismo al hotel. Tráete al Chato, pero no les digas nada a los demás. Estoy en la habitación del Chiquitín.

16

El Yunque tuvo que interponerse entre el Guapo y el Chiquitín.

—¡Te mato! ¡Juro que te mato, hijoputa!

—¡Tranquilo, tranquilo! —repetía el Yunque, apoyando las manos en el pecho del Guapo para detenerlo.

—¡Todo el viaje preguntándole qué a este hijoputa le pasaba, y él mintiendo como un cabrón! ¡Pues que sepas, tío mierda, que te voy a echar a los perros! ¡Ya estás haciendo la puta maleta y volviéndote para España, cabrón! ¡A mí no me vas a llevar a la trena! ¡Antes te mato!

El gigante, cubriéndose la cabeza con los brazos, lloraba a moco tendido. El Chato se mesaba los cabellos rojos y repetía en voz baja:

—¡La hostia! ¡La hostia!

—¡Tío, cálmate, que te está oyendo todo el hotel! —insistió el Yunque—. Vamos a calmarnos y a buscar una solución, ¿eh? Nos calmamos, ¿vale?

El Guapo, con el rostro congestionado, comenzó a pasearse agitadamente por la habitación.

—Tiene que volver a España —repitió.

El Yunque se dejó caer en la butaca. Con los codos en las rodillas, cruzó los dedos y apoyó en ellos la barbilla. Los ideogramas tatuados en sus falanges tenían la apariencia de un rosario, y él, la de un penitente. El Chato se sentó en el suelo, se recostó contra el armario empotrado y encendió un cigarrillo; el humo flotó lentamente como un fantasma hacia la ventana abierta. El Chiquitín, que seguía sentado en la cama como un buda y respirando como una locomotora de vapor, no le quitaba los ojos de encima al Guapo.

—Tienes que volver a España —dijo el Guapo.

El Chiquitín imploró, extendiendo las manos abiertas:

—¡Si hago eso me meten para el talego!

—¿Y a mí qué coño me importa? —Saltó hacia él y le golpeó en la cabeza con la mano abierta. El Yunque volvió a levantarse para separarlo—. ¡Tú tienes la culpa! Me ocultaste que habías perdido dinero, me ocultaste que estaban exprimiéndote, me ocultaste que te cargaste a cuatro personas, ¡cuatro!, me ocultaste que estaban buscándote. ¿Y encima pretendes que me la juegue por ti? ¿Has pensado en que pueden acusarnos a todos de complicidad? ¿Has pensado que pueden estar fichándonos ahora mismo? ¿Has pensado que, en caso de que lográramos hacer el trabajo, podrían detenernos en la frontera por tu culpa y destripar el autobús y pillarnos con la mercancía?

—No os dije nada para no preocuparos.

—¡Y una mierda! No nos dijiste nada porque te habríamos dejado fuera.

—¡No es verdad, Guapo —gimoteó el gigante—, no es verdad!

El Yunque carraspeó.

—A lo mejor hay otra solución —dijo.

—Sí, tirarlo al mar con una piedra atada al cuello y decir que ha desaparecido —ironizó el Chato.

—¿Qué solución? —ladró el Guapo.

El Yunque se echó hacia atrás en la butaca y habló con voz tranquila:

—Supongamos que el Chiquitín llama a su madre y le pregunta si los policías dejaron algún número de teléfono o la dirección de una comisaría a la que pueda llamarles. —Aplacó con un gesto el conato de protesta del Guapo. El gigante lo miraba alarmado—. Les llama y les dice que su madre le ha dicho que lo están buscando. Que él está ahora de vacaciones en Marruecos, pero que volverá a España el lunes e irá a donde ellos le digan.

Cuando le pregunten, les dice que, efectivamente, él le pidió un préstamo al tal Martínez, pero que llegaron al acuerdo verbal de que el plazo de devolución se prorrogaba, con sus correspondientes intereses, tres semanas. Es decir, que no vencería hasta una semana después de nuestra vuelta a España.

—¿Y qué? —dijo el Guapo.

—Si la policía está de acuerdo, hacemos el trabajo, volvemos a Madrid, recogemos nuestro dinero, le damos su parte al Chiquitín y que se las apañe como pueda.

—¡Me meterán en la trena!

El Yunque se encogió de hombros.

—Puede que no. Con cuatrocientos mil euros entre tu chica y tú, puedes pillar un buen abogado.

—Me sigue pareciendo mejor idea tirarlo al mar con una piedra atada al cuello —murmuró sarcásticamente el pelirrojo.

—Yo lo que quiero es irme a un país que no *extraccione* a España.

—¡Lo que tú quieres es mierda! ¿Lo oyes? —le gritó el Guapo—. ¡Lo que tú quieras no vale nada, hostias!

El Yunque chistó y le hizo gestos para que bajara la voz.

—En realidad, puede irse a donde quiera —dijo—. Luego le enviamos el dinero.

—¿Y si en la frontera nos preguntan por él? —replicó el Guapo.

—¿Por qué nos iban a preguntar? Y si lo hicieran, valdría cualquier explicación: por ejemplo, que se ha enamorado de una marroquí y se ha quedado en Marrakech.

El Chiquitín asintió, entusiasmado:

—Eso, y yo me voy a un país que no *extraccione*.

El Guapo alzó las manos, como si entre ellas tuviera una piedra y fuera a lanzársela al gigante.

—¿Y qué país es ése, gilipollas?

—Uno de los de por aquí. El Saharaui sabe de esas cosas.

—¡El Saharaui, ése es otro problema!

El Chiquitín negó vehementemente con la cabeza:

—No sabe nada, de verdad. Yo le dije que era para un amigo.

El Guapo se sujetó la cabeza, como si le fuera a estallar.

—¿Es que te crees que el moro es tan imbécil como tú? A estas alturas estará rumiando sabe Dios qué.

—No hables más de eso con el Saharaui, Chiquitín —dijo gravemente el Yunque—. Sólo puede traernos problemas. Imagínate que llama al Joyero y suspenden el trabajo. Es demasiado arriesgado.

—¿Y entonces qué hago?

—Vamos a mirar en Internet qué países son esos que no devuelven a la gente. No creo que sea muy difícil.

—Vale —dijo el Guapo—, pues como no es muy difícil te encargas tú.

El Yunque se encogió de hombros. A su espalda, oyó la voz del Chato:

—Por hablar.

El teléfono que había sobre la mesilla de noche comenzó a sonar. Los cuatro se quedaron mirándolo, como si el pequeño artefacto de plástico negro fuera a estallar de un momento a otro.

—Cógelo, hostias —ordenó el Guapo al Chiquitín.

Con su enorme manaza, el grandullón se llevó el auricular al oído.

—Diga —dijo, cauteloso—. Estamos charlando...

Se volvió hacia los otros tapando el micrófono con una mano:

—Están todos abajo. Dicen que si vamos a comer.

El Guapo negó con la cabeza:

—Diles que vais vosotros, que yo tengo cosas que hacer y pediré algo en la habitación.

—Ahora vamos —repitió el gigante—... No, él se queda en su habitación porque tiene cosas que hacer... ¿Y yo qué sé qué cosas?... En cinco minutos.

Colgó y se dirigió a los otros:

—No le digáis nada de esto a mi chica, por favor. Ella no es capaz de aguantar la presión como yo.

El Guapo y el Yunque se miraron. Desde el suelo, el Chato soltó un bufido:

—Ponte ropa limpia. Apestas.

17

Desde su ventana, el Guapo observó al grupo saliendo del hotel. En el centro, tocado con una gorra azul para proteger su cráneo del sol, el Chiquitín sonreía como si fuera el tipo más feliz del mundo. Salvo el Saharaui, todos iban vestidos con camisetas de manga corta y vaqueros. Parloteaban y reían como si realmente estuvieran allí para pasar unas vacaciones. La presencia de Jordi, con su polo rojo y sus gafas a juego, y de Helena, que se había recogido el largo cabello rubio en una trenza, completaba la apariencia de otro grupo de turistas dispuestos a cocerse al sol. Semioculto por los visillos, el Guapo captó la rápida mirada del Saharaui hacia su ventana.

Tomó la carta del servicio de habitaciones e intentó descifrar el menú, que estaba escrito en árabe, inglés y francés. Lo único que entendió fue la marca de las cervezas.

Le costó diez minutos explicar a la camarera que quería un filete con patatas fritas y tres botellas de Heineken. Se quedó en calzoncillos y subió el aire acondicionado. Encendió el televisor y comenzó a hacer flexiones para calmarse.

Ya pensaba que la camarera se había olvidado de él cuando llamaron a la puerta.

Estaba cubierto de sudor. Se echó por encima el albornoz que había en el baño y abrió.

Ante él no estaba la camarera, sino Helena. Tenía las manos metidas en los bolsillos de sus vaqueros, los hombros alzados y la cabeza ligeramente inclinada, en un gesto que podía ser coqueto o tímido. Pero su rostro estaba muy serio.

El Guapo tardó dos segundos en reponerse de la sorpresa. Abrió aún más la puerta, extendió el brazo a modo de invitación, y sonrió:

—Adelante.

Ella entró y se quedó parada en el centro de la habitación, mirando las camas gemelas deshechas. El Guapo cerró la puerta, la abrazó por la espalda y enterró la cara en su cuello.

—Pensaba que habíamos quedado esta noche —dijo.

Ella se deshizo del abrazo.

—No he venido a liarme contigo. He venido a poner las cosas en claro.

El rostro del Guapo se endureció. Señaló la cama del Saharaui.

—Siéntate.

Ella se sentó en el borde, con los puños apretados sobre las rodillas juntas. El Guapo se dejó caer en su propia cama, permitiendo que el batín se abriera mostrando su ancho pecho lampiño, y apoyó la espalda en los cojines colocados contra el cabecero.

—Jordi y yo hemos hecho este viaje porque él no se encuentra bien —comenzó Helena, con la vista fija en la punta de sus zapatillas de deporte—. Acaba de pasar por una depresión. —Lo miró directamente a los ojos—. Yo fui la causa de esa depresión. Hice algo que... Algo que en su momento me pareció una tontería y que para él no lo fue, en absoluto. En realidad...

Volvieron a llamar a la puerta. El Guapo se levantó y abrió. En el pasillo esperaba un anciano camarero con el carrito de la comida.

—*Bonjour, monsieur.*

El Guapo hizo un gesto hacia el interior de la habitación y el viejo entró empujando el carrito.

—*Bonjour, madame* —saludó a Helena con una sonrisa.

En silencio, el camarero dejó sobre la mesita baja el plato, cubierto por una tapa de acero inoxidable, y un cubo de hielo con las tres cervezas. El Guapo registró los bolsillos de sus vaqueros, que había dejado tirados en una esquina, sacó una moneda de cincuenta céntimos y se la tendió. Tras cerrar la puerta, levantó la tapa del plato. No sabía lo que había dentro, pero desde luego no era un filete con patatas. Abrió dos cervezas, le entregó una a Helena y volvió a recostarse en los cojines con la otra en la mano.

—Me estabas contando que le pusiste los cuernos a Jordi —dijo.

Ella miró fijamente la botella de cerveza.

—Hice una tontería —repitió sin levantar la vista de la alfombra—. Y no quiero hacer otra. Él no se lo merece.

—¿Y tú te lo mereces?

—¿Cómo? —Helena alzó la vista.

El Guapo se incorporó y la señaló con la botella.

—Lo que te sucedió ayer... ¿Te pasa a menudo?

Helena negó con la cabeza:

—Hacía seis meses que no tenía un ataque. Me dan de vez en cuando, en situaciones de mucho estrés. Soy epiléptica.

El Guapo asintió, dio un largo trago a su cerveza y dejó la botella sobre la mesilla de noche.

—Si no fuera por no hacerle daño a Jordi, ¿habrías sufrido mucho estrés?

—¿Anoche?

—Piénsalo. —La miraba fijamente—. ¿Te habría dado un ataque o habrías pasado un buen rato?

—Esa pregunta no tiene sentido.

—Sí lo tiene. No me estás diciendo que no quieres acostarte conmigo. Me estás diciendo que no lo haces porque eso le haría daño a Jordi.

—Eso lo dices tú.

—No. —Intentó cogerle una mano, pero ella la retiró con rapidez—. Algunas personas funcionan así hasta que no aguantan más y explotan. Tú explotaste anoche por eso.

Helena negó con la cabeza y dejó la cerveza sin probar sobre la mesilla.

—Jordi se lo pasa bien con vosotros. Le viene bien estar con otra gente y no sólo conmigo. Eso es lo que había venido a pedirte, que nos dejarais seguir con vosotros. Pero ya veo que no tiene sentido. —Se levantó—. Nos iremos en cuanto vuelvan de comer.

El Guapo también se levantó; extendió un brazo.

—Ven aquí, anda.

Ella no lo miró. Fue hasta la puerta, salió y la cerró a sus espaldas.

Cuando entraba en el ascensor oyó abrirse la habitación y al Guapo gritar su nombre como una orden. Helena se replegó temblorosa en una esquina.

18

El Chiquitín comía a dos carrillos y atendía a la charla de las mujeres con una sonrisa bobalicona. El Yunque miraba las manos descomunales del gigante y las imaginaba empuñando el cuchillo e hincándolo una y otra vez en la carne de aquellas cuatro personas. Se acordó de él en el puesto de congelados, con las orejas rojas de frío, partiendo pescados duros como piedras con un solo golpe de macheta.

—¿Te pasa algo? —le preguntó su novia.

Él pareció despertar de un sueño.

—¿Eh? No, no. Me había quedado empanado.

—¿Estás malo?

—No. —Miró el plato—. No tengo mucha hambre.

—¿Qué estuvisteis haciendo en la habitación del Chiquitín?

—Repasando las cosas para el trabajo. Lo que tiene que hacer cada uno y todo eso. Ya sabes.

La Yunque asintió y se llevó una mano a la barriga, mientras con la otra sujetaba el tenedor cargado con un buen trozo de dorada a la sal.

—A mí se me van encogiendo un poco más las tripas a cada minuto que pasa. ¡Qué angustia! ¡Tengo unas ganas de estar de vuelta en casa...!

Se llevó la dorada a la boca y, mientras masticaba, pareció recordar algo:

—¿Hablaste con el Chiquitín sobre lo de los muertos de Aluche?

—No, ehhh... No pude. Estaba vomitando, no iba a sacarle ese asunto.

La Yunque le echó una mirada al gigante, que en ese momento se enjugaba con la servilleta la frente sudorosa ante su tercer plato de pescado.

—Pues ahora parece estar como dios. —Se volvió hacia su novio—: ¿Sabes qué? Yo creo que lo que le pasaba era que estaba cagado de miedo.

Él asintió:

—Todos estamos nerviosos.

—No. Me refiero a que estaba acojonado por el asesinato de esa gente. Lo raro es que ahora esté tan pancho. Oye, ¿estos de Barcelona van a seguir con nosotros hasta Marrakech?

—No creo. Supongo que mañana se irán por su lado.

—Al tipo no lo soporto. ¿Te parecen normales las gilipolleces que dice? ¿De qué va? Tengo que morderme la lengua para no decirle que se meta la independencia y una butifarra por el culo. Encima de que les dejamos la habitación...

El Yunque posó su copa sobre la mesa.

—Últimamente te quejas de todos: del catalufo, del Chiquitín, de la Chata, del Guapo...

—¡No me menciones al Guapo! Tú no estabas esta mañana, cuando comenzó a arrearnos en la recepción del hotel como si fuéramos un rebaño. —Imitó la voz del Guapo—: ¡Vaaamos, chicooos, todos en fila detrás del Saharaui! Su mujer me cae bien, pero él me pone enferma.

El Yunque hizo un gesto de hastío.

—Quedan seis días para estar de vuelta en Madrid. Procura no liarla hasta entonces.

—Hijo, a veces parece que no tienes sangre en las venas.

—Será eso.

Miró a los demás comensales. La Chata reía junto al Saharaui. El Chato hacía bolitas con las migas del pan sin quitarles ojo. Jordi le contaba algo al Chiquitín, que hundía con el índice los cubitos de hielo de su cubalibre y asentía con la mandíbula descolgada. La Chiquitina lo observaba con una sonrisa de alivio.

—Me voy —dijo el Yunque, apartando la silla y levantándose. Su novia lo miró con sorpresa—. Os veo por la tarde. ¡Chato! —llamó—. Ven conmigo.

Cuando salieron, el Saharaui los siguió con la mirada a través de la cristalera. El Yunque iba con las manos en los bolsillos del vaquero y hablaba al pelirrojo por la comisura de la boca. Unas gafas de sol ocultaban sus ojos, pero en su frente se dibujaba una profunda arruga vertical.

El Saharaui miró luego al Chiquitín. También él observaba al Yunque.

19

Dos chavales se aproximaron a ellos cuando subían la escalinata que llevaba al hotel. Uno de ellos le dijo al Yunque con desparpajo:

—España, ¿quieres chocolate?

—No fumo —respondió sin mirarlo ni detenerse—. Tengo cáncer.

El chico, sorprendido, dio un paso atrás.

El Yunque llevó al Chato a su habitación. Abrió el minibar, sacó dos pequeñas latas de Fanta de naranja, que se bebieron de golpe, y le ofreció una bolsita de almendras saladas. El pelirrojo se sentó en la descalzadora y colocó las almendras en la mesita baja, ante él. Abrió el iPad, se metió una almendra en la boca y escribió en Google: «Convenios repatriación España.» El Yunque se tumbó en la cama y encendió el televisor sin sonido.

El Chato navegó por Internet hasta que la llamada de los almuédanos a la tercera oración del día lo sobresaltó.

—Ya está —dijo.

—Espérate, que lo apunto.

El Yunque saltó de la cama, fue a sentarse ante el estrecho escritorio que había a los pies de ella y comenzó a escribir en los folios con membrete del hotel lo que el otro le iba dictando:

—Para que puedan extraditarte —empezó el Chato mientras recorría la habitación arriba y abajo como un profesor— deben cumplirse cuatro condiciones: que ambos países tengan un tratado de extradición, que en ambos sea delito el crimen del que se te acusa, que en el país que te busca la pena por ese crimen no sea desproporcionada respecto a la que hay en el país que debe entregarte y que no hayas estado en prisión preventiva más de la mitad del tiempo máximo al que pueden condenarte.

—Joder, qué lío —dijo el otro cuando terminó de escribir—. No sé cómo puedes aclararte.

El pelirrojo miró por encima del hombro del Yunque y le corrigió:

—Extradición es con equis y con una sola ce. —Se sentó en la cama y continuó—: En primer lugar, muchos de los tratados de extradición, los que se utilizan para entregar a los delincuentes, sólo se aplican a personas que hayan sido juzgadas y condenadas en su país de origen. Eso hace, por ejemplo, Rusia. Pero esto es en teoría. En la práctica los Estados son lo que llaman soberanos y pueden hacer lo que les salga de los cojones.

—Como siempre, vamos.

—Como siempre —asintió—. Vamos ahora con el interrogatorio.

Tardaron una hora y media en redactarlo. Al terminar leyeron lo que habían escrito e hicieron varios cambios. El Yunque resopló, sacó el móvil del bolsillo del vaquero y llamó al Guapo:

—¿En dónde andas?... Vamos para allá.

Su amigo les abrió en calzoncillos. Las camas aún estaban deshechas y la habitación olía a comida. En la mesa baja reposaban el plato del almuerzo, cubierto por la tapa de acero inoxidable, y las tres botellas de Heineken vacías.

—Hemos estado trabajando en lo que hablamos —dijo el Yunque.

El Guapo lo interrumpió secamente:

—Hay que dejar tirado a ese cabrón.

—En cuanto lo pillaran, cantaría de plano —intervino el pelirrojo.

El Guapo dio una fuerte palmada en la pared.

—¿Qué hacemos, si no? ¿Dejar que nos empapelen por su culpa? Ese hijo de puta nos ha estado engañando desde...

—Ya lo sé, ya lo sé. —El Yunque levantó los brazos—. Pero sabes tan bien como yo que no lo hizo por maldad. No es muy listo...

—¿Y a mí qué coño me va a importar, cuando esté en la cárcel, si me metió en ella por mala leche o porque es tonto del culo, eh?

El Yunque metió la mano en el bolsillo trasero del pantalón, sacó los papeles que habían estado escribiendo, los desdobló y los puso sobre la mesita. El Guapo los miró con recelo.

—¿Qué es eso?

—Lo que hablamos. Hemos estado buscando en Internet países que no tengan convenio de extradición con España. No es tan sencillo como parece. O sea, que el Chiquitín podría estar comiendo caviar durante dos o tres años en Moscú antes de que lo devolvieran a España.

—¿El Chiquitín, en Moscú?

—Bueno, en Moscú, en Guinea o en Uganda —terció el Chato—. Imagina que vas a uno de esos países del culo de África con doscientos mil euros en el bolsillo y contratas a un abogado al que vas alimentando poco a poco: ahora diez euros, ahora veinte... Pueden pasar veinte años antes de que te devuelvan a España.

El Guapo meneó la cabeza con tristeza.

—¿Cuánto crees tú que duraría el Chiquitín en África con doscientos mil euros en el bolsillo?

—He dicho África como podría decir otro sitio. Por lo que he leído, a mí el mejor país me parece Rusia.

El Yunque se encogió de hombros.

—Elegir el país es cosa del Chiquitín. De momento, lo que nos interesa es que llame a los policías que fueron a casa de su madre y que los convenza de que la semana que viene, en cuanto vuelva de Marruecos, se presentará en la comisaría.

—Tú lo conoces. —El Guapo meneó la cabeza con tristeza—. ¿Crees de verdad que será capaz de hacerlo?

—Sí —dijo el Yunque, y le tendió los papeles—. Con esto que le hemos preparado.

20

El Saharaui introdujo la llave y abrió la puerta de la habitación. El Guapo estaba sentado en el alféizar de la ventana, de espaldas a la calle ya oscura. El Chato fumaba recostado en una de las camas. El Yunque recogió apresuradamente los papeles que había dejado sobre la mesita.

—¡Hola, amigos! Os habéis perdido la excursión a las Cuevas de Hércules.

—¿Cómo habéis ido? —preguntó el Guapo.

—En el minibús. —El Saharaui exhibió su amplia sonrisa—. Están a sólo dieciséis kilómetros. Pasamos delante de los palacios de los príncipes saudíes...

—¿Quién te ha dado permiso para utilizar el minibús?

El Saharaui parpadeó, perplejo.

—Hombre, ¿cómo íbamos a ir?

—Andando o en taxi. De cualquier manera, menos en el minibús. ¿Y si hubierais tenido un accidente, eh? El doble fondo podría haber quedado a la vista. Eso si no estalla una bombona y saltáis por los aires.

—Perdón. Yo...

El Guapo descendió del alféizar. Tenía la mirada dura y su rostro se estaba volviendo peligrosamente rojo.

—Creía que había quedado claro que aquí no se hace nada sin mi permiso.

El Saharaui asintió. De pie en el centro de la habitación, con su pulcra camisa blanca con los puños abrochados, parecía un estudiante recibiendo el rapapolvo del maestro.

—Tienes razón, jefe. Ha sido culpa mía. No volverá a pasar. Perdón.

El Yunque se levantó y le hizo una seña al Chato. Parecía apurado.

—Bueno, nosotros nos vamos —dijo—. Os vemos luego.

El Saharaui aprovechó la interrupción para meterse en el baño. Echó el pestillo y aplicó la oreja a la puerta. La conversación de los otros tres le llegó amortiguada:

—... esta noche.

—¿En dónde?

—... a tu chica que se vaya a dormir con la Chiquitina...

—... para algo.

Luego, el golpe de la puerta al cerrarse.

Se sentó en el retrete y repasó los mensajes en su teléfono móvil. Había veinticinco del grupo de WhatsApp y dos sms. Repasó los WhatsApp rápidamente: se trataba de un cruce de bromas de las mujeres y del Chato, cuyo objetivo principal era Jordi. El primero de los dos sms era una sucesión de números, letras y signos de puntuación que parecía resultado de que alguien se hubiera sentado sobre el teclado sin darse cuenta. El segundo era de la Chata. Decía: «T veo un pco mustio. Pdo hacer algo para q snrias?». Lo cerró y volvió a abrir el primero.

Al cabo de diez minutos, tiró de la cisterna y salió del baño. El Guapo estaba tumbado en su cama, zapeando con el mando del televisor. Parecía habérsele pasado el berrinche.

—¿Has comido aquí? —le preguntó el Saharaui.

—No he comido. Pedí un filete y no sé qué es lo que me trajeron. Por si acaso, no lo he probado.

El Saharaui levantó la tapa del plato.

—Tajín de carne. —Acercó la nariz—. Huele bien.

—Todo tuyo.

Volvió a tapar el plato y se tumbó bocarriba en su cama.

—La chica rubia se puso enferma otra vez en la comida y subió a su habitación. Tampoco vino a la excursión —dijo en tono despreocupado—. Está abajo, en la cafetería. Tiene un libro para turistas. Le dijo a su novio que quiere ir a Fez antes de bajar a Marrakech.

El Guapo no apartó la vista del televisor.

—¿Y qué ha dicho el novio?

—Quería seguir con nosotros. —El Saharaui bostezó—. Tiene miedo de que le roben el coche.

El Guapo soltó una carcajada.

—Ese chico es gilipollas. Está más pendiente de su coche que de su novia. No sé cómo ella lo aguanta.

—¡Ah, las mujeres! —volvió a sonreír el Saharaui—. ¿Quién sabe lo que piensan las mujeres?

—Tú, desde luego, no. Ni siquiera tienes novia.

—Es verdad. Pero mira, son muy listas. Te cuento una historia de mi país.

—¿De cuál de ellos?

—Del Sáhara, claro. Mira, hace mucho tiempo, los hombres del desierto salían en caravanas para comprar cosas en un sitio y venderlas en otro. Compraban sal en un sitio y la cambiaban por plata en otro. Se marchaban lejos y cambiaban la plata por espe... ¿especias? ¿Se dice especias? O por camellos... Los viajes duraban muchos meses, a veces años. Cuando los hombres marchaban, sus mujeres iban a ver al juez y le decían: «¡Estoy embarazada! ¡Apúntalo!» Todas las mujeres, también las viejas, iban a decirle: «¡Estoy embarazada!» Cuando los hombres volvían y veían que sus mujeres tenían la tripa gorda o habían parido un niño, no podían enfadarse: aquellos niños eran hijos suyos. ¿Comprendes?

—O sea, que mientras sus maridos estaban fuera, ellas follaban con otros.

—No digo eso. A lo mejor estaban embarazadas de verdad.

—Entonces deberían parir al mismo tiempo, a los nueve meses.

—En aquella época los embarazos en el desierto duraban nueve, diez, once meses, o un año o dos. Depende. Por el clima.

El Guapo se volvió hacia el Saharaui con el ceño fruncido.

—Pero ¿qué coño estás diciendo?

El Saharaui se rió.

154

—Mira: las mujeres estaban contentas y los hombres estaban contentos, porque los embarazos de las mujeres casadas que conocían durante sus viajes también duraban mucho tiempo. Y todos los niños tenían un padre. Todos felices.

—Y follando como conejos. ¿Esa historia es cierta?

—¿Tú qué crees? —se rió.

—Tío, eres muy raro.

El Saharaui se rió aún más.

El Guapo permaneció tumbado en silencio, con las manos cruzadas detrás de la nuca, mirando el televisor. Al rato, preguntó:

—¿Qué hacías en Madrid antes de que nos saliera este trabajo?

—Ya te lo dije: hacía grabados en plata y los vendía los domingos en el Rastro. Corría, también corría —sonrió—, para no pensar en mujeres.

—¿Y en dónde trabajabas? ¿En el piso ese que compartías con tus amigos?

—Sí, en la cocina. Ahí ponía todo mi material y pim pim pim, pam pam pam, hacía mis grabados.

—¿Tus amigos no protestaban por el ruido?

—¡No! Trabajaba por la mañana, cuando ellos no estaban en la casa. Si no, me matan —se rió—. Empezaba a trabajar a las siete de la mañana, cuando ellos se iban, y lo recogía todo a las dos para preparar la comida.

—¿Preparabas tú la comida de todos?

—No, no. Ellos comían fuera. No volvían hasta las siete de la tarde o así. Cada uno se preparaba su cena.

—O sea, que desde las siete de la mañana hasta las siete de la tarde tenías la casa para ti solo.

—Para mí solo, sí señor.

El Guapo se quedó en silencio. Seguía en la misma postura, mirando al televisor.

—Voy a darme una ducha —dijo el Saharaui.

El Guapo esperó hasta que oyó correr el agua. Cogió su móvil y le envió un mensaje al Yunque: «Ya sé cómo hacerlo.»

21

—Vamos a repetirlo, Chiquitín. Y no te pongas nervioso.

Eran las dos de la madrugada. La habitación del Yunque olía a tabaco y a sudor. Allí estaban, con los ojos enrojecidos por el humo, el Guapo, el Chato, el Chiquitín y el Yunque. La novia de este último dormía con la Chiquitina.

—¡Es que se me olvida lo que queréis que diga!

—No es lo que queremos que digas, sino lo que tienes que decir. —El Yunque le hablaba con dulzura, como a un niño pequeño—. Lo que tú dirías si tuvieras tiempo para pensarlo. Vamos otra vez. ¿Dónde estaba el día 22?

—No sé qué día fue ése.

El Guapo soltó un bufido. El Yunque hizo como si no lo hubiera oído y señaló el papel que le había entregado al Chiquitín y que éste sostenía entre las manos.

—Fue el martes de hace dos semanas.

El Chiquitín miró el papel.

—A ver, el lunes estuve en el mercado desde las diez hasta las dos y luego desde las cuatro de la tarde hasta las siete, como siempre. El martes también...

El Chiquitín miraba la mano que el Yunque mantenía en alto, como un director de orquesta. Cuando la bajó, añadió:

—Ah, no. Ese martes no abrí el puesto porque fui a comprar al Decathlon las cosas para el viaje.

—¿Fue usted en su coche?

—No. Fui en el coche de un amigo.

—¿Cómo se llama ese amigo?

—José Manuel Romero. —El gigante sonrió de oreja a oreja y agitó una manaza para saludar al Guapo.

El Guapo saltó del silloncito que ocupaba.

—¡Oye, oye! A mí no me metáis en ese lío. ¿Por qué tiene que decir que estuvo conmigo? Que diga que estuvo solo.

—Tiene que decirlo —le explicó el Yunque—, porque los maderos podrían comprobar los vídeos de seguridad del Decathlon de ese día. Y tú aparecerías en ellos.

—¡Pero él no estará!

—Porque las cámaras no lo habrán filmado o no se le verá bien. Eso pasa.

—Tiene narices —refunfuñó el Guapo mientras volvía a sentarse.

El Yunque prosiguió el interrogatorio al gigante:

—¿Qué compraron?

—Bañadores, camisetas, toallas de playa.

—¿Cuánto tiempo tardaron en hacer esa compra?

El pecho del Chiquitín sonaba como si en su interior se estuviera librando la batalla de Waterloo.

—Tres horas.

El Yunque lo interrumpió:

—Mira los papeles que te he dado. No debes decir tres horas, sin pensar. Tienes que decir: Mmm, no sé... Puede que unas tres horas. Si les das las respuestas exactas desde el principio, se van a dar cuenta de que les estás colocando un pescado cocinado. Tiene que parecer que haces memoria.

—Vale, vale. Lo siento. Mmm, no sé. Unas tres horas.

—¿Por qué tardaron tanto?

—Había mucha gente. Además, perdimos mucho tiempo eligiendo los bañadores para las chicas. Joder. —Apartó los papeles—. A mí decir esto me da un poco de vergüenza. Parezco una maricona comprando cosas para las mujeres.

El Guapo se levantó de la descalzadora como impelido por un resorte.

—¿Eres imbécil? ¿Qué prefieres, ir a la trena o quedar como un maricón?

El Yunque le hizo gestos para que bajara la voz.

—Son las dos y media de la madrugada.

—Es que este capullo me pone enfermo. —El Guapo hablaba ahora casi en susurros, una vena latía en su cuello—. No se da cuenta de lo que se juega. De lo que todos nos estamos jugando por su puta culpa.

—Seguimos —dijo el Yunque—. ¿A qué hora salieron del Decathlon?

El Chiquitín leyó los papeles:

—Las dos, las tres... No sé.

—¿Adónde fueron desde allí?

—Paramos a picar algo en un bar.

—¿En qué bar?

—Ni idea. Era un bar normal.

—¿En dónde estaba situado?

—Por el centro. Es que no me conozco bien el centro. Vimos el bar abierto, aparcamos y entramos.

—¿Adónde fueron luego?

—A casa de mi amigo, a dejar las cosas.

—¿Hasta qué hora estuvieron allí?

—No sé. Era por la noche cuando me llevó a casa.

—¿Qué estuvieron haciendo en la casa?

—Estuvimos jugando a la Play. —El Chiquitín levantó la vista—. Joder, qué largo es esto.

—Sigue, coño —bramó el Guapo.

—¿A qué juego?

—Al FIFA.

—¿A qué hora llegó usted a su casa?

—Serían... ¿Las dos, las tres de la madrugada?

—Y durante todo ese tiempo ¿dónde estuvo aparcado su coche?

—Ahí es donde tienes que lucirte —murmuró el Guapo.

—No, no. Se lo había dejado a un amigo.

—¿A qué amigo?

—Al Saharaui. Me lo pidió para llevar unas cosas de los grabados que él hace.

—¿Ese amigo se llama así, Saharaui?

—No, no. Es que es del Sáhara. Se llama Haibala. Vive por Lavapiés.

—¿Por Lavapiés? ¿En qué calle?

—Ni idea. Hace poco que lo conozco.

—¿Y aun así le prestó su coche?

—Hombre, era un favor.

—¿A qué hora se lo dejó?

—Cuando vino a por las llaves aún era de noche. No sé la hora. Yo estaba medio dormido.

—¿Y cuándo se lo devolvió?

—Dos días más tarde. Me dejó las llaves en el buzón.

El Yunque dio un suspiro y se levantó de la esquina de la cama en la que había estado sentado.

—Muy bien. Mañana por la mañana llamamos a esos policías. Si lo haces como hoy, salvarás el culo.

El Chiquitín bebió un largo trago de la botella de cerveza que tenía sobre la mesilla de noche.

—Parece fácil, pero esto es muy difícil, ¿eh?

El Guapo se levantó.

—Nos vemos aquí a las nueve.

—¿No puede ser un poco más tarde? —El Chato se desperezó en el suelo—. Son las tres y cuarto de la madrugada.

—No puede ser —respondió el Yunque—. Aquí son dos horas menos que en España. O una, ya no sé ni en qué día estamos.

El Chiquitín, sentado en la cama y con la espalda apoyada en el cabecero, sonrió con picardía.

—El Guapo, a dormir con el Saharaui, y yo, con el Yunque. Vaya panda de gais estamos hechos.

22

La pantalla del teléfono móvil del Saharaui brillaba en la oscuridad de la habitación: «Controla a la Guapa, creo que vamos a necesitarla», tecleó en francés. Un instante después, un pitido anunció la respuesta de Jean-Baptiste: «Está bajo control.» Buscó luego el sms que le había enviado la Chata y respondió: «Stoy aburrido.»

Se volvió en la cama para dejar el teléfono sobre la mesilla, pero se interrumpió cuando la pantalla volvió a iluminarse con otro pitido: «Yo tb.» Y a continuación: «Q pdems hcer?»

El Saharaui frunció el ceño. Sus largos dedos morenos se movieron sobre el diminuto teclado: «Lo que tú quieras.» La Chata contestó al instante: «T apetece un paseo?» Él sonrió: «Bajo n cinco mins.»

Se levantó, se vistió y descendió al vestíbulo. Por primera vez desde que se habían instalado en el hotel, el sillón situado frente al mostrador de recepción estaba vacío. Al poco rato, la puerta del ascensor se abrió y de él salió sonriendo la Chata. Iba vestida con vaqueros, sandalias y una blusa blanca; movía las caderas como si estuviera desfilando en una pasarela.

—¿Vamos a la playa?

El recepcionista de noche, el mismo que los había atendido a su llegada, los miró con curiosidad.

El Saharaui le abrió la puerta y salió tras ella. Desde el mar soplaba una brisa fresca. La Chata cruzó los brazos bajo el pecho mientras descendían por la larga escalinata que llevaba hacia la playa.

—¿Me protegerás si nos atracan? —preguntó con una risita.

—Con mi vida —se llevó él la mano al corazón.

Un gato cruzó, furtivo, ante ellos. Parecía tener prisa en huir de la luz de las farolas.

—Otro gato —dijo ella—. ¿Por qué hay tantos gatos en esta ciudad?

—Se buscan la vida, acaban con ratones y cucarachas...

—¿Tú también te buscas la vida, como los gatos?

—Un poco —sonrió—. Pero no me gustan los ratones ni las cucarachas.

—¿Qué te gusta a ti, morito?

—Lo mismo que a ti.

Habían llegado al borde del arenal. Al fondo, en la oscuridad, se oía el fragor de las olas. La Chata se descalzó.

—Vamos a mojarnos los pies —propuso.

El Saharaui también se quitó los zapatos y echaron a andar por la ancha franja de arena. Ella se estremeció.

—¡Qué frío! Anda, échame el brazo por encima.

No eran los únicos que estaban allí. Les llegaban voces de hombres y mujeres, algunas muy próximas. Aquí y allá se distinguía la brasa de algún cigarrillo.

En la orilla, se remangaron los pantalones y dejaron que las olas les lamieran los pies. No había luna y sólo podían ver la espuma blanca.

—Está helada —chilló la Chata.

Una ola más grande les mojó los pantalones y, riendo, se retiraron de la orilla. Buscaron la arena seca y se sentaron en ella, de espaldas al mar. Ella se acurrucó bajo el brazo del Saharaui. Frente a ellos, a un centenar de metros, las farolas iluminaban retazos de las viejas casas de la ciudad.

—Este sitio es bonito —comentó ella, pensativa—, pero no me gustaría vivir aquí.

El Saharaui estaba mirando a lo lejos, hacia el iluminado paseo marítimo.

—Creo que te están buscando —dijo.

La Chata dio un respingo. Bajo las farolas, una figura con la cabellera roja caminaba arriba y abajo intentando desentrañar la oscuridad.

—No puede vernos —murmuró—. Mira cómo va de un lado a otro. Ahora vuelve. Siempre está vigilándome. ¿Por qué no puede dejarme en paz? —Se arrimó otra vez al Saharaui y se frotó contra su pecho.

—Creo que deberíamos volver —dijo él.

Media hora más tarde, el Saharaui abría con cautela la puerta de su habitación. El Guapo encendió la luz, guiñando los ojos.

—¿Dónde coño estabas?

—Ah, pensaba que estabas dormido.

—Ha venido el Chato a preguntar por su chica.

—Sí, ya lo he visto. Estábamos paseando por la playa. La playa está muy bonita —sonrió con picardía.

El Guapo se levantó bruscamente y avanzó hacia él con el ceño fruncido.

—La playa. ¿Y qué coño haces tú de madrugada en la playa con la mujer del Chato, eh? —Lo golpeó varias veces con el índice en el esternón; el Saharaui retrocedió un poco con cada golpe—. ¿Quién coño te crees que eres? —Volvió a golpearlo—. Cuidadito con dónde te metes, «amigo». Cuidadito, porque algún día puedes despertarte con los huevos en la boca.

Entró en el baño y dejó la puerta abierta. El Saharaui apretó las mandíbulas mientras deshacía su cama. Oyó el vigoroso chorro de orina contra la lámina de agua del retrete.

El Guapo volvió a acostarse y apagó la luz.

—Y no me despiertes con tu cantinela.

Un minuto después, comenzó a roncar.

23

El Chiquitín apagó el teléfono y sonrió.

—Me han dicho que pase por la comisaría el martes, cuando vuelva.

El Guapo lo miró atónito y luego lanzó una risotada.

—¡Manda cojones! Todos los tontos tienen suerte.

Eran las nueve y media de la mañana y volvían a estar los cuatro en la habitación del Yunque. Al Chiquitín las manos le temblaban tanto que, cuando dejó el móvil sobre la mesilla, el aparato repiqueteó en la madera. La luz blanca, la brisa marina y los sonidos de Tánger entraban como una transfusión de vida por la ventana abierta.

El Yunque bostezó.

—Al menos ya sabe lo que tiene que decirles a los maderos la próxima semana.

—¿Tú crees que éste se va a acordar de algo la próxima semana? —ironizó el Chato.

Los tres miraron al gigante. Se había levantado de la cama y hurgaba en el pequeño frigorífico. Sólo llevaba puestos unos eslips arrugados por los que asomaba algo amoratado. Su gran pecho blanco y peludo subía y bajaba con un pitido. Sacó una botellita de J&B, la abrió con un chasquido y se la bebió de golpe. El temblor de las manos hizo que parte del líquido se le derramara por la barbilla.

—Chiquitín —dijo el Yunque en tono paciente—, tienes que empollarte estos papeles.

—¡Pero si ya me los sé!

El Guapo se puso en pie.

—Escúchame bien, gilipollas: de lo que respondas a esos policías depende no sólo tu culo, sino también el mío. Te vas a empollar esos papeles hasta que los recites como el padrenuestro. El Yunque te los preguntará todas las noches, y si no te los sabes, te dejo en este puto país y te apañas como puedas. Tú mismo.

Pareció que el gigante dudaba un instante, como si se dispusiera a decir algo. Finalmente, sacó un cigarrillo de una cajetilla de Marlboro que estaba sobre la mesita baja, pero se le quebró entre los enormes dedos temblorosos.

—Date una ducha y haz la maleta. —El Guapo echó a andar hacia la puerta—. Nos vemos todos abajo a las diez y media.

Sólo cuando el Guapo hubo cerrado la puerta a sus espaldas, se atrevió el Chiquitín a protestar:

—No sé qué le pasa conmigo. He hecho todo lo que me habéis dicho. A mí también me jode que los maderos no me hayan preguntado, porque me lo sabía de puta madre.

El Yunque suspiró, se levantó y comenzó a vestirse.

—Lo que le cabrea es que está intentando salvarte el culo y evitar que todo se vaya a la mierda, y tú te estás portando como un niño caprichoso.

—Este tío no se entera del marrón que se le viene encima —dijo el Chato, y abrió la puerta—. Yo me largo.

El Yunque recogió sus cosas.

—Voy contigo. —Antes de salir, señaló los papeles arrugados entre las sábanas revueltas—: Yo que tú, recogía ahora mismo esos papeles y no levantaba la cabeza de ellos durante el viaje a Marrakech.

Tras el portazo, el gigante se quitó los calzoncillos y encendió la luz del cuarto de baño. Ante el espejo comprobó que el moratón de su brazo era ya una leve mancha y que la herida de la espalda parecía cicatrizar bien. Abrió el grifo, se mojó la cabeza y extendió sobre ella el gel de afeitado. Volvió a la habitación y, esta vez sí, encendió un cigarrillo que quedó asomando como una chimenea por el rostro cubierto de espuma. Estaba rasurándose la cara y el cráneo cuando llegó su novia.

—¿Todavía estás así? ¡Ni siquiera has sacado las maletas del armario!

—He estado trabajando —dijo él moviendo los labios lo menos posible para evitar que se cayera la ceniza del cigarrillo.

—¡Trabajando! ¡A saber qué habéis estado haciendo! Tanto secretito, tanto secretito. ¿Qué pasa, que ya no confiáis en nosotras? —Como su novio no respondía, prosiguió—: ¡Contenta está la Yunque con todas vuestras idas y venidas! Esta madrugada se nos presentó el Chato en la habitación preguntando dónde estaba su novia. «¡Pregúntale al Guapo!», le dijo la Yunque, no son horas de andar despertando a la gente. Esta mañana ha venido la Chata, fresca como una rosa: ¡Estaba dando una vuelta por la playa con el moro! Dice la Yunque que ese pobre chico tiene unos cuernos de veinticinco puntas.

Mientras parloteaba, la Chiquitina iba y venía, sacando la ropa del armario y metiéndola en las maletas. En el baño se oía correr el agua de la ducha.

—Y los catalufos se van a Fez. Joder, qué mal huele esta camiseta, qué guarrería. Nos hemos encontrado a la chica, Helena, en el desayuno. Van a ir a un sitio que se llama Xauen y luego a Fez. Me cae bien esa chica, me parece bastante más lista que su novio. Y a la Yunque le pasa lo mismo. Bueno, a la Yunque el novio le cae mal sobre todo porque no para de dar la brasa con la independencia, y como ella es hija de militar...

Al ver que el Chiquitín salía empapado del baño con una toalla blanca, le dio el alto con la mano:

—No toques nada. Te he dejado ahí tu ropa. Te vistes y te quedas sentadito junto a la ventana. Ahora recojo las cosas del baño. Pienso llevarme uno de estos albornoces. Míralo: es precioso.

El gigante apenas le echó una ojeada.

—A ver si nos van a trincar por eso...

24

El mono estaba sentado en una banqueta junto a la puerta del garaje, concentrado en quitarse los piojos. Jordi se detuvo. El animal lo miró un instante con sus ojos hundidos en el cráneo; enseguida siguió a lo suyo, cazando los pequeños bichos que hacía estallar entre los dientes como si fueran huevas de caviar.

—Yo no entro —dijo el muchacho.

El Saharaui se rió y pulsó el timbre, que sonó en algún lugar de la oscura nave.

—¡Mohamed! —llamó.

—Ese animal es peligroso. Imagínate que le da por atacar a alguien que pase por la acera. No sé cómo pueden dejarlo suelto.

El guarda salió del fondo con su gabardina sucia atada a la cintura por un cordel. Somnoliento, se limpió las legañas con los dedos.

—¡El saharaui y el catalán! —exclamó jovialmente—. ¿Qué estáis tramando vosotros dos?

—Venimos a por los coches —dijo el Saharaui—. Nos vamos de viaje.

El viejo se apoyó en la estaca que llevaba en la mano.

—¿Os marcháis ya a Marrakech?

—Nosotros sí. Este chico y su novia se van a Xauen y luego a Fez.

—Nos vamos a Fez pasando por Xauen —corrigió el muchacho.

—¡Xauen! ¡La ciudad sagrada! —El guarda trazó un amplio círculo con el brazo, como si lanzara un sortilegio—. ¿Tú sabías que Xauen fue durante siglos una ciudad cerrada a los extranjeros? Al cristiano que asomaba la nariz, se la cortaban. Ni siquiera dejaban entrar a los catalanes. ¡La capital de Abd el Krim! Pero ¿qué sabéis de eso los jóvenes? —Hizo un gesto despectivo—. Ahora vais a Xauen a comprar chocolate. —Entornó los ojos y descolgó la mandíbula—. ¿Tienes chocolate, moro? ¿Tienes chocolate?

—Yo no tomo drogas —replicó Jordi, ofendido.

—Entonces ¿a qué vas a Xauen? Allí no hay más que las ruinas de una muralla y las cuatro calles pintadas de azul y blanco que salen en todas las fotos. ¿A qué vas, eh?

—Pilla de paso para Fez, y a mi novia le apetece verlo.

—Ah. —Lo miró fijamente—: Ella sí se droga.

—No se droga.

El guarda se volvió hacia el Saharaui, que parecía divertido:

—Estos catalanes se cabrean enseguida, ¿eh? —Bruscamente, echó a andar hacia el interior del garaje—. Vamos a por los coches.

Jordi se quedó quieto.

—Oiga, ¿le importaría amarrar al mono?

Pareció que el animal le había entendido, porque dejó de despiojarse y lo miró con sus ojos amarillos. El guarda se volvió:

—¿Amarrar a *Mohamed Abdelaziz*? En su vida ha estado amarrado. ¿A ti te gustaría que te amarrara? Pues a él tampoco le gusta. Y a mí no me gusta lo que a él no le gusta.

—Dame las llaves —propuso el Saharaui—. Yo te saco el coche.

Jordi metió la mano en el bolsillo y se las tendió. En ese momento, el mono bajó de la banqueta y dio tres o cuatro pasos muy rápidos hacia el muchacho, que se refugió tras el Saharaui. El mono se retiró haciendo un sonido que semejaba una risotada y se encaramó de nuevo en la banqueta.

El Saharaui sacó del garaje el Golf, volvió a entrar y salió conduciendo el minibús. Jordi vio cómo se bajaba del vehículo e intentaba entregar unos billetes al viejo guarda, pero éste los rechazó varias veces. Finalmente, se dieron un abrazo juntando dos veces las mejillas, y el Saharaui volvió a subir al minibús. Jordi lo siguió, conduciendo con cuidado, hasta la puerta del hotel.

Estaban todos en la recepción. Formaban un círculo bullicioso en torno a las maletas. Cerca de ellos, el individuo que tecleaba en su teléfono móvil había vuelto a ocupar su lugar. Cuando apareció el Saharaui con el minibús, los hombres se apresuraron a llevar los equipajes al maletero, mientras las mujeres se despedían de Helena. El Guapo le puso la mano en el hombro:

—Helena.

Ella se volvió y adelantó una mejilla para que se la besara, al tiempo que decía:

—Muchas gracias por todo.

Jordi apareció en la puerta, a espaldas de la muchacha. El Guapo lo vio y se inclinó hacia Helena, pero en lugar de besarla en la mejilla, la besó en los labios.

—Tienes mi número —dijo en voz lo bastante alta para que el otro lo oyera.

Luego bajó rápidamente los tres escalones, sonriendo, y subió al minibús.

—¡A Marrakech! —dijo.

En la acera, la pareja de catalanes discutía.

El Chato no había perdido detalle de lo ocurrido.

—Es lo que yo digo —proclamó—: Si no te fías de tu mujer, tienes un grave problema.

El Guapo lanzó una mirada irónica al Saharaui, que permanecía imperturbable, con los ojos ocultos tras sus gafas de sol. Luego se volvió y observó a la Chata: parecía concentrada en lo que veía por la ventanilla.

El Chato añadió entonces, sombrío:

—Y si te fías, también.

Eran las diez y veinte cuando el vehículo se puso en marcha.

III

TÁNGER-MARRAKECH

1

El Saharaui propuso al Guapo tomar la carretera antigua, como había indicado Jean-Baptiste, y parar al menos en Rabat y Casablanca para reforzar la coartada de turistas del grupo. Pero el Guapo se negó. Le recordó bruscamente que era él quien mandaba sobre el terreno: no quería arriesgarse, dijo, a tener un accidente y echar a rodar todo el plan. Irían por la autopista. De modo que, en lugar de contemplar los riachuelos plateados que recorrían los valles, los árboles polvorientos de las llanuras, el contraste de los verdes cactus aferrándose a la tierra roja, los hombres sentados al borde de la carretera y los borricos enanos cargando enormes fardos, sólo veían los vehículos que circulaban por la autopista de dos carriles, llena de camiones. En lugar de escuchar el desesperado chirrido de las cigarras convocando al amor en los campos, sólo oían el ruido ofendido de los cláxones sobre el asfalto.

Por los altavoces cantaba coplas Miguel Poveda, pero nadie le prestaba atención. Entre los ocupantes del minibús se había instalado una tensión que aumentaba con cada kilómetro que se acercaban a Marrakech. Para combatirla, trajinaban en sus móviles o en sus iPads.

—¿En dónde se puede comer por aquí? —preguntó el Guapo al Saharaui, sin mirarlo.

El otro respondió, impenetrable tras sus gafas de sol:

—En la autopista no. Podemos tomar la salida de Rabat y comer en la casba.

—¿Qué es la casba?

—La antigua fortaleza de la ciudad. Muy vieja. Arriba hay un café. Puedes ver el río. Enfrente, Salé. Antigua ciudad de piratas. Muy bonito todo.

—Pero que sea una cosa rápida, ¿eh?

—No hay problema. Podéis comer unos pinchitos y tomar unos tés. Yo me quedo esperando en el coche.

—Pobrecito —terció desde atrás la Chata—. Yo te traigo algo de comer.

—Llamo ahora para que vayan preparando la comida. —El Saharaui conectó el manos libres y el pitido de la llamada se oyó en toda la cabina.

—*Allô?* —contestó una voz femenina.

Él habló en árabe. Los demás escuchaban en silencio, sin entender una palabra de lo que decía. Cuando colgó, lo miraron expectantes.

—Envían a un chico al aparcamiento. Os recoge y os lleva directo al café. Así no os molestan los pedi... ¿pedidores? mientras lo buscáis.

—Pedigüeños. Se dice pedigüeños, no pedidores —puntualizó la voz del Chato con desdén.

—Pedigüeños —repitió el Saharaui en voz baja.

El Guapo lo miró con suspicacia.

—¿Cómo es que tienes el teléfono de ese sitio?

—Lo tenía preparado para el viaje. Tengo más teléfonos de otros sitios, pero hemos venido por la autopista... Si quieres parar luego, en Casablanca, tengo el teléfono de un riad muy bonito...

En el fondo del minibús, el Chiquitín levantó la vista de los papeles que le habían ordenado aprenderse.

—Yunque, ¿me lo puedes preguntar ahora?

—¿Qué hay que preguntarte? —se interesó enseguida la Chiquitina.

El Chiquitín no respondió.

—Éstos y sus misterios —la Yunque meneó la cabeza, irritada.

—Durante el viaje a Tánger no apartabas la vista del iPad —insistió la Chiquitina—, y ahora no la levantas de esos papeles. ¿Me puedes decir qué coño son?

—Luego, Chiquitín. —El Yunque se volvió en su asiento y le lanzó una mirada asesina—. Luego te lo pregunto.

El minibús abandonó la autopista, cruzó unos arrabales y desembocó en el tráfico de Rabat.

—Esto está bastante más limpio que Tánger. —La Yunque miraba a través de los cristales ahumados.

—Ciudad moderna —informó el Saharaui.

Encontró un hueco cerca de las murallas. El sol apretaba: subió el aire acondicionado y miró en torno. Un grupo de turistas descendía de uno de los autocares aparcados. Unos niños les ofrecían botes de refrescos. Más allá, en la puerta de la fortaleza de arenisca, varios jóvenes los acosaban para que visitaran las tiendas de babuchas, aceites, collares y fósiles, regentadas por mujeres, que jalonaban las empinadas callejuelas.

—¿Dónde está ese amigo tuyo que nos iba a recoger? —lo urgió el Guapo.

El Saharaui ya tenía el teléfono en la oreja. Aunque hablaba en árabe, sus gestos y sus miradas al exterior mostraban que estaba tratando de orientar al guía. Al poco rato, apareció corriendo un niño vestido con la camiseta del Barcelona.

—Empezamos mal —murmuró el Yunque al verla.

—Perdónalos, Señor, porque no saben lo que hacen —apostilló el Chato.

El Saharaui bajó la ventanilla y, tras intercambiar unas frases con el chaval, se volvió hacia el Guapo:

—Este chico os lleva. Yo espero aquí.

—Te traeré unos pinchitos —le dijo la Chata al pasar por su lado.

El Saharaui los vio alejarse y entrar en la fortaleza. Sacó el móvil y llamó por Skype a Jean-Baptiste.

—¿Va todo bien? —preguntó en francés el Joyero.

—Creo que éstos traman algo que me estoy perdiendo. Y algo sucede con el Chiquitín; está metido en un lío que nos puede complicar la operación. ¿Sigues teniendo a la Guapa controlada?

—¡Más que controlada! —rió Jean-Baptiste—. Le he mandado a uno de mis chicos, Michel. Usted lo conoce: es un muchacho bien parecido y con mucha labia. Bien, pues ayer por la tarde la abordó de forma aparentemente casual. Le contó que era pintor. No sé cómo logró convencerla de que se hiciera un retrato, pero el caso es que hoy irá a su casa para inmortalizarla en lienzo. Dice Michel que si no estuviera tan embarazada ya se la habría follado, ja, ja, ja.

—A lo mejor sería conveniente que lo hiciera.

—¿Cómo?

—Necesito saber lo que el Guapo le cuenta a ella cuando hablan por teléfono. Si para eso Michel necesita acostarse con ella, que lo haga... Si es posible, que la filme, que tome fotos de ella en actitudes comprometidas.

—No sé si Michel...

—Necesito noticias en veinticuatro horas como máximo. —Vio que la Chata salía de la casba con un paquete en una mano y dos botellas de plástico en la otra—. Ahora tengo que dejarte.

2

La Chata vestía una diminuta camiseta blanca y un ajustado vaquero de tiro bajo con un cinturón tachonado. Un joven le dijo algo y la siguió durante un trecho, hasta que ella señaló hacia el minibús; entonces el chico se alejó. Dos policías con correajes y manoplas blancos seguían con la mirada a aquella nazarena que sonreía bajo sus grandes gafas de sol y movía las caderas como si intentara hipnotizar a una serpiente.

Abrió la puerta del minibús, se acomodó en el asiento del copiloto y le tendió el paquete al Saharaui.

—Pinchitos. Todavía están calientes.

Él lo tomó, sonriente, con sus largos dedos morenos y apartó el papel metálico que cubría el plato de plástico. El autobús se llenó del olor a la carne dorada sazonada con especias y acompañada con arroz blanco.

—Muchas gracias.

—¿Muchas gracias? ¿Eso es todo lo que se te ocurre decirme? —Se desabrochó las sandalias y apoyó los pies descalzos con sus tatuajes azules en el salpicadero.

Él miró de reojo hacia la puerta de la fortaleza.

—¿Te gustan mis pies? —La Chata movió los dedos con sus uñas pintadas de rosa chicle como si estuvieran saludando.

—Muy bonitos. —Él se metió en la boca un trozo de carne. Cuando terminó de masticar, señaló—: A lo mejor a tu novio no le gusta que estés aquí.

—¿Y qué? —Ella buscó una emisora en la radio—. ¿Qué va a hacer? —Alzó los brazos y comenzó a moverse como si bailara.

—Tu novio...

La Chata se recostó en el asiento.

—Yo no soy propiedad de mi novio —dijo, muy seria—. Tengo mi vida.

El Saharaui comenzó el segundo pinchito.

—Esta mañana he estado a punto de enviarte un sms —insistió ella—, pero tenías el teléfono en el salpicadero y pensé que no te gustaría que el Guapo lo viera. Tenía ganas de hablar contigo. Me gusta cuando hablas en árabe, pareces otra persona.

—¿Otra persona? —El Saharaui tenía la boca llena.

—Sí. Con más autoridad. Pareces el jefe.

Él se echó a reír, apartó los palillos de los pinchitos y abrió una botella de agua.

—Como en la aduana de Tánger, cuando espantaste al chorizo aquel... ¿Qué le dijiste?

El Saharaui se limpió la boca con el dorso de la mano y rió de nuevo.

—Le dije que era policía y que como siguiera molestando lo iba a tirar al mar de cabeza.

La Chata se rió.

—Eres un mentiroso. —Apoyó la espalda contra la puerta y le puso los pies en el regazo—. ¿De verdad te gustan mis pies?

Él los miró y asintió:

—Son muy bonitos.

Ella torció la cabeza, como para verlo mejor.

—Huy, huy. Te veo preocupado.

Él enarcó las cejas. Al cabo de unos segundos dijo:

—Pasa algo y no sé qué es. Algo con el Chiquitín, creo.

—Siempre andan con secretitos. Si te interesa mucho, puedo averiguarlo.

El Saharaui echó un vistazo rápido hacia la puerta de la casba, justo a tiempo para ver salir por ella al Chato.

—Ahí viene tu novio —dijo.

—Ni caso.

Cuando el pelirrojo entró en el minibús, vio a su novia sentada en el asiento del copiloto, con la espalda descansando contra la puerta y los pies sobre el regazo del Saharaui, que apoyaba el codo izquierdo en la ventanilla y manipulaba la radio con la mano derecha.

No dijo nada. Sin quitarse las gafas de sol, se instaló en el asiento de detrás. Su cara, habitualmente pálida, estaba roja por el calor y su boca era una raya apretada y curvada hacia abajo.

—¡Qué! —le dijo ella, desafiante—. ¿Ya te has cansado de las vistas de ahí arriba?

El Saharaui continuaba intentando sintonizar la radio.

—¿Quieres acariciarme los pies? —rió la Chata, dirigiéndose a su novio—. ¿A que te apetece acariciármelos?

El Saharaui apagó la radio.

—Ya que estáis vosotros aquí —dijo—, voy a aprovechar para estirar las piernas.

Apartó los pies de la Chata y bajó del coche.

En cuanto hubo cerrado la puerta, el Chato masculló:

—Eres una zorra.

Ella rompió a reír.

—Si piensas eso, ¿por qué no me dejas? Porque si yo soy una zorra, resulta que tú eres un cornudo, ¿no? —Lo miró, todavía sonriente—. ¿Quieres acariciarme los pies o me busco a alguien que me los acaricie? —Se dio la vuelta y pasó la pierna derecha entre los asientos—. Tú decides.

El Chato no se movió. Ella agitó los pequeños dedos del pie delante de su cara.

—Vamos, dales un besito. Si les das un besito, te perdono.

—¿Me perdonas? ¿Qué me perdonas? Estabas aquí... ¡coqueteando con ese moro de mierda!

Ella se puso seria.

—Estaba aquí charlando con el Saharaui cómodamente, y le puse los pies encima como podía haberlos puesto encima de cualquiera que estuviera aquí, o encima del asiento si hubiera estado vacío. Pongo mis pies donde me da la gana. Y no estoy dispuesta a tolerar tus celos. Si no te gusta cómo soy, te largas y listo. No voy a cambiar mi forma de ser para seguirte la corriente.

Se dio la vuelta y volvió a recostarse en su asiento, con los pies otra vez en el salpicadero.

Estuvieron media hora en silencio. Ella leía un folleto turístico y él apretaba las mandíbulas con el rostro vuelto hacia la ventanilla.

Cuando llegaron los demás, con los rostros congestionados por el calor, los encontraron en la misma postura. El Guapo abrió la puerta del copiloto para ocupar su sitio al lado del Saharaui, que apareció de la nada. Ella señaló sus pies, todavía apoyados en el salpicadero:

—Guapo, ¿qué te parecen mis pies?

El Guapo les echó un vistazo distraído.

—Muy bonitos. ¿Quieres hacer el favor de bajarlos de ahí y dejarme mi sitio? —se impacientó.

La Chata le dedicó una sonrisa encantadora.

—Te dejo lo que quieras —dijo bajándose del coche. Se volvió hacia él, sonriente—: Sólo tienes que pedírmelo.

3

Michel le contó al Joyero cómo había entrado en contacto con la Guapa. La había seguido cuando ella salió de su casa y se subió a un BMW. «Uno de esos coches tuneados, una auténtica horterada», dijo. En el primer semáforo, lo golpeó por detrás con el Mercedes. Se bajó y se acercó a la ventanilla de ella juntando las manos en señal de disculpa. Simuló descubrir que estaba embarazada, se mostró alarmado e insistió en llevarla a un hospital. En realidad, la condujo a una clínica privada que a ella, que debía de estar acostumbrada a las aglomeraciones y a las largas esperas dolientes de los hospitales públicos, debió de parecerle el colmo del lujo. Mientras aguardaban los resultados de las pruebas médicas, le contó que era pintor, que vivía en París y que estaba pasando una semana en Madrid para organizar una exposición. Fue entonces cuando le anunció que iba a hacerle un retrato. «Se lo dije como si yo fuera Picasso», se rió. No le pidió que posara para él, sino que lo dio por hecho, puesto que el cuadro iba a ser un regalo. En cuanto supo que sus obras se cotizaban por encima de los treinta mil euros, contó a Jean-Baptiste, los reparos de ella se esfumaron y aceptó encantada. «Tan pronto te cuelgue, la llamo.»

«Michel», decía la pantalla del teléfono. La Guapa vio la llamada perdida después de su clase de preparación para el parto. La profesora había vuelto a preguntarle cuándo acudiría su marido. Salvo una venezolana que asistía a las sesiones de vez

179

en cuando, era la única embarazada a la que no acompañaba su pareja.

El sudor comenzaba a enfriarse en su piel. Se echó la toalla sobre los hombros y pulsó el nombre.

—¡Hola, Pilar! —la voz del hombre tenía un elegante acento francés—. Perdona que te moleste. ¿Has hecho planes para la cena?

—Pues...

—He comprado unas cuantas cosas de mi país —la interrumpió—, y he pensado en llevarlas a tu casa para picar algo después de la sesión de pintura. Tengo *foie*, quesos... ¡y una botella de *champagne*!

Ella dudó un momento.

—Me parece guay, Michel —dijo finalmente—. Aunque yo no puedo beber mucho.

—¡Oh, me había olvidado! Por supuesto, llevaré unas botellas de Perrier. ¿A las cuatro, entonces?

—A las cuatro.

Cuando colgó, ya había olvidado el comentario de su profesora y una ligera sonrisa se dibujaba en sus labios. Entonces se acordó de su marido. Pulsó su número.

—Hola, cariño, ¿qué tal va todo?... No, no pasa nada. Es que acabo de terminar la clase para el parto y estoy cansadísima. Era para avisarte de que me voy a dar una ducha, a comer algo y a meterme en el sobre. Pienso empalmar durmiendo hasta mañana... Por si me llamas y no te cojo el teléfono. Lo voy a poner en silencio... No, no he quedado con nadie. Es que esta noche he dormido mal. El niño no ha parado de dar patadas... ¡Que no he quedado con nadie, hombre...! No, por más que te empeñes no voy a dejar el teléfono con sonido porque entonces el pitido de los mensajes no me deja dormir... ¿Qué pasa, que no te fías de mí?... Vale, y tú mantente lejos de la Chata, ¿eh?... No te cabrees, que sólo era una broma... Vale. Un beso, mi amor.

A las cuatro de la tarde, la Guapa había limpiado y ordenado la casa. La pantalla del enorme televisor reflejaba el paisaje nevado que habían comprado, ya enmarcado, hacía dos años en El Corte Inglés, y el mueble marrón lleno de botellas, vasos y platos y adornado con una colección de muñequitos de porcelana. Se había maquillado y perfumado y vestido con una especie de túnica que disimulaba su trasero.

El interfono sonó diez minutos más tarde. Michel apareció cargado con dos bolsas, una gran carpeta y un maletín de madera sin pulir. Cuando sonreía se parecía a Viggo Mortensen, pero más joven. La Guapa esperó a que entrara; sólo después de cerrar la puerta le dio dos besos en las mejillas. Enseguida se ruborizó.

—Esto es la cena —dijo él, tendiéndole las dos bolsas—. El *champagne* y el agua habría que meterlos en la nevera.

Mientras ella llevaba los alimentos a la cocina, él se quitó la americana de lino y la arrojó de cualquier modo sobre el sofá rojo. Echó una mirada alrededor: una pequeña terraza con un par de macetas con geranios resecos y una puerta que debía de dar al pasillo, a los dormitorios y al baño.

—¿Te ha costado mucho encontrar la casa? —gritó ella desde la cocina.

—En absoluto. Me acordaba perfectamente.

—¿Quieres tomar algo? ¿Una cervecita?

—Sólo si tú me acompañas.

La Guapa apareció con una bandeja en la que llevaba dos latas de cerveza y un cuenco con cortezas.

—Sólo una cerveza —sonrió. Luego señaló con la barbilla el cartapacio y el maletín de madera—: ¿Son tus cosas de pintar?

Él asintió, al tiempo que tomaba un trago de la lata.

—No sé muy bien dónde colocarte. —Se volvió y miró en torno—. Tal vez aquí, en este sofá. —Se levantó y enmarcó el sofá con las manos. Luego las dejó caer con expresión de fastidio—. No sé.

—Donde tú digas.

—Quiero hacerte un retrato de cuerpo entero —dijo con convicción—. Representar la imagen de la maternidad. Tal vez vestida con un camisón, el pelo suelto sobre los hombros... Una imagen relajada. —Miró con fastidio el sofá—. Pero este sofá...

—¿No te gusta?

—No se trata de eso. Es muy bonito. Es que... Creo que no casa bien con la imagen de la maternidad. Estarías mejor en una colcha, con almohadones blancos... —Se encogió de hombros—: Pero, bueno, si no hay otra cosa...

La Guapa reaccionó con rapidez:

—Tenemos la cama, con el edredón. Lo que pasa es que los cojines son de flores. Ven a ver qué te parece.

Abrió la puerta del pasillo. Michel la siguió. Observó que la primera puerta a la derecha daba a un baño. La segunda, a un cuartito recién pintado en azul que habían empezado a decorar como una habitación infantil. Al fondo estaba la habitación de matrimonio: una cama vestida con colores estridentes, flanqueada por sendas mesillas de noche con sus correspondientes lamparitas, el póster de *El beso* de Klimt en la cabecera y un armario empotrado con puertas de espejo. Las paredes eran de color rosa.

Michel se frotó el mentón.

—Mucho mejor aquí.

Ella sonrió, satisfecha.

—¿Nos tomamos primero la cerveza? Creo que la necesito, estoy un poco nerviosa.

—¡Por supuesto! Nos tomamos las cervezas que hagan falta. Quiero que estés muy relajada.

4

El minibús entró en Marrakech a media tarde. Las murallas rosáceas de la ciudad resplandecían bajo los últimos rayos de sol. Tras ellas asomaban altas y antiguas palmeras, y por la carretera que las rodeaba circulaban con estrépito viejos automóviles, calesas llenas de turistas, motocicletas con dos y hasta tres pasajeros, carros cargados de hortalizas hasta los topes y tirados por diminutos burros... Todo ello flanqueado por decenas de banderas rojas con la estrella verde de cinco puntas. En un descampado, varias aves carroñeras se disputaban los restos de un animal muerto.

—Las murallas. Muy antiguas —dijo el Saharaui.

—Menuda mierda —masculló el Guapo—. Las de Ávila son mucho más grandes. Y de piedra, no de barro como éstas.

Los demás miraban a través de los cristales ahumados aquel estrépito de pitidos, rugidos de motores y rebuznos como si tuvieran la mente en otro sitio.

El Guapo se volvió: al fondo del vehículo, el Chiquitín roncaba con la cabeza apoyada en el pecho; su novia miraba por la ventanilla y suspiraba; la Yunque se mordía las uñas junto a su novio, y el Chato observaba con gesto adusto a través de las gafas de sol el espectáculo de la calle. Sentada tras el Saharaui, la Chata tecleaba en su teléfono con la espalda apoyada en la ventanilla, las piernas extendidas sobre el asiento libre que tenía al lado.

El Guapo volvió a sentarse de frente al parabrisas.

—¿Queda mucho para el hotel? —preguntó al Saharaui.

—Cinco minutos. Está al final de esa avenida.

—¡Chicos, alegrad esas caras, que somos un grupo de turistas!

Giraron a la derecha y dejaron atrás las murallas. Por las aceras de la amplia calle flanqueada de palmeras polvorientas que ahora se abría ante ellos paseaban pandillas de jóvenes. La mayoría de las chicas iban vestidas con túnicas y pañuelos en la cabeza; los muchachos, en vaqueros y camiseta, las seguían a corta distancia. Ambos grupos apenas se hablaban.

—Aquí follar debe de ser muy difícil —comentó el Guapo.

El Saharaui rió.

—De noche, muchas de esas chicas están en la discoteca. Se quitan las túnicas y debajo llevan vaqueros y camisetas.

—¿Y follan?

El Saharaui meneó la cabeza.

—Más o menos.

—¿Cómo que más o menos?

—Hay formas... —El Saharaui esbozó una sonrisa y bajó la voz—: Dejan que las desnudes y las acaricies. Puedes correrte en su sobaco, ¿comprendes? Metes la polla entre su brazo y su teta...

—Tienes que llevarme a una de esas discotecas.

—Claro, no hay problema.

El minibús se detuvo frente a la barrera situada a la entrada del parking del hotel Shermah. Un guarda de seguridad se acercó a la ventanilla del conductor e intercambió unas palabras en árabe con el Saharaui. Estiró el cuello y miró dentro de la cabina. Finalmente, se alejó y levantó la barrera.

El Saharaui condujo a través de la explanada llena de coches hasta la entrada del hotel y echó el freno de mano.

—Si me dais los pasaportes, voy haciendo el registro.

—Mejor vamos todos —dijo el Guapo—. ¡A ver, gente, a despertarse! ¡Id bajando en fila india con los pasaportes en la boca! Y recordad que a partir de ahora tenemos que portarnos mejor que bien. Así que sonreíd mucho.

La Yunque lanzó a su novio una mirada. Él le sonrió, conciliador.

Las reservas estaban en regla. El recepcionista les entregó las llaves de sus habitaciones y avisó al botones, que apareció empujando un enorme carro dorado en el que cargó las maletas. En una esquina del mostrador se apoyaba con desgana un individuo que no les quitó ojo durante los trámites.

—¡Venga, chicos, a las habitaciones! —ordenó el Guapo—. Nos vemos aquí abajo dentro de una hora para ir a cenar. ¡Todos descansados y bien limpitos!

Mientras lo decía esbozaba una amplia sonrisa y los iba empujando suavemente hacia el ascensor. Hasta que le tocó el hombro a la Yunque.

—¡Quita la mano de ahí!

El Guapo la miró, sorprendido. La fila se detuvo.

—¿Qué coño te crees, que somos ganado?

El Guapo levantó las manos y buscó al Yunque con la mirada.

—¡Bueeeno, bueeeno!

La ira parecía haber adelgazado aún más a la Yunque. Su cuerpo estaba tenso como una cuerda de violín, sus rasgos se habían afilado. Los demás la contemplaban atónitos, salvo el Saharaui, que mantenía la vista baja, y la Chata, que sonreía divertida desde el fondo del ascensor. El Yunque agarró a su novia por el brazo.

—Venga, mujer, que no es para tanto.

Ella se revolvió.

—Sí lo es. Lleva así desde que salimos de Madrid. ¿Quién coño se cree que es para tratarnos así?

El Guapo movió la mano como si apartara una mosca y se dio la vuelta.

—¡Bah! Subo en el otro ascensor. Éste va demasiado cargado.

Antes de que las puertas se cerraran, aún se oyó a la Yunque decir:

—Y vosotros, que estáis tan calladitos, sabéis que lo que digo es cierto.

El Guapo y el Saharaui se quedaron solos en el vestíbulo.

—Está menopáusica. —El Guapo movió la cabeza con irritación.

El Saharaui se mantuvo en silencio hasta que se abrió el otro ascensor con un ruido de campanillas. Cuando entraban en él, susurró:

—Mira al hombre que está apoyado en el mostrador de recepción. El de la camisa de cuadros.

—¿Qué le pasa?

—Es un policía.

Las puertas se cerraron. A pesar de que estaban solos en la cabina, el Guapo habló en voz baja.

—¿Cómo lo sabes?

—Había otro igual en el hotel de Tánger. Sentado frente a la recepción. Hacía como que consultaba el teléfono móvil.

—¿Nos están vigilando?

El ascensor se detuvo en la segunda planta y las campanillas volvieron a sonar.

—Vigilan a todos los extranjeros, y sobre todo a los marroquíes que hablan con ellos. Hay que tener mucho cuidado.

A mitad del pasillo, cerca de las escaleras, un muchacho vestido con un traje barato y corbata estaba parado con las manos a la espalda. Cuando pasaron junto a él, les sonrió y les dio los buenos días en francés.

—¿Y ése quién coño es? —preguntó en voz baja el Guapo.

—Un empleado del hotel. Hay uno en cada planta. También vigilan. Sobre todo, para que no entren putas. O putos. En Tánger hay más libertad. Aquí no.

—Joder. —El Guapo se detuvo frente a una habitación—. Creo que ésta es la mía. No, es la tuya. La mía es la siguiente. Estate abajo en una hora.

5

La Guapa, vestida con un camisón rosa, estaba recostada sobre varios almohadones apoyados en el cabecero de su cama cuando la sobresaltó el sonido del teléfono. Se había olvidado de silenciarlo.

Miró la pantalla del móvil y advirtió a Michel poniéndose un dedo sobre los labios:

—¡Es mi marido! ¡No hagas ruido!

Michel sonrió beatíficamente y asintió. No se movió de su silla, sino que siguió aparentemente enfrascado en su boceto.

—¿Diga?... Cariño, no me ha dado tiempo a mirar la pantalla. ¿Qué ha pasado?... No, yo estoy bien. Dormida, pero bien... Ajá... Ajá... Ajá... Pues porque me has pillado durmiendo, ya te dije que iba a dormir... ¡Te digo que estaba durmiendo, joder! ¿No te he cogido el teléfono?... Sí, claro que me interesa lo que me estás contando... ¿La Yunque te dijo eso? ¡Qué hija... qué desvergüenza! ¡Encima de que tú estás cargando con todo!... Ya... ¿El Chiquitín está mejor? ¿Ha solucionado lo suyo?... ¡Hombre, ésa es una buena noticia!... Entonces ¿el lío ya se acabó?... ¿Y qué va a hacer cuando vuelva? ¿Va a presentarse?... Huy, qué miedo me da eso... Espero que para entonces estemos ya de vacaciones... Pues yo bien, con el tripón a cuestas y muy cansa... Cada vez da patadas más fuertes, como si tuviera ganas de salir... ¡Que no estoy rara, que es que me has pillado dormida, ya te lo he dicho! Si quieres, te llamo yo dentro de un par de horas, cuando me haya despejado... Bueno, pues ten cuidado... Un beso. Adiós.

Apagó el teléfono y lo volvió a dejar sobre la mesilla. Se movía trabajosamente debido a la voluminosa barriga. Ruborizada, se volvió hacia Michel, que seguía trazando líneas con sus lápices.

—Es que quiero que lo del cuadro sea una sorpresa —se justificó—. Se ha mosqueado un poco —añadió, acomodándose otra vez en los almohadones—. Si no puede controlarme no está tranquilo. Cuando yo le pregunto por sus cosas, no dice ni pío, pero cuando no le pregunto, se mosquea.

—¿Adónde ha ido?

—A Marruecos. —Se sonrojó—. Bueno... Sí, a Marruecos.

Michel observó el boceto con el ceño fruncido. Apartó la hoja y la dejó en el suelo, sobre las que ya había garabateado.

La Guapa se inclinó hacia delante.

—¿Me lo dejas ver?

El camisón transparentaba sus hinchados pechos de areolas oscuras como monedas de chocolate y las grandes bragas blancas de embarazada.

—No —dijo Michel con una sonrisa—. Verás el cuadro cuando esté terminado.

Ella hizo un mohín de disgusto.

—¡Qué raros sois los artistas!

Michel colocó la carpeta sobre las hojas que estaban en el suelo y se estiró hacia atrás, presionando con las manos en los riñones.

—Vamos a hacer un alto. Creo que deberíamos aprovechar para cenar. Si me dices dónde has puesto las cosas, yo mismo las traigo. No, no te muevas. Yo las traigo.

—Está todo en la nevera. Las verás nada más abrir la puerta.

—D'accord, ma belle!

Mientras Michel trasteaba en la cocina, ella aprovechó para ir al baño. Tenía la vejiga a punto de estallar por las dos cervezas que se había bebido antes de comenzar la sesión de pintura. Cuando salió, el joven ya había colocado sobre la cama una bandeja con la comida. Una sombra pasó por los ojos de la Guapa.

—¡Uf, y ahora champán! —dijo al ver la botella que él estaba descorchando—. Creo que me estoy pasando.

—El Dom Pérignon nunca ha hecho mal a nadie.

La Guapa se recogió la melena negra detrás de las orejas y ocupó su lugar con la espalda apoyada en los almohadones del cabecero. Al ser retirado el tapón, la botella emitió un siseo y dejó escapar una nube de gas. Michel vertió parte del líquido en dos vasos que había colocado sobre una mesilla de noche.

—*À votre santé, madame.*

Mientras pronunciaba esas palabras y chocaba su vaso con el de la Guapa, se sentó en la cama, al lado de ella, que dejó escapar una risita.

—Te aconsejo especialmente el paté —le dio un cuchillo y una pequeña tostada—. Es espectacular.

—Lástima no poder cenar así todos los días —dijo la Guapa mientras masticaba.

Michel se rió, y enseguida preguntó en tono despreocupado:

—¿Y qué hace tu marido en Marruecos?

La pregunta pilló desprevenida a la Guapa.

—Negocios —respondió escuetamente.

—Marruecos es un hermoso país para ir de vacaciones, pero muy difícil para hacer negocios. ¿A qué se dedica?

La Guapa bebió un trago de champán antes de responder:

—Joyería.

—¡Ah! —Michel asintió con admiración—. ¿Trabaja con los orfebres de allí? Los hay muy buenos.

—Sí.

—¿Y se ha llevado a un niño?

—¿Cómo?

—Antes hablaste de un chiquitín.

—¡Ah, no! —Ella se echó a reír—. No, el Chiquitín es un amigo de su trabajo. Le llamamos así porque es muy grande. ¡Es un gigante!

Michel también se rió y sirvió más champán:

—Al oír que lo llamaban así, he pensado: ha ido con un niño y se le ha puesto enfermo.

—No —ella habló entre risas, ya un poco achispada—. No está enfermo. Es que se ha metido en un lío...

—¡Uf, un lío en Marruecos! Eso puede ser muy peligroso.

—No, no ha sido en Marruecos. Fue en España, antes de viajar allí.

—¡Menos mal! ¿Qué le pasó?

—Mmm... Tuvo una pelea y la policía fue a buscarlo a su casa. No sabía si tenía que volver de Marruecos para ir a la comisaría o si podía presentarse cuando volviera. —Dio otro trago de champán—. Pero puede presentarse cuando vuelva. Así que no hay problema.

—Espera un momento —dijo Michel. Se levantó y fue hasta sus papeles—. Quiero hacerte un boceto así, como estás ahora.

Ella miró sorprendida a su alrededor.

—¿Así, con la cama llena de comida? —Se subió un tirante del camisón que se había deslizado desde su hombro.

—¡No, no, no! —la interrumpió Michel—. Déjalo donde estaba. Así, así.

—Joder, si me viera mi marido —dijo ella entre risas...

—Necesito captar este momento. El lápiz no es lo bastante rápido.

Sacó su teléfono móvil del bolsillo.

—Así, no te muevas.

Ella se cubrió el rostro con las manos, riéndose.

—¡Qué horror! ¡Estoy espantosa!

—¡No, no, estás preciosa! ¡Esto era lo que estaba buscando! Mira a la cámara. ¡Eso es, eso es!

6

—No hace falta taxi —dijo el Saharaui—. Andando son diez minutos.

Estaban en la puerta del hotel. El sol acababa de ponerse y el aire llevaba hasta ellos el aroma de los jazmines del jardín. La luna parecía un arañazo en el cielo negro.

El Guapo dudó:

—¿No será peligroso?

—¡Nooo! No hay problema. A esta hora las calles están llenas. Todo el mundo sale. Hace menos calor.

El Guapo echó a andar al lado del Saharaui. Tras ellos, el Yunque llevaba a su novia, que tenía el rostro tenso como un elástico, enganchada por la cintura; un poco rezagados iban el Chiquitín, su novia y la Chata. Cerraba la marcha el Chato: llevaba las manos en los bolsillos, el ceño fruncido y las comisuras de la boca vueltas hacia abajo. Sólo la Chata, que comentaba animadamente el aspecto de los grupos de jóvenes con los que se cruzaban, parecía relajada en el conjunto de rostros adustos.

—¿Está muy lejos el banco? —le preguntó el Guapo al Saharaui.

—No muy lejos. Luego pasamos y te lo enseño.

—Vamos ahora.

—Primero cenar, ¿no?

—Ahora. ¿No dices que queda cerca?

El Saharaui se encogió de hombros.

El número de personas que caminaban por la calle aumentó hasta transformarse en una multitud cuando cruzaron la puerta de la medina.

El Saharaui se volvió y señaló un edificio a la derecha del grupo.

—Hotel La Mamounia, el mejor de África. —Luego, en voz baja, susurró—: Ahí están los joyeros más ricos que vienen a la feria. También políticos y artistas de cine. Muchos amigos del rey.

Había tres coches negros y relucientes aparcados al pie de la elegante escalinata del edificio. Hombres vestidos con trajes oscuros conversaban en torno a los vehículos. De las orejas de algunos de ellos salían estrechos cables de color carne que desaparecían bajo el cuello de las americanas. Otros hombres de piel más morena que vestían trajes baratos merodeaban por la acera con gesto hostil.

—Mucha policía —comentó el Saharaui—. Vámonos.

Uno de los hombres que estaban junto a los coches, un individuo alto y rubio, se llevó la mano a la oreja derecha e hizo un gesto a sus compañeros. Inmediatamente, se produjo entre ellos un movimiento rápido: los chóferes apagaron sus cigarrillos y corrieron a ocupar sus puestos, y los agentes abrieron las puertas traseras de los vehículos. Los policías de paisano que estaban en las aceras se precipitaron a apartar a los paseantes con gritos en árabe y gestos expeditivos.

La puerta del hotel se abrió y apareció una mujer alta y sonriente, de pelo castaño, enfundada en un amplio vestido de seda a franjas verdes y doradas. Sujetándole el codo iba un individuo pequeño y bronceado que exhalaba a distancia poder y dinero.

—¡Es Carla Bruni! —exclamó la Yunque, olvidando por un momento sus temores y sus resentimientos.

La pareja ya había entrado en el coche del centro. Inmediatamente sonaron varios portazos en los demás vehículos y la comitiva se puso en marcha.

—¡Es Carla Bruni! —repitió entusiasmada la Chiquitina.

—El enano que va con ella era presidente de Francia. Su mujer le puso los cuernos y lo dejó tirado —asintió la Chata.

192

—Pues no sé cómo sería la otra —intervino el Chato—, pero ésta es una bomba. Ya ves, Chata, todo puede mejorarse.

Los jóvenes marroquíes que los rodeaban estiraban el cuello para intentar ver a los ocupantes del coche a través de los cristales tintados.

—Carla Bruni —comentaban, admiradas, algunas chicas con hiyab.

Las escasas farolas ya habían sido encendidas. El Saharaui insistió:

—Vámonos, no es seguro.

El Guapo hizo una seña al Yunque y echó a andar junto al Saharaui. Pronto oyeron las voces alborotadas de las mujeres a sus espaldas.

—La Kutubía —anunció el Saharaui, señalando la esbelta torre que se erguía a la izquierda, rodeada de rosales—. De aquí copiaron la Giralda de Sevilla.

—Será más bien al revés —replicó el Chato.

—Esta torre es de antes que la Giralda. Las dos iguales, salvo por la parte de arriba. Igual también la torre Hasán que os enseñé en Rabat.

—Es verdad —terció la Chata—. Lo pone en mi guía.

—Vale, lo que tú digas.

En la oscuridad destellaban los flashes de los turistas. En torno a ellos se oían frases en francés, inglés, español, italiano...

Un muchacho moreno, espigado y bien parecido, se acercó a la Chata.

—¿Española? ¿Quieres que te enseñe la medina?

Antes de que ella pudiera responder, el Chato intervino amenazador:

—¡Lárgate de aquí!

El marroquí levantó las manos con las palmas a la vista y retrocedió un paso, como si le hubieran amenazado con un revólver.

—¡Eh, eh! —dijo.

Un grupo de adolescentes que pasaban a su lado aminoró el paso.

El pelirrojo avanzó hacia el muchacho y lo sujetó de la camiseta.

—¡Que te largues, coño!

En ese instante se sintió atrapado por la nuca y empujado hacia abajo hasta que tuvo que doblarse por la cintura. Así, encorvado, fue llevado unos metros. Cuando aquella garra le soltó y pudo incorporarse, estaba frente al Guapo y al Saharaui. A su lado, el Chiquitín le palmeaba la espalda.

—Lo siento, tío —habló con pesar—. Me lo dijo el jefe.

El Chato se encaró con el Guapo. Todo su cuerpo temblaba.

—Hijo de puta, ¿quién coño te crees...?

El puño del Guapo se estrelló contra su boca. Fue un directo corto y seco, apenas un gesto del brazo. La cabeza pelirroja del Chato retrocedió bruscamente, pareció llegar a un tope y volvió a su lugar.

—Cállate si no quieres recibir más.

Los adolescentes se echaron a reír. El Chato escupió en el suelo un poco de sangre, se pasó el dorso de la mano por el labio partido e intentó alejarse. El Chiquitín le echó un brazo por los hombros.

—Toma mi pañuelo. Creo que está limpio.

—No me toques, retrasado —el pelirrojo siguió solo, haciendo eses.

El Guapo y el Saharaui ya habían echado a andar. La Chata fue la primera en seguirlos. Los demás fueron tras ella.

—¿Qué te dije? —murmuró la Yunque a su novio—. ¿Tú crees que se puede consentir eso?

El Yunque le aferró el brazo.

—Si no lo hubiera hecho él, lo habría hecho yo. ¿Sabes el lío en el que ha estado a punto de meternos ese imbécil?

—La culpa la tiene la Chata. El tío se siente humillado y a veces estalla. ¿Has visto que ni siquiera le ha preguntado cómo estaba? Esa tía es una puta. ¿Qué habrías hecho tú si yo te tratara así?

El Yunque apretó las mandíbulas.

—Déjalo ya.

7

El Joyero introdujo el ordenador del Saharaui en su maleta. Miró alrededor: parecía que ya estaba todo listo. Los estantes de las librerías habían sido vaciados y el contrato de la línea telefónica había sido cancelado. Unas horas antes había entregado al portero una generosa propina para que se encargara de la cuadrilla que se presentaría al día siguiente para llevarse los muebles. Un día más tarde, otra cuadrilla pintaría las paredes y acuchillaría los suelos. Finalmente, una empresa de limpieza se encargaría de borrar las últimas huellas de su negocio de joyería.

Cerró la maleta y salió del edificio. La placa dorada del portal había desaparecido: sólo se veían los cuatro agujeros que habían dejado en la pared los tornillos que la sostenían. La calle estaba solitaria a aquella hora de la noche. En la puerta le esperaba Michel al volante del Mercedes. Introdujo la maleta en el portaequipaje y se acomodó en el asiento del copiloto. Michel lo miró con interés.

—¿Todo en orden? —preguntó.

Jean-Baptiste suspiró.

—Vamos al aeropuerto.

—¿No quiere ver antes lo que tengo para usted?

El joven sonreía con picardía y sostenía en su mano el teléfono móvil. Jean-Baptiste enarcó las cejas y se subió las gafas hasta la frente.

Michel encendió el iPhone y pulsó el icono del archivo fotográfico. La primera imagen que apareció en la pantalla fue la última que había tomado: la Guapa estaba recostada sobre los cojines en la cama deshecha. Reía a carcajadas mientras con las manos alzaba la melena negra revuelta sobre su cabeza. Tumbada sobre las sábanas había una botella de champán vacía.

—Tuve que trabajar duro para llegar hasta ahí —dijo.

El Joyero pasó con el pulgar a la foto anterior.

—Vamos al aeropuerto —ordenó—. Las miraré por el camino.

Michel encendió el motor. El automóvil se despegó de la acera con un ronroneo. Condujo en silencio hasta la calle Velázquez y paró ante un semáforo en rojo. Jean-Baptiste le devolvió el móvil.

—¿Le sirven?

El Joyero meneó la cabeza.

—No te la has tirado.

—¡Es que está muy embarazada!

—Por mí, como si es la Virgen María.

Llegaron al aeropuerto de Barajas dos horas y media antes de la salida del vuelo. Michel se apeó y sacó el equipaje del maletero. Jean-Baptiste comprobó que llevaba el pasaporte y la tarjeta de embarque en el bolsillo interior de su chaqueta. Se despidieron con un apretón de manos.

—Envíame esas fotos a mi teléfono. Mándalas ya —dijo el Joyero.

Entró en la terminal empujando su maleta y se dirigió al control de seguridad. Mientras hacía cola, su teléfono sonó varias veces; miró la pantalla y vio que estaban entrando las fotos. Cuando llegó su turno, los guardias le ordenaron encender el portátil para comprobar que no ocultaba una bomba, pero no le pusieron más problemas: sólo dedicaron un vistazo rutinario al pasaporte falso.

Comprobó su puerta de embarque en un panel informativo. Entró en un quiosco de prensa y estuvo un rato ojeando las novedades editoriales. Al final sólo compró un par de periódicos: *El País* y *Le Monde*. Encontró un asiento cerca del mostrador de embarque, colocó la maleta a su lado y abrió *El País*: el escándalo presidencial en Estados Unidos, la crisis siria, la volatilidad de la economía china...

Hastiado, echó el periódico a un lado y se volvió para sacar su iPad del bolsillo lateral de la maleta. Entonces descubrió que su equipaje había desaparecido. Se puso en pie de un salto y miró alrededor. Tenía el rostro desencajado. Nada, ni rastro de su maleta azul de cuatro ruedas. Le fallaron las piernas y tuvo que apoyarse en el respaldo de la silla. Comenzó a sudar. Vio que una joven mochilera sentada a unos metros lo miraba con curiosidad. Se acercó a ella respirando agitadamente.

—Perdone, yo estaba sentado ahí. Tenía una maleta azul a mi lado... No la encuentro. ¿Ha visto si alguien se la ha llevado?

Ella miró hacia el sitio que él le indicaba y luego a la gente que caminaba por la terminal. La mayoría de aquellas personas acarreaban maletas con ruedas.

—Aquí hay muchas maletas azules. ¿No será que alguien se ha confundido y se la ha llevado pensando que era la suya?

Él se volvió y, en un solo vistazo, divisó cinco maletas similares a la desaparecida.

—No creo que se la hayan robado —añadió la muchacha—, porque estamos dentro de la zona de seguridad. De todos modos, debería avisar a la policía.

Jean-Baptiste asintió con aire ausente. Miró el reloj: aún quedaban tres cuartos de hora para embarcar. Corrió al panel que había consultado antes y memorizó las puertas de embarque de las cinco siguientes salidas. Jadeando, llegó a la primera de ellas: una larga fila de viajeros se disponía a embarcar. La recorrió con la vista fija en sus equipajes, pero su maleta azul no estaba.

A paso rápido, se dirigió hacia la segunda puerta, pero tampoco allí encontró lo que buscaba. Parecía a punto de llorar mientras se dirigía hacia la tercera puerta. Entonces vio a un hombre arrastrando dos maletas: una roja y otra azul, exacta a la suya. Era un tipo joven, vestido con vaqueros y sudadera gris y tocado con una gorra de larga visera curva que casi le ocultaba el rostro.

El joven entró en los servicios. Jean-Baptiste trotó tras él, pero, cuando llegó, la estancia estaba desierta. Los urinarios brillaban como si acabaran de limpiarlos. Abrió las puertas de los retretes, pero estaban vacíos. Entonces se fijó en que la cerradura del reservado para las personas con discapacidad mostraba la pequeña franja roja que indicaba que se hallaba ocupado. Se acercó de puntillas y pegó la oreja a la puerta. Oyó ruido de cremalleras y el movimiento de una persona dentro. Luego, el inconfundible rodar de una maleta y seguidamente el agua de la cisterna.

Esperó con la mano en la manilla a que desapareciera la pequeña banda roja, lo que le anunciaría que quien estaba dentro había quitado el pestillo. En cuanto eso sucedió, empujó la puerta con todas sus fuerzas y se lanzó hacia dentro con el hombro izquierdo por delante. El individuo de la gorra trastabilló y cayó de culo en el suelo. Entre ambos quedó la maleta roja. El Joyero entró en el habitáculo. Entonces vio su maleta azul, destripada.

El joven intentó incorporarse, pero él le dio una patada en la cara.

—¡Hijo de puta! —dijo. Estaba bañado en sudor, tenía el pelo y la barba desordenados y ojos de loco.

—Tranquilo —el de la gorra, de rodillas, levantó una mano en son de paz; con la otra se cubría la cara—. Está todo dentro. —Retiró la mano de la cara y dejó ver el corte sangrante que tenía en el pómulo izquierdo—. Joder —masculló para sí.

De repente se lanzó contra él y le hizo perder el equilibrio. Jean-Baptiste cayó de espaldas, recto como un árbol talado, y su cabeza dio contra el suelo con un crujido como el de un huevo al golpearlo contra el borde de la sartén. Quedó tendido bocarriba, con los ojos entreabiertos.

El tipo de la gorra cerró la puerta del retrete y volvió a echar el pestillo. Se agachó y le dio varias bofetadas para hacerle volver en sí. Le apretó con dos dedos la yugular para comprobar si tenía pulso. Arrancó un trozo de papel higiénico, se enjugó la herida del pómulo con él, lo tiró al váter y pulsó la cisterna. Luego registró los bolsillos del caído; dejó en su sitio el pasaporte y el teléfono móvil, pero retiró la mayor parte del dinero que llevaba en la cartera. Le bajó los pantalones y los calzoncillos hasta los tobillos, se puso en pie y miró en torno. Cerró la maleta azul, se quitó la sudadera y la colocó sobre la cerradura rota. Pegó la oreja a la puerta hasta que se convenció de que no había nadie fuera. La abrió con sigilo y salió. Sacó un gancho plano del bolsillo, lo introdujo entre la puerta y el marco y lo movió hasta que se oyó un chasquido y la pequeña banda roja apareció en la cerradura. Bajó la visera sobre el rostro y abandonó los retretes tal como había entrado, arrastrando las dos maletas.

8

—¿Sabes qué quiere decir Yemáa El Fna?

—No.

—Asamblea de los Muertos.

—Un nombre muy alegre.

El Saharaui se echó a reír.

—Un sultán cortaba las cabezas de los ladrones y de los asesinos y las ponía aquí, clavadas en lanzas.

El Saharaui y el Guapo caminaban entre la muchedumbre que atiborraba la plaza, iluminada por las luces de decenas de puestos de comida y por los faroles de los corros en torno a los saltimbanquis y los narradores de historias. Casi todos eran hombres: la pocas mujeres que había eran turistas. Olía a frituras, a especias, a hortalizas pasadas, a perfumes dulces, a humanidad. Un individuo se acercó a ellos con una gran serpiente en las manos e intentó colocarla sobre los hombros del Guapo, pero el Saharaui le dijo en árabe algo que lo disuadió. Poco después oyeron un grito a sus espaldas: el tipo había puesto la serpiente sobre los hombros de la Chata. Se reía e invitaba al resto del grupo a hacerle fotos mientras ella se mantenía rígida, con los ojos fuertemente cerrados.

—Un truco —comentó el Saharaui—. La serpiente no tiene veneno.

Se acercaron a un círculo de personas en cuyo centro un hombre contaba historias que arrancaban carcajadas del público.

El Guapo miró hacia atrás: los demás se habían detenido ante un puesto de zumos de naranja.

—¿Dónde está el banco? —volvió a preguntar.

—Cerca, cerca. Ahí detrás —respondió, haciendo un gesto vago con la cabeza—. Cenamos algo y vamos.

—Pues cenemos de una puta vez.

Tomaron asiento en un puesto de sardinas del que se elevaba una gran humareda. El Chato se situó en la esquina más alejada, acariciándose con la lengua el labio partido. Había en el grupo una tensión que se manifestaba en silencio. El Guapo movía espasmódicamente una pierna.

—Venga, Yunque —dijo—, cuenta un chiste.

El Yunque sonrió, forzado, y se rascó la cabeza. Al fin, recitó con voz monótona:

—Una vasca le dice a su marido: «Patxi, llevamos treinta años casados y nunca me has dicho un piropo...»

—Ése ya lo has contado veinte veces —lo interrumpió su novia.

Él asintió:

—Me pasa como a Patxi, que no se me ocurre ninguno.

La Chata se dirigió al Saharaui:

—¿Por qué no nos cuentas tú un chiste marroquí o saharaui o lo que sea?

El Saharaui se rió.

—¿Cuántos saharauis hacen falta para cambiar una bombilla? —preguntó, mirando a los que estaban a su alrededor.

—Ah, éste es como el de Lepe —intervino el Chiquitín—. Doscientos: uno para sujetar la bombilla y los otros cien para darle vueltas a la casa.

—¿Y qué hacen los otros noventa y nueve, animal? —se oyó la voz destemplada del Chato desde el fondo de la mesa. Procuraba no mover los labios, doloridos.

El Guapo se atragantó y el Yunque soltó una carcajada.

—¿Qué noventa y nueve? —El Chiquitín puso cara de estupor.

Su novia le señaló la sardina que tenía delante:

—Sigue comiendo, anda.

La Chata volvió a dirigirse al Saharaui:

—¿Era así tu chiste?

Él se encogió de hombros:

—No. No hace falta ningún saharaui, porque no tienen electricidad.

Se produjo un instante de silencio.

El Chiquitín se levantó para ir a buscar otra sardina.

—Era mejor el mío —murmuró muy serio—. Es el peor chiste que he oído en mi vida.

El Guapo asintió.

Cuando terminaron de cenar, la plaza estaba en pleno apogeo. Parecía que todos los hombres de la ciudad se hubiesen congregado en aquella explanada de alquitrán. Cruzaron entre ellos, levemente incómodos por sus miradas insolentes, y se internaron en la medina. Casi todas las tiendas estaban abiertas, y los viejos sentados tranquilamente ante ellas parecían llevar así toda la vida.

El Saharaui llamó la atención del Guapo señalando hacia un portalón iluminado.

—Un riad —dijo—. Aquí duermen los que no tienen habitación en La Mamounia. Hay más hoteles de lujo por aquí.

—¿Y el banco?

—Ahora, ahí detrás.

Se habían internado en un laberinto de calles en las que cada vez escaseaban más los viandantes. Pero el resplandor de las luces sobre las azoteas que quedaban a su derecha les indicaba que aún estaban muy cerca de la Yemáa El Fna.

—Ahí, el banco —dijo el Saharaui, y señaló con la barbilla hacia la casa que tenían enfrente.

Era un edificio de tres pisos, en nada diferente a los que lo rodeaban, salvo por la planta baja, que había sido restaurada: unas gruesas puertas de madera aceitada con apliques dorados le daban un aspecto de antiguo palacio. Estaba situado en un esquinazo, y en sus pulcras paredes blancas no había una sola ventana. Sólo una discreta placa bruñida, de no más de treinta centímetros de ancho, informaba de que allí había un banco.

—¿Esto es un banco? —se asombró el Guapo, procurando que sólo le oyera el Saharaui—. Es el banco más raro que he visto en mi vida.

—¿Por qué?

—No tiene escaparate, no tiene cajero automático. No parece un banco.

—Las autoridades quieren que aquí todo sea antiguo. Vienen muchos turistas. Pero es un banco.

La Chata se había acercado hasta donde estaban.

—¿Qué andáis tramando? —preguntó con una media sonrisa.

—Dice que le gustaría tener una casa aquí. —El Saharaui señaló sonriendo al Guapo.

La Chata lo miró de hito en hito.

—¿Éste? Ni de coña.

9

Michel condujo el Mercedes hasta Vallecas y aparcó a un par de manzanas de la casa. Antes de conectar la alarma y cerrar el coche, recogió su carpeta, su maleta de madera y las bolsas de plástico con las latas de conserva y las botellas de vino que había comprado.

Sonrió y levantó la mano con las bolsas cuando la Guapa le abrió la puerta.

—¡La comida!

Ella llevaba un vestido azul marino premamá que mostraba el nacimiento de sus senos y se había maquillado con esmero. Al igual que en la ocasión anterior, cerró la puerta antes de poner la mejilla para que Michel la besara. Apartó los platillos y ceniceros que adornaban la mesa del salón para hacer sitio a las latas que él dejó sobre la mesa.

—Creo que con la sesión de hoy ya tendré suficiente material para terminar el cuadro —anunció.

—Menos mal. Otra como la de ayer y tienen que llevarme a urgencias. —La Guapa se ruborizó un instante—. Entonces ¿vas a enseñármelo?

—Mañana o pasado. ¿Te sentó mal la cena?

—Me sentó mal el champán.

Volvió a ruborizarse. Él se encogió de hombros.

—No lo noté.

La Guapa colocó sobre la mesa dos mantelitos de plástico, varios cubiertos y un par de vasos, mientras se quejaba del calor.

El sol de mediodía daba de lleno en la cristalera del saloncito y el aire acondicionado zumbaba en la pared.

—Oye, esas fotos que me hiciste ayer...

Él la miró con curiosidad.

—¿Sí?

—No se te ocurra enseñárselas a nadie. En cuanto termines el cuadro, las borras. Si mi chico las ve, nos mata a los dos, a ti y a mí.

—Por supuesto —aseguró Michel—. No pensé que esas fotos pudieran molestar a nadie, pero te prometo que en cuanto termine de pintar el cuadro las borro.

—Mejor.

Michel descorchó una botella de vino y lo escanció en los vasos. Ella extendió su mano para indicarle que parara.

—¡No, no, que voy a acabar como anoche!

—No te preocupes, es un burdeos de baja graduación. Puedes beberte toda una botella. Te hace menos efecto que la cerveza.

—Tú no sabes lo mal que aguanto yo el alcohol.

—Si te duermes, será para mí un placer llevarte a la cama.

—¡Ja, ja! ¿Qué ibas a hacer con una gorda como yo?

Michel se metió una almeja en la boca y dio un trago de vino.

—Te sorprendería saber la cantidad de cosas que se me ocurren.

La Guapa se rió, ruborizada.

—Anda, terminemos de comer, que se nos van a estropear estas cosas tan ricas que has traído. Y luego, a trabajar, que no estoy yo para aventuras.

—¿Te ha molestado lo que te he dicho?

Ella se ruborizó aún más.

—Anda, come. ¿Me enseñas los bocetos?

—Los bocetos no significan nada, sólo los entiendo yo. Te enseñaré el cuadro cuando esté terminado. —Apartó su plato y se puso en pie—: Venga, vamos a trabajar, *madame*.

Ella se levantó del sofá con esfuerzo y abrió la marcha hacia el dormitorio.

—¿Me pongo lo mismo que ayer, o me puedo dejar el vestido?

—Igual que ayer.

Mientras la Guapa se cambiaba en el cuarto de baño, Michel apoyó su teléfono móvil contra la cartera de madera, sobre la cómoda, con la cámara enfocando hacia la cama. Volvió a la silla y trazó líneas sin sentido mientras ella se recostaba sobre los almohadones, con su vaporoso camisón rosa.

—Tú debes de ganar un pastón —dijo la Guapa.

Él no levantó los ojos del papel.

—¿Por...?

—Hombre, si vendes cada cuadro a veinticinco mil euros...

—A veces gano eso y a veces no. Depende.

—¿De qué depende?

—De lo que pinte y de lo que mi representante logre vender. —Entonces levantó la cabeza y sonrió—. Echa un poco hacia atrás la cabeza y cierra los ojos. Eso es, eso es —repitió, mientras ponía en marcha la cámara de vídeo.

Se acercó a ella con el pretexto de colocarla mejor, le apartó el pelo y la besó en el cuello, bajo la oreja.

La Guapa dio un salto y lo empujó con firmeza.

—¡Serás cerdo!

10

La limpiadora colocó en el suelo el cartel amarillo que decía
«PROHIBIDO PASAR» y entró en los servicios empujando el carro
lleno de fregonas, bayetas y botellas de lejía. Como siempre, lo
primero que hizo fue comprobar que no quedaba nadie en los
retretes. Entonces vio la pequeña banda roja que indicaba que el
váter para discapacitados estaba ocupado. Era la tercera vez en
las últimas seis horas que entraba en los servicios y aquella banda
seguía allí. Se acercó a la puerta y llamó con los nudillos, pero no
hubo respuesta. Intentó abrir, sin éxito. Decidió que aquello era
muy raro: sacó de su bata el teléfono móvil y llamó al supervisor.

El hombre se presentó diez minutos más tarde, protestando
porque estaba a punto de terminar su turno y su relevo aún no
había llegado. Extrajo del bolsillo un destornillador, se arrodilló junto a la puerta y comenzó a trabajar.

—A veces pasa que se enganchan —murmuró, refiriéndose
a las cerraduras.

Un tornillo cayó al suelo. Con cuidado, retiró la cerradura, se
puso en pie y empujó la puerta.

—¡Hostia puta!

La policía llegó enseguida. Un poco más tarde hicieron su apari-
ción los del servicio médico, empujando una camilla. Los viaje-

ros, más numerosos a medida que se abría paso el día, miraban de reojo hacia la entrada de los servicios, donde montaban guardia dos agentes.

El médico y los dos enfermeros que lo acompañaban se afanaban en torno a Jean-Baptiste, que no mostraba la menor reacción y seguía con los pantalones por los tobillos. Un policía asomó la cabeza por la puerta.

—¿Está vivo?

—Más o menos —respondió el doctor.

Le pusieron una máscara de oxígeno y lo subieron a la camilla. El mismo agente les interrumpió antes de que lo aseguraran con las correas. Con las manos enguantadas, le registró rápidamente los bolsillos, de los que extrajo la cartera, el pasaporte, la tarjeta de embarque y el teléfono móvil. Luego hizo un gesto para que se lo llevaran.

Otro agente comentó:

—Parece que se sentó en el váter, se mareó y se dio un castañazo.

—Pero el váter está limpio —dijo, mientras acercaba el pasaporte a la luz—. Y este pasaporte es falso.

En una esquina de los servicios, el supervisor intentaba consolar a la limpiadora, que no había parado de llorar desde que vio al hombre en el suelo.

—¿Quién de ustedes lo encontró?

El hombre la señaló con la cabeza:

—Me llamó porque la puerta de ese servicio estaba cerrada.

—Estaba cerrada por dentro —añadió ella, entre sollozos—. Llevaba cerrada desde las tres de la madrugada, cuando hice este baño por primera vez.

—¿No había nadie?

—Nadie. Cuando hay alguien no puedo entrar a limpiar.

—¿Quién hizo el baño antes que usted?

La mujer miró al supervisor.

—Creo que Antonia, ¿no?

—¿Y usted? —el policía miró al supervisor.

—Estaba a punto de terminar mi turno cuando me llamó ella. Pensé que la cerradura se habría atascado, a veces pasa. La desmonté, ahí está —señaló hacia el suelo—, abrí la puerta y me encontré a ese hombre tirado.

—¿Lo tocó?

—¿Eh?

—Que si tocó al hombre que estaba en el suelo.

—Hombre, claro. Para ver si estaba dormido. A veces...

—¿Dónde lo tocó?

—No sé... En el hombro, sólo un poco.

—¿No lo cambió de postura?

—¡No!

—Bien, llame a esa tal Antonia que limpió los servicios antes que esta señora y dígale que se presente cuanto antes en la comisaría del aeropuerto. —Se volvió hacia otro agente—: Precintad este baño y avisad a los de la científica. Y recuperad las grabaciones de las cámaras de seguridad de esta área. Ustedes —hizo un gesto con la mano hacia la limpiadora y el supervisor—, acompáñenme.

11

El Guapo desplegó el plano que le había quitado en Madrid al Joyero y lo colocó sobre su cama.

—La torre, aquí está. Y aquí está la plaza esa...

—Yemáa El Fna —intervino el Saharaui.

—...y aquí el hotel La Mamounia. ¿Veis? Por aquí es por donde hemos ido, aquí está nuestro hotel. Y aquí es donde está el banco.

Era la primera vez que el Guapo les indicaba el lugar, y todos, salvo el Saharaui, se inclinaron sobre el plano. Por encima de ellos se oía la sorda respiración del Chiquitín.

—Creo que esta noche hemos pasado por ahí —dijo el Yunque.

—Sí, hemos pasado por delante.

El Yunque alzó la cabeza, sorprendido.

—¿Y por qué no dijiste nada?

—Para que no os quedarais mirándolo —repuso el Guapo, desafiante—. Después del palo, la policía le preguntará a la gente de esa zona si ha visto a alguien merodeando por allí, y no quiero que algún listo nos identifique.

El Yunque y el Chato se miraron, pero nadie dijo nada. El Guapo señaló el punto pintado de verde, al sur de la medina.

—Entraremos en las alcantarillas desde aquí.

El Chato acercó aún más la cara al mapa y silbó.

—¡Eso está a más de dos kilómetros!

—Más o menos. Nos viene bien que esté lejos, así tardarán más en descubrirlo. Tendremos que reservar tiempo para la caminata de ida y vuelta.

—Por mí no te preocupes —intervino el Chiquitín, respirando por la boca—, yo cargo con lo que haga falta.

El Yunque se incorporó y enarcó las cejas.

—Todo depende de cómo estén las alcantarillas.

El Guapo también se incorporó.

—Ponte en lo peor.

El Yunque encendió un cigarrillo y miró al Saharaui a través del humo.

—¿Tú las has visto?

El otro negó con la cabeza.

—¿Cuándo vamos a ver al pocero?

El Saharaui señaló al Guapo.

—Hemos quedado con él mañana por la mañana.

—¡Cómo! —El Chato le lanzó una mirada iracunda—. ¿No vamos a ir todos?

—Sí, hombre —se burló el Guapo—, quedamos todos y lo colgamos en YouTube. Vamos éste y yo. Iría solo si no fuese porque éste me hace falta para traducir.

El Yunque dio una larga calada al cigarrillo y la brasa ascendió rápidamente hacia el filtro.

—Entonces no podemos calcular aún cuánto tiempo nos va a llevar el trabajo. —El humo salió a borbotones de su boca acompañando a las palabras.

—Tres horas para abrir los armarios, más el paseo bajo tierra —resumió el Guapo—. En cuanto sepamos cuánto nos lleva la caminata, sólo habrá que sumar. Mientras, tenemos que buscar un sitio donde las chicas puedan quedarse con el minibús. —Miró al Saharaui—: ¿Se te ocurre alguno?

—Hay un lugar a veinte kilómetros, hacia Esauira.

—Mañana por la tarde vamos a verlo. ¿Alguna pregunta más?

El Saharaui levantó la mano, como un colegial.

—Creo que mañana debéis ir a la piscina, para que os vean. —Señaló los brazos del Guapo—: Tú mejor no.

—Vale. Id mientras nosotros vamos a ver al pocero. Os avisamos a la vuelta. ¿Algo más?

El Chiquitín también levantó la mano.

—Sí, yo. ¿Cuándo me va a preguntar el Yunque? —Miró alternativamente a los ocho pares de ojos que lo observaban—. Es que si no me pregunta pronto, se me va a olvidar todo lo que he estudiado.

12

Michel miró la pantalla del móvil. Lo llamaban desde un número desconocido. Dudó un momento antes de responder.

—Buenas noches. Aquí la comisaría de policía del aeropuerto de Barajas. Es para informarle de que una persona a la que creemos que usted conoce ha tenido un accidente y se encuentra en el hospital. Es un hombre de unos sesenta años, pelo y barba canos. Ignoramos aún su nombre porque no llevaba encima la documentación, pero sí tenía su teléfono móvil. Usted le ha enviado varias fotografías hace unas horas.

A Michel empezó a temblarle la mano que sujetaba el teléfono.

—Estamos intentando localizar a sus familiares y amigos para informarles de lo sucedido... ¿Oiga?

—Sí, sí, estoy aquí. Bueno, en realidad yo lo conozco sólo de forma indirecta.

—Acabamos de ver el mensaje que le ha mandado, y no es algo que se le envíe a un desconocido. ¿Me puede decir su nombre?

—¿El mío?

—El suyo y el de él.

—Sólo sé su apodo: el Gordo, lo llaman.

—¿Y usted?

—Alain Juppé.

—¿Conoce a algún familiar o a algún amigo suyo, a alguien que pueda informarnos?

—Pues no...

—Alguien se lo presentaría.

—Nos conocimos en un bar. Oiga, ahora no puedo hablar. ¿Podría llamarle yo dentro de veinte minutos?

—Por supuesto.

Michel colgó el teléfono y se quedó mirando fijamente su cara reflejada en la ventana. Hacía algo menos de veinticuatro horas que había dejado a Jean-Baptiste en el aeropuerto. De haber embarcado, en este momento debería llevar más de doce horas en París.

Sacó su maleta del armario y la llenó apresuradamente. Luego recorrió el apartamento para asegurarse de que no olvidaba nada comprometedor.

Volvió a sonar su teléfono y miró la pantalla: era la Guapa. Descolgó.

—Oye, quiero que borres ya las fotos que me hiciste el otro día. —Su voz sonaba enérgica y nerviosa—. Pero ya.

Michel se pasó una mano crispada por el pelo rubio. Tardó un momento en responder:

—Ya están borradas.

—Más te vale. Y el cuadro ni se te ocurra terminarlo. Lo quemas ya.

Michel se acuclilló delante de la maleta.

—Como quieras.

Colgó y fue al cuarto de baño a orinar. Cuando salió, echó otro vistazo al apartamento. Tiró de la maleta, cerró la puerta y entró en el ascensor.

Al salir del portal giró a la derecha, en busca del coche.

—¿Alain Juppé?

Siguió caminando hasta que notó una mano en el hombro.

—¿Alain Juppé?

Asintió, confuso.

—Policía.

214

13

El Saharaui miró la pantalla del teléfono: las doce de la noche. En Madrid sería la una de la madrugada. Se descalzó, se sentó en la cama y apoyó la espalda en el cabecero. Pulsó el número de Jean-Baptiste.

—Dígame.

Se quedó callado: aquélla no era la voz de Jean-Baptiste. Apartó el móvil de la oreja para mirar la pantalla: no era su voz, pero sí era su número de teléfono.

—¿Oiga?

—Me parece que me he equivocado de número —dijo con cautela.

—Creo que no, caballero. El dueño del teléfono se encuentra indispuesto. Deme el recado, que yo se lo pasaré a él.

El Saharaui había saltado de la cama y se pellizcaba el puente de la nariz.

—¿Qué le ha ocurrido? ¿Está enfermo?

—Indispuesto. Pero dígame, yo le daré el recado.

—¿Quién es usted?

—Estoy cuidando al señor. Si es usted amigo suyo, tal vez pueda pasarse por el hospital.

—¿Qué hospital?

—Está en La Paz. Estamos intentando localizar a sus parientes o a algún amigo para comunicarles lo ocurrido.

—Pero ¿qué le ha pasado?

—Disculpe, caballero, pero ¿quién es usted?

—Soy... un conocido suyo. ¿Puede decirme qué le ha pasado?

—Como comprenderá, caballero, no podemos dar esa información por teléfono. Si tuviera usted la amabilidad de pasarse por aquí... ¿Cuál es su nombre?

—...

—Señor, ¿cuál es su nombre?

—Muchas gracias —dijo el Saharaui, y cortó la comunicación.

Se dejó caer en la silla, colocó el teléfono sobre la mesa y se quedó mirándolo.

—Caballero, caballero —musitó—. Policía, policía.

El aparato se iluminó y comenzó a sonar. Era un número de España. Dejó que siguiera sonando hasta que saltó el contestador. En ese momento entró un sms: «K stas aciendo?» No habían dejado mensaje de voz, porque no había saltado el aviso del contestador. Entró otro sms: «Tngo ganas d vrte.» Y otro más: «Busca un ueco mañna.»

Volvió a sonar el teléfono, así que lo silenció. El móvil vibraba y se deslizaba por la mesa de madera como un siniestro animalillo. Cuando se detuvo, apareció en la pantalla el aviso de que tenía un mensaje de voz. Pulsó el botón para escucharlo.

—Ésta es una llamada de la comisaría del aeropuerto de Barajas. Póngase urgentemente en contacto con este número. Se trata de un asunto grave. Repito: póngase en contacto con este número cuanto antes por un asunto grave.

Se inclinó hacia delante, apoyó los codos en las piernas y se sujetó la cabeza. Estuvo así veinte minutos. Luego se levantó, buscó en su maleta la riñonera y extrajo de ella el bloc de notas.

Escribió: «Uno. Cierto: La llamada procede de la comisaría del aeropuerto. Probable: Lo que le haya pasado a Jean-Baptiste ocurrió cuando iba a tomar el avión hacia París. Probable: Tuvo tiempo para limpiar la oficina. Muy probable: La policía ha descubierto su pasaporte falso.»

Mordisqueó el capuchón del bolígrafo, ensimismado. Volvió a escribir: «Cierto: El policía dijo: "El dueño del teléfono." Muy probable: No saben quién es Jean-Baptiste. Muy probable: Debe de estar muy grave y no han podido interrogarlo.»

Se calzó y bajó a recepción. El botones le dijo que en el hotel no vendían tabaco, pero en la acera de enfrente, un poco más abajo, había un quiosco en el que podía comprarlo. Salió a la calle con las manos en los bolsillos. El aire olía a limpio. Una luna mora vigilaba la avenida desierta. Caminó hacia la medina. A unos cincuenta metros divisó un chamizo iluminado por una bombilla, del que salía la voz melodiosa de Umm Kalzum. Dos hombres de su edad bebían té y jugaban a las damas junto al transistor. No levantaron la cabeza cuando se detuvo junto a ellos.

—Marlboro —dijo—. Marlboro *hamra*.

En su bolsillo, el móvil volvió a vibrar.

14

El Guapo descendió del *petit taxi* mientras el Saharaui abonaba la carrera. A las diez y cuarto de la mañana, desprovista de su gente, la Yemáa El Fna se mostraba tal cual era: una fea explanada de asfalto que el sol empezaba a recalentar. Echaron a andar juntos hacia la medina con sus camisas de manga larga abotonadas en las muñecas.

El Guapo se puso las gafas de sol envolventes.

—¿Queda muy lejos? —preguntó.

—No. Hay muchas tiendas de móviles por aquí.

—¿Qué le pasa al tuyo?

El Saharaui extendió una mano y la movió del derecho y del revés.

—A veces funciona, a veces no funciona. No es seguro.

Paró a un adolescente muy flaco que cargaba a la espalda unas cestas con especias y le preguntó algo. Con la cabeza inclinada por el peso, el muchacho se volvió y señaló hacia la calle que dejaba atrás.

—¿Qué te ha dicho? —preguntó el Guapo.

—Está ahí.

Entraron en una pequeña tienda cuyo diminuto escaparate mostraba varios modelos de teléfonos. En el interior estaba sentado un hombre barbudo tocado con un gorrito blanco de encaje. No se levantó de la silla para atenderlos. Se limitó a echarles una mirada por encima de las gafas y siguió hurgando con un pequeño destornillador en el móvil que tenía destripado sobre el mostrador.

El Saharaui se dirigió a él en árabe, mientras el Guapo inspeccionaba el contenido de las vitrinas: CD, MP3, memorias USB, tinta para impresoras... El hombre se levantó de la silla como si le costara un mundo, se inclinó, abrió un cajón y sacó una caja de iPhone. Le quitó el polvo con la manga de la camisa y la dejó sobre el mostrador.

El Saharaui abrió la caja y sacó el teléfono, un iPhone 4. Estuvo un rato toqueteándolo, hasta que el Guapo se asomó por encima de su hombro.

—Eso es una reliquia —dijo despectivamente—. Pregúntale si tiene alguno más moderno.

—Éste es barato, de segunda mano.

—Tú verás.

El Saharaui volvió a hablar y el tendero se agachó otra vez como si padeciera reúma. Cuando se incorporó, tenía entre los dedos una tarjeta minúscula.

—¿Para qué compras otra tarjeta? —dijo el Guapo—. Ponle la de tu teléfono.

—Dice que puede estar estropeada. Para estar seguro.

El Guapo se encogió de hombros y salió a la calle. El Saharaui no tardó en reunirse con él. Tenía su nuevo aparato en una mano y un papel escrito a bolígrafo en la otra.

—¿Puedes llamarme a este número?

El Guapo sacó su móvil del bolsillo y marcó. Al momento, el teléfono recién comprado comenzó a emitir una melodía. El Saharaui descolgó y contestó con una gran sonrisa:

—Hola, amigo. Funciona bien, ¿eh?

Mientras regresaban a la Yemáa El Fna entre los turistas que comenzaban a llenar las callejuelas, se cruzaron con un pequeño borrico que arrastraba un carro lleno de trastos. Con disimulo, el Saharaui dejó caer su antigua tarjeta SIM entre ellos. De la batería se deshizo en la tienda de alfombras a la que entraron a continuación.

—¿La señal tenía que ser una alfombra? —protestó el Guapo al salir de ella, con el rostro cubierto de sudor por el esfuerzo—. ¿No podía ser algo que pesara menos?

El Saharaui se rió.

—Déjame. Yo la llevo, déjame.

Se sentaron en torno a una mesita de la terraza del Cafe de France y pusieron sobre ella el inconfundible paquete cúbico del que asomaba una cuerda a modo de asa. La mitad de los turistas que abandonaban Marruecos cargaban un paquete como aquél, pero el suyo era el único que había en la terraza.

El Guapo miró su reloj.

—Van a dar las once y media. Debe de estar a punto de llegar.

Un camarero se acercó. El Saharaui pidió dos tés verdes.

—En Marruecos —dijo sonriendo—, la hora siempre es más o menos.

—Imagínate que ese tío se acojona en el último momento y no viene. ¿Qué coño hacemos? ¿Liar el petate y volver a Madrid?

—¿Liar qué?

—Nada, olvídalo.

Dos matrimonios ingleses ocuparon una mesa contigua. El sol les había enrojecido la piel hasta hacerla brillar. Una de las mujeres lanzó una risotada estridente que secundaron sus compañeros.

—¿Alfombra?

La pregunta sobresaltó al Guapo. El marroquí que la había hecho tenía el pelo y la barba blancos y la cara arrugada como una pasa. Se había sentado a la mesa que estaba a su derecha sin que él se diera cuenta. Era menudo y fibroso y en sus ojillos brillaban el miedo y la desconfianza. Vestía una camisa de manga corta a rayas verdes y blancas y unos pantalones grises. La indumentaria contrastaba con sus pies, sucios de polvo y calzados en unas viejas sandalias marrones.

—Alfombra, sí —respondió el Saharaui.

—¿De qué color?

—Azul y negra.

—Aaah. Muy bonito, muy bonito.

El Saharaui comenzó a hablarle en árabe, con frases cortas y rápidas pronunciadas en voz baja. El otro respondía en el mismo tono. Mientras, el Guapo miraba de reojo tras sus gafas negras a las otras mesas. Los ingleses estallaron otra vez en risas.

—¿Qué dice? —preguntó el Guapo sin mirar al Saharaui—. Dime qué dice.

—Mañana por la noche, a las nueve. En un Renault Clio gris junto a la Menara...

—¿Qué es eso?

—...Seguimos al Renault y nos lleva hasta un sitio para dejar...

La llegada del camarero interrumpió al Saharaui. En cuanto hubo depositado los dos tés sobre la mesa, el Saharaui intercambió unas palabras con él y le puso unos billetes en la mano. El tipo se fue a atender otra mesa.

—¿Seguimos al Renault y qué? —urgió el Guapo.

—Nos lleva a un sitio escondido para dejar las cosas.

El Saharaui volvió a hablar disimuladamente con el Pocero, que contestaba rápidamente, mirando hacia otro lado.

—¿Qué dice? —insistió el Guapo.

—Ha dicho un sitio para coger un coche...

El Pocero volvió a hablar y el Saharaui asintió.

—Bebe el té. Dice que bebamos el té y nos marchemos.

—Pero ¿entonces? —protestó el Guapo.

—Luego, luego —le cortó el Saharaui, mirando hacia la plaza.

—¿Jean-Baptiste qué más?

—Le juro que no lo sé. Apenas lo conocía.

—¿Por qué habla de él en pasado?

—De acuerdo: apenas lo conozco.

Michel se hallaba en una estrecha habitación sin ventanas. Estaba sentado en una silla metálica, ante una mesa de aluminio encastrada en el suelo. El pelo revuelto, los ojos azules cruzados de pequeñas venas rojas y la ropa arrugada eran vestigios de su noche en el calabozo. Ante él, un joven policía perfectamente afeitado, con algo que parecían tres cangrejos dorados en las hombreras del uniforme azul, lo miraba directamente a los ojos.

—¿Cuándo lo vio por primera vez?

—Ya se lo he dicho. Hace unos dos años, en París. Él dirigía una obra de teatro y yo quería un papel.

—¿Cómo se hacía llamar él entonces?

—Jean-Baptiste, siempre Jean-Baptiste. Yo siempre lo he conocido por ese nombre.

—¿Nunca oyó a nadie pronunciar su apellido?

—Nunca. Era Jean-Baptiste. Jean-Baptiste por aquí, Jean-Baptiste por allá. Nada más.

La puerta de la salita se abrió. Asomó otro policía, que le hizo un gesto al interrogador. Ambos salieron y lo dejaron solo.

La noche anterior, antes de encerrarlo, le habían quitado todo: la maleta, la documentación, las llaves del coche, el teléfono... No había logrado pegar ojo en la celda, y ahora el sueño lo vencía. Cruzó los brazos sobre la mesa y apoyó la cabeza en ellos.

Habían pasado tres horas cuando lo despertó el ruido de la puerta al abrirse. Tras el policía que lo había interrogado entró una agente. Llevaba el largo pelo negro recogido en una cola de caballo. Ni una gota de maquillaje. Cerró la puerta y apoyó la espalda contra ella. Sus ojos pardos lo miraron sin expresión.

El inspector colocó sobre la mesa una delgada carpeta roja de cartón.

—Usted envió al hombre que según afirma se llama Jean-Baptiste varios WhatsApp con imágenes de carácter sexual. ¿Por qué?

Michel abrió los brazos e hizo un gesto de hastío.

—Ya se lo he dicho. Era una broma privada, sólo pretendía decirle: «Mira qué bien me lo estoy pasando.»

—¿La mujer que aparece en las fotos sabía para qué quería usted las imágenes?

—Claro.

El policía no movió ni un músculo al replicar:

—Ella lo niega.

Michel palideció.

—¿Cómo?

—Hemos hablado con ella y no está muy contenta con lo que usted ha hecho.

Michel se tapó la cara con las manos. Estuvo así treinta segundos, en silencio. Luego, sin retirar las manos, preguntó:

—¿Y qué tiene esto que ver con Jean-Baptiste?

—¿Sabe que tomar fotografías íntimas de una persona y divulgarlas sin su permiso es un delito, caballero?

Michel alzó la cabeza y miró al policía. Le temblaba el párpado izquierdo.

—¡Ella dirá ahora lo que quiera, pero cuando lo hice le pareció estupendo! —gritó—. Estará cabreada porque anoche habíamos quedado y no pude acudir.

El policía miró a la agente que estaba en la puerta y asintió con la cabeza. La mujer salió. El policía observó a Michel; las comisuras de su boca se fruncieron ligeramente y bajo sus ojos aparecieron pequeñas arrugas. Michel adivinó lo que iba a pasar un instante antes de que se abriera la puerta.

—¡Hijo de la gran puta!

De no haberse interpuesto la agente que había ido a buscarla, la Guapa le habría clavado las uñas en el rostro. Llevaba un vestido premamá de color rosa, pero al margen de ese detalle tierno era una fiera enloquecida: tenía el rostro desencajado, los ojos desorbitados y la melena negra en desorden.

—¡Cerdo cabrón! ¡Hijo de la gran puta! —gritaba, intentando zafarse de la policía.

Michel saltó de la silla y se parapetó tras la mesa.

—Vuelva a su sitio, caballero —ordenó el interrogador—. Por favor, señora, cálmese.

La agente acercó una silla y obligó a la Guapa a sentarse. Ella se revolvió.

—¡Quiero que destruyáis esas fotos! —Se volvió hacia Michel y volvió a decirle lo que pensaba de él—: ¡Estás muerto, hijo de puta!

El interrogador parecía muy tranquilo.

—Para poder hacer eso —le dijo—, necesitamos que usted presente una denuncia.

La Guapa se calló. Su pecho subía y bajaba rápidamente. En un tono bastante más bajo que hasta entonces, preguntó:

—¿Una denuncia? —Miró a los dos policías con los ojos muy abiertos—. ¿Una denuncia para qué?

—Para que podamos hacer lo que nos pide. No llevará más de quince minutos.

La habitación quedó en silencio. Sólo se oían los jadeos de la Guapa. Se le llenaron los ojos de lágrimas. Los dos policías la contemplaban imperturbables. Ella sacó del bolso un pañuelo de papel y se limpió los regueros de rímel que corrían por su rostro. Miró a la agente con la que había entrado.

—Necesito hablar contigo a solas —dijo muy nerviosa—. Por favor.

La policía cruzó una mirada con su superior, que asintió. La Guapa se levantó y ambas salieron al pasillo.

—Es que estoy casada —le dijo en voz baja, con terror en la mirada—. Si mi marido se entera de esto, me mata. No puedo presentar la denuncia, tía, porque me mata. Pero te juro que lo que estoy diciendo es la verdad.

La agente intentó tranquilizarla:

—No se preocupe. Déjeme llamar al inspector a ver qué solución se nos ocurre.

Se asomó al despacho y le hizo un gesto para que saliera. El hombre escuchó las explicaciones que le dio su compañera al oído. Luego miró a la Guapa.

—A lo mejor, si puede identificar al destinatario de las fotos —empezó a decir como si comentara algo sin importancia—... podríamos solucionarlo sin necesidad de denuncia.

Entraron los tres en la habitación, donde Michel aguardaba intrigado. El policía cogió la carpeta roja de cartulina, la abrió y extrajo de ella una foto de tamaño folio que le tendió a la Guapa:

—¿Lo conoce?

Ella tomó la foto y la miró fijamente. Un violento temblor se apoderó de sus manos e hizo crujir el papel.

—No —dijo, y la dejó sobre la mesa.

—¿Está segura?

—Segura.

—Entonces no hay más que podamos hacer —dijo el interrogador, echando su silla hacia atrás, como si se dispusiera a levantarse—. O pone la denuncia, o este caballero se va de rositas.

El rostro de Michel se iluminó.

—¿Me puedo ir, entonces?

La Guapa se volvió hacia él con el rostro descompuesto:

—Tú no vas a ninguna parte, cabrón —dijo al tiempo que recogía la foto de la mesa—: Sé quién es —añadió—. Borrad todas las putas fotos si queréis saber quién es.

16

Vestido con un bañador naranja, el Chiquitín corrió hasta el borde de la piscina y se tiró en bomba. El surtidor de agua que despidió alcanzó a su novia y a la Yunque, que tomaban el sol en sendas tumbonas. Las dos mujeres se levantaron empapadas. Mientras lo insultaban, él se sumergió e intentó bucear unos metros, pero enseguida emergió tosiendo con desesperación.

—Dejad de gritar —dijo el Yunque, sentado en su tumbona y con una Heineken caliente en la mano. A través de sus gafas de sol vigilaba a los otros turistas, que miraban con desaprobación al gigantón. Una mujer rubia en biquini se puso en pie y llamó a su hijo, pero el niño, de unos seis años, no le hizo caso y se zambulló imitando al Chiquitín.

—Pero ¿tú has visto...?

—Sí, lo he visto. Pero dejad de gritar.

La Chata se levantó, caminó contoneándose hasta el borde del agua y se lanzó de cabeza. Su novio la contempló mientras ella nadaba a lo largo de la piscina; luego miró en torno, para comprobar si alguien más la estaba observando.

—Mirad quién viene —dijo.

El Guapo se acercaba por el césped haciendo oscilar los hombros. El Chiquitín lo llamó alegremente desde el agua, y cuando él lo miró, echó uno de sus poderosos brazos hacia atrás y amagó con lanzarle una ola, pero el Guapo siguió andando. El gigante, decepcionado, se aproximó a la escalerilla.

—¿Qué tal ha ido? —preguntó el Yunque.

El Guapo se sentó en una tumbona. Tenía el rostro cubierto de sudor y la camisa pegada al cuerpo.

—Chato, ve a buscarme una cerveza helada —ordenó—. No, mejor que sean dos. —Observó el agua brillante a través de las gafas de sol—. Joder, y no puedo bañarme por los putos tatuajes.

—Venga, cuenta —insistió el Yunque.

—Será mañana por la noche —dijo—. Luego nos reunimos en la habitación y os lo explico con detalle. —Levantó la cabeza hacia el Chiquitín, que se había acercado chorreando agua—: Súbete el bañador, coño.

El grandullón obedeció de inmediato. Luego se inclinó hacia un lado, se pinzó la nariz con el índice y el pulgar y se sonó ruidosamente. Dos hombres sentados al borde de la pileta se levantaron y se alejaron. Un matrimonio que tomaba unos refrescos bajo una sombrilla gesticulaba haciendo muecas de asco.

—¡Qué finos! —lo defendió la Chiquitina mirándolos desafiante—. Eso lo hacen los ciclistas y los futbolistas y nadie dice nada.

—¿Cómo es el tipo? —prosiguió el Yunque.

El Guapo se encogió de hombros.

—Mayor, de unos sesenta años. Me parece que está cagado de miedo. No habla nada de español, el Saharaui tiene que traducirlo todo.

—¿Y dónde está el Saharaui?

—Ha ido a dejar una alfombra en la habitación.

El Chato le entregó una Heineken y dejó la otra a su lado, sobre el césped. El Guapo palpó la botella.

—Te dije muy helada.

—Aquí es imposible conseguir una cerveza fría. Deben de tener la nevera con poca potencia o...

—¿Os ha llamado mi chica? —interrumpió, dirigiéndose a las mujeres.

—No —respondió la Yunque—. ¿Por qué?

—Llevo todo el día intentando hablar con ella y me sale que tiene el teléfono apagado o fuera de cobertura.

—Se habrá quedado sin batería.

—Pues tendré que llamar a la bruja de su madre. ¡Joder, como si no tuviera ya bastantes problemas! —Sacó su móvil del bolsillo. Mientras marcaba el número, escupió por el diente mellado.

17

El Saharaui dejó la alfombra en una esquina de la habitación. Levantó los brazos y se estiró hasta que sus vértebras crujieron. Las camareras ya habían hecho la cama y la luz feroz del mediodía pugnaba por atravesar los visillos. Abrió el minibar, sacó una botella de agua mineral y dio un largo trago antes de acercarse a la ventana. Durante unos diez minutos estuvo bebiendo agua y observando a la pandilla reunida junto a la piscina. Era difícil apartar los ojos del Chiquitín; parecía un luchador de sumo con su ridículo meyba naranja. Vio cómo el Guapo se apartaba del grupo y hacía aspavientos mientras hablaba por el móvil.

Dejó la botella en la mesita baja y abrió la maleta. Colocó el ordenador junto a la botella, lo encendió y desplegó varias carpetas en la pantalla, hasta que consideró seguro abrir el correo. Allí estaba: un mensaje con remitente A7%0*G^TER22″. Lo abrió y aparecieron cuatro líneas de letras, números y símbolos incoherentes. Movió sus largos dedos morenos sobre el ratón, seleccionó el texto cifrado y pinchó en él con el botón derecho. Hizo descender el cursor sobre el menú de opciones hasta «Descifrar [[- O Desencriptar -]]». Al cabo de un momento, la jerigonza se transformó en un mensaje legible:

Un amigo solucionará el contratiempo en Madrid. Mujer de G. está con la policía y el amigo del contratiempo también. Apresurar todo. Preparado H123-55JBI.

El Saharaui se levantó, anotó las dos últimas claves en una de las hojas con membrete del hotel que había sobre la mesilla de noche y volvió a sentarse ante la pantalla. Borró el correo encriptado y abrió otra carpeta, en la que apareció un pequeño mapa. Introdujo las claves en una ventana parpadeante y pulsó el botón de búsqueda. Inmediatamente, el mapa empezó a moverse. Se detuvo sobre la frontera de Marruecos con Argelia y, lentamente, fue acercando un punto concreto, sobre el cual apareció un círculo rojo.

Volvió a mover los dedos sobre el ratón para reducir el mapa, hasta que a la izquierda de la pantalla apareció Marrakech. Durante un buen rato estudió la intrincada red de carreteras y caminos que se extendían desde la ciudad hasta el punto señalado por la clave.

Volvió a la carpeta en la que había introducido el correo encriptado y escribió: «Será mañana por la noche. Saldré a la mañana siguiente. Calculo dos días. Nuevo teléfono +212657990623.»

Pulsó la tecla enter y apareció una barra de progreso. Esperó unos instantes hasta que el texto se convirtió en una retahíla de símbolos, números y letras. Sobre él apareció una ventana en la que pudo leer: «Encriptación AES-128 completada con éxito.» La cerró y copió el texto cifrado en un correo, que remitió a A7%0*G^TER22″. Luego eliminó tanto el correo recibido como el enviado.

Apagó el ordenador y lo guardó en la maleta. Rompió la hoja de papel en trocitos, la echó al inodoro y tiró de la cadena. Tuvo que hacerlo dos veces, hasta que el agua se llevó el último pedazo.

Agarró la botella de agua y su nuez subió y bajó hasta que no quedó una gota en ella. Parecía agotado. Se acercó a la ventana: la pandilla estaba apiñada junto a la piscina. Todos se inclinaban hacia delante, como si estuvieran compartiendo un secreto. Un poco alejado, el Guapo seguía hablando por teléfono mientras caminaba por el césped.

18

El médico abrió los párpados del enfermo e iluminó la pupila con una pequeña linterna.

—Diga su nombre.

—...

—¿No recuerda su nombre?

Detrás del doctor de la linterna había tres estudiantes en prácticas. También una enfermera con gafas de gruesos cristales.

Jean-Baptiste paseó su mirada desenfocada sobre ellos.

—Je-Je-Je-an-Bap-tis-te —dijo con voz pastosa.

La enfermera suspiró y la oyeron todos los que estaban en la habitación.

—Jean-Baptiste —confirmó el doctor—. ¿Es usted francés? —Mientras hablaba seguía escudriñando en sus ojos con la linterna.

—¿Do-dón-de-es-toy?

—En el hospital La Paz. Lo encontraron tirado en el suelo de los lavabos del aeropuerto.

Una nube de temor cruzó el rostro del enfermo. La pantalla que registraba los latidos de su corazón pasó de marcar setenta y dos a noventa y ocho.

—¿Recuerda lo que le ocurrió?

El Joyero miró al doctor. Se le fueron cerrando los párpados lentamente. Enseguida empezó a roncar.

El médico se volvió hacia la enfermera:

—Que le hagan otro TAC. Y avíseme en cuanto vuelva a despertarse.

—¿Llamo a la policía?

—No. Aún no está en condiciones de declarar. —Se volvió hacia los jóvenes que lo escoltaban—: Esto es un ECG 9-13. Como han visto, el paciente se encuentra en estado estuporoso. Debemos esperar y observar si desarrolla un síndrome postconmoción.

Cuando abandonaban la habitación, uno de los alumnos preguntó:

—¿Será necesario intervenir?

El médico respondió por encima del hombro:

—No creo. Lo sabremos en las próximas horas.

La enfermera cerró la puerta con cuidado.

Cuando volvió a abrirla, media hora más tarde, Jean-Baptiste seguía dormido. Comprobó el pulso, reemplazó la botella de suero, le tomó la temperatura y anotó todos los datos en la tablilla situada a los pies de la cama.

Poco después entró un celador musculoso silbando el Adagio de Albinoni. Empujó la cama a través de varios pasillos hasta llegar a un ascensor. Durante el descenso el enfermo entreabrió los ojos, y los mantuvo así mientras recorrían más pasillos, pero volvió a cerrarlos mientras le hacían el TAC.

De vuelta en su habitación, siguió con los ojos cerrados hasta que regresó el médico, en esta ocasión sin su escolta de alumnos. Junto a él sólo estaba la enfermera.

Mientras miraba los resultados del TAC, volvió a interrogarlo:

—Diga su nombre.

—Je-an-Bap-tis-te.

—¿Es usted francés?

—Me-due-le-la-ca-be-za.

—Es lógico. Ha sufrido usted un traumatismo craneoencefálico. Antes le dije dónde estamos. ¿Lo recuerda?

—Me-va-a-es-ta-llar-la-ca-be-za.

—Bueno, bueno —dijo jovialmente el médico, dejando sobre la cama los resultados de la prueba—. Parece que esto va bien.

No creo que sea necesario meterle la cuchilla. —Le abrió otra vez los párpados y enfocó los ojos con su linterna—. Los recuerdos irán volviendo poco a poco, no se preocupe. En un par de días se encontrará mucho mejor.

Al salir de la habitación, la enfermera volvió a preguntar:

—¿Llamo ya a la policía?

El médico la miró. Desde el fondo de los gruesos cristales, los ojillos de la mujer brillaban con urgente interés.

—¡Qué ganas tiene usted de ver a la policía! —exclamó el doctor, meneando la cabeza—. Mañana, mañana —añadió, alejándose.

Antes de terminar su turno, la enfermera aún entró dos veces más en la habitación del enfermo, pero siempre lo encontró con los ojos cerrados.

19

El policía parecía enfadado.

—¿Sabe qué le digo? Que no me creo que esto sea todo lo que usted sabe de él.

Había dejado de teclear y miraba a la Guapa por encima del ordenador.

—Pues se equivoca —respondió ella, retadora—. Es todo lo que sé.

Michel intervino:

—¿Lo ve? Es lo mismo que yo le he dicho. Se llama Jean-Baptiste.

El inspector lo miró con desdén:

—¿Cómo es posible que en una ciudad con más de tres millones de habitantes hayan coincidido por casualidad dos personas que conocen a este individuo?

Michel se encogió de hombros.

—El mundo está lleno de casualidades. A ver si a usted no le ha pasado nun...

—Cuando usted lo conoció —lo interrumpió el inspector—, él se dedicaba al teatro. En cambio, cuando lo conoció usted —señaló a la Guapa con la barbilla— era joyero. ¿No les parece extraño?

—Mira, niño —la Guapa dio una palmada en la mesa, haciendo que sus pulseras tintinearan—, yo no sé qué era antes ese señor. Sólo sé que le iba a vender a mi marido una medallita para el bebé.

—¿Su marido llegó a comprarle la medalla?

—¿Cómo voy a saberlo, si el bebé aún no ha nacido?

—¿No estaban usted y su marido juntos cuando se la ofreció?

—Estábamos, pero mi marido dijo que ya veríamos si la compraba y que le llamaría.

—Entonces, él le dejó a su marido una tarjeta, un número de teléfono...

La Guapa palideció.

—No. Él vendía por las casas. Si le dijo que ya le llamaría sería para quitárselo de encima. O a lo mejor algún vecino sabía su número. No tengo ni idea.

El policía levantó la vista hacia su compañera, que seguía de pie, con la espalda apoyada contra la puerta.

—Creo que lo mejor será que hablemos con su marido.

La Guapa se levantó de un salto.

—¡Ni se le ocurra llamar a mi marido! —Estaba pálida y un mechón le tapaba el lado derecho de la cara—. Mire lo que le digo.

El índice admonitorio, rematado en una uña pintada de azul, temblaba ligeramente—: ¡Ni-se-le-o-cu-rra!

La agente que estaba junto a la puerta se acercó a ella y la agarró por los brazos para intentar calmarla. El inspector no se movió.

—Siéntese —ordenó.

—Cálmese, cálmese —repitió la policía.

La Guapa intentó zafarse, pero no lo logró. La agente, situada a su espalda, aún la mantenía sujeta por los brazos. Cayó sentada en la silla de golpe. Tenía el rostro blanco y la mirada perdida. Sin inclinarse siquiera hacia delante, su cuerpo sufrió un espasmo y un chorro de vómito salió disparado de su boca sobre el ordenador.

El inspector saltó hacia atrás, pero ya lo había alcanzado. Michel también se apartó, mientras la Guapa seguía vomitando sobre la mesa y sobre su vestido rosa premamá.

—¡Joder, sácala de aquí! —dijo el inspector a su compañera.

—No me sueltes —avisó la Guapa en un susurro—, que me caigo.

Tiritaba violentamente. La agente le inclinó la cabeza hacia delante.

—Tranquila, no voy a dejar que te caigas.

El inspector caminó hacia la puerta mirándose las piernas y los brazos impregnados de vómito.

—¡Barquillo! ¡Barquillo! —llamó—. ¡Avisa a un médico!

Varios agentes lo vieron alejarse hacia el cuarto de baño. Uno de ellos se asomó a la habitación de interrogatorios e inmediatamente frunció el rostro y se tapó la nariz.

—Llama a una ambulancia —le dijo la policía, sosteniendo contra su pecho la cabeza de la Guapa—. Di que es una embarazada de unos siete meses que sufre una crisis.

Michel aprovechó la confusión para abandonar la habitación. Se quedó en la sala contigua, donde una decena de policías que se afanaban con el papeleo apenas le prestaron atención. Veinte minutos más tarde llegaron los camilleros. El falso pintor aprovechó para salir con ellos y perderse calle abajo.

20

—¿Dónde estaba el día 22? —preguntó el Yunque.

—Eso fue el martes de hace dos semanas. A ver, el lunes estuve en el mercado desde las diez hasta las dos y luego desde las cuatro de la tarde hasta las siete, como siempre. El martes también... —El Chiquitín sonrió, guiñó un ojo y levantó una mano, como había hecho su amigo la primera vez que le había tomado la lección. Luego la bajó y prosiguió con su resuello agónico—: Ah, no. Ese martes no abrí el puesto porque fui a comprar al Decathlon las cosas para el viaje.

—¿Fue usted en su coche?

—No. Fui en el coche de un amigo.

—¿Cómo se llama ese amigo?

—José Manuel Romero. —El Chiquitín volvió a sonreír—. ¿A que me lo sé bien?

El Yunque hizo caso omiso:

—¿Qué compraron?

—Bañadores, camisetas... y... Camisetas y... Camisetas y... ¡Joder, no me sale! —Se tapó los ojos con una manaza y extendió la otra para detener al Yunque—. ¡No me digas nada, que me lo sé! Bañadores, camisetas y...

El Yunque dejó a un lado los papeles.

—Tranquilo, Chiquitín. Si no te viene a la cabeza una palabra, sigue con la siguiente. Tú dilo como si se lo estuvieras contando a un amigo.

El gigante abrió los brazos con desesperación.

—¡Es que si me trabo en una palabra no puedo seguir! ¿Me entiendes? Tengo que volver a empezar y coger impulso.

En la puerta de la habitación sonaron cinco golpes rápidos y dos cortos. El Yunque la señaló con la cabeza:

—Anda, abre.

El Guapo tenía el rostro congestionado y sudoroso. Se había subido las gafas por encima de la frente, igual que una diadema. Extendió la mano y les mostró el móvil como si fuera una mascota muerta.

—¿Tenéis un cargador? No sé dónde coño he puesto el mío.

El Chiquitín desconectó su teléfono y le entregó el extremo del cable. El Guapo enchufó su móvil y se quedó mirándolo, a la espera de una señal de vida en la pantalla.

—Me he quedado sin batería justo cuando estaba intentando convencer a mi suegra... ¡Ahora parece que funciona!

Marcó un número y se acercó el teléfono a la oreja. Empezó a hablar en cuanto descolgaron al otro lado:

—¡Julia! Me he quedado sin batería y se ha cortado... Ya... Lo que... Ya... Lo que te decía es que debe de estar en casa de alguna amiga... ¡Ya sé que da apagado o fuera de cobertura!... Bueno, llámame en cuanto sepas algo... Pues si no quieres gastar, hazme una llamada perdida y te llamo yo... Vale, adiós.

Mientras colgaba, murmuró:

—Qué tía más rata. Ni por su hija es capaz de gastarse unos euros.

El Chiquitín se estrujaba la cabeza calva con sus manos como guantes de béisbol.

—Bañadores, camisetas y... Bañadores, camisetas y... ¡Toallas de playa! —Se puso en pie de un salto—. ¡Toallas de playa, Yunque! ¡Ya me he acordado!

El Yunque se zafó como pudo del abrazo del gigante.

—Vale, tío, vale. —Se volvió hacia el Guapo—: ¿Nada aún de tu chica?

El otro negó con la cabeza.

—Seguro que se ha quedado sin batería y ni se ha dado cuenta —lo animó el Yunque.

—¿Desde anoche? —El Guapo se paseaba nervioso de un extremo a otro de la habitación—. No creo.

Tomó un cigarrillo de la cajetilla que el Chiquitín había dejado sobre la mesita. Iba a encenderlo cuando sonó su móvil. Corrió a cogerlo.

—¡Diga!... ¡Joder, ya era hora! ¿Dónde coño te habías metido?... ¿Por...? ¿Y qué te han dicho?... ¡Joder, llevo llamándote desde anoche!... Pues podías haber avisado a tu madre, por ejemplo... Vale, pilla un taxi, no andes haciendo tonterías, y llámame cuando llegues a casa... Sí, aquí estamos bien. Con los problemas de siempre y la tensión que va creciendo... Sí, estamos todos... El moro también, ¿por qué?... Bueno, te dejo... Sí, yo a ti también... Llama cuando llegues a casa.

Colgó y se quedó mirando la pantalla del teléfono.

—Ha aparecido, ¿no? —preguntó el Yunque.

El Guapo asintió:

—Tuvo una vomitona y se fue al Doce de Octubre. No se dio cuenta de que tenía el teléfono apagado.

—¿Ya está bien?

—Sí, ahora volvía para casa.

El Chiquitín los miraba alternativamente mientras movía los labios en silencio, como si estuviera orando.

—Venga, Yunque —le dio unos toquecitos en la rodilla—, pregúntame otra vez.

21

La enfermera de relevo empujaba el carrito por el pasillo y daba dos golpecitos con los nudillos en las puertas de las habitaciones antes de entrar a administrar los medicamentos a los pacientes. La mayoría de los cuartos estaban ocupados por dos enfermos. El de Jean-Baptiste no, porque la policía había pedido a la dirección del hospital que lo mantuviera aislado a fin de ocuparse de él sin curiosos si llegaba a despertarse.

—Buenaaas —dijo la mujer al entrar. Vio la cama vacía, dejó la bandejita que llevaba en la mesilla y golpeó la puerta del cuarto de baño—. ¿Oiga? ¿Está usted bien? ¿Oiga?

Abrió la puerta y se encontró el servicio también vacío. Dio media vuelta y corrió hacia el puesto de enfermeras.

—El de la cuatrocientos dos no está —le dijo a su compañera.

—¿Cómo que no está?

—Allí no hay nadie.

Volvieron a la habitación y miraron incluso debajo de la cama. También abrieron el armario; sólo encontraron el pijama azul del enfermo, arrugado, tirado en el suelo. Las prendas que vestía cuando llegó al hospital habían desaparecido. Llamaron a seguridad.

El guardia del vestíbulo, un joven rubio y fornido, recibió la alarma por radio: «Varón de más de sesenta años con el pelo y la barba blancos», crepitó el aparato. Miró a su alrededor: allí había por lo menos veinte hombres que respondían a esa descripción. Se apresuró hacia las puertas con la vaga esperanza de que algo le permitiera identificarlo. De pie en medio del trasiego de gente, pidió algún dato más acerca de su aspecto. «Estamos en ello», respondió la radio.

Dos de sus compañeros acudieron a ayudarlo, pero tampoco ellos podían parar a todos los hombres mayores de sesenta años sin saber a quién buscaban. Se plantaron en las puertas mirando las caras de los que salían y solicitando más datos por sus radios.

Diez minutos más tarde llegó un coche de policía, con las sirenas y las luces encendidas. De él descendieron dos agentes. El mayor de ellos se ajustó el cinturón, se quitó las gafas de sol y se dirigió al rubio fornido:

—¿Qué ha pasado?

—Parece que se ha fugado un paciente, pero de momento sólo sabemos que tiene más de sesenta años y pelo y barba blancos. —Señaló a su alrededor—: Aquí hay decenas así.

El policía se guardó las gafas en un bolsillo de la camisa. Habló con autoridad:

—Tenéis que pedir la documentación a todos los que quieran salir. Hay tres puertas: poneos uno en cada una.

Al cabo de cinco minutos llegaron otros dos coches patrulla. Para entonces, una multitud de enfermos y familiares que pretendían abandonar el hospital se agolpaba en el vestíbulo. Comenzaban a oírse gritos de protesta.

Uno de los agentes recién llegados preguntó en qué planta estaba internado el fugado y se dirigió hacia los ascensores. Cuando uno se abrió, debió echarse a un lado para dejar salir a la decena de personas que lo atestaban. Luego, los que esperaban lo empujaron hacia el fondo de la cabina. En la cuarta planta tuvo que hacer un esfuerzo para bajarse a tiempo.

Estaba en un pasillo desierto con dos salidas. Eligió la de la izquierda. A ambos lados se alineaban las puertas cerradas de las habitaciones. Un joven de aspecto magrebí, tocado con una gorra de béisbol y gafas de sol, dobló la primera esquina y pasó junto a él.

—¡Oiga! —lo llamó—. ¿Sabe dónde están las enfermeras?

Pero el joven siguió de largo hacia los ascensores.

El policía dudó un momento en volver a llamarlo; finalmente desistió y se dirigió hacia el lugar por el que había aparecido el chico.

A veinte metros había un puesto de enfermeras. Una de ellas hablaba por teléfono; la otra salía de una habitación del fondo con una bandeja en la mano.

—... que no lo encontrábamos, que había desaparecido —decía la que atendía el teléfono—, pero que esperara un momento para que nos ayudara a identificarlo. Entonces ha dado media vuelta y se ha marchado. Lo he llamado varias veces, pero no me ha hecho ni caso. Debe de estar bajando en el ascensor.

El policía dio una palmada en el mostrador que hizo que la mujer alzara los ojos asustada.

—¿Llevaba una gorra azul de béisbol?

La enfermera, aún con el auricular en la oreja, asintió. El policía echó a correr mientras a sus espaldas la oía hablar por teléfono:

—Una gorra azul de béisbol, se lo acabo de decir a un compañero suyo...

Mientras corría sujetándose el pesado cinturón con la mano izquierda, el agente habló por el transmisor que llevaba en el hombro:

—Sospechoso vestido con camiseta blanca y vaqueros, gorra azul...

No había nadie esperando a los ascensores. Alzó la vista: uno estaba en el décimo piso, subiendo; el otro, en el sexto, también subiendo.

—Si va en un ascensor —habló a través del transmisor—, debe de haberlo cogido hacia arriba. Bajo por las escaleras.

—Recibido —dijo la voz metálica junto a su hombro—. Vamos a los ascensores de la planta baja y a la escalera.

El agente echó a correr hacia las escaleras. Sólo había bajado dos tramos cuando oyó gritos más abajo y, a continuación, dos disparos.

Se detuvo y sacó su pistola. Tras un instante de duda, siguió descendiendo, ahora sigilosamente y con la espalda pegada a la pared. Del vestíbulo llegaban gritos histéricos. No tardó en oír por encima de ellos los pasos de alguien que subía apresuradamente.

Se detuvo a la mitad de un tramo de escaleras, sujetó el arma con ambas manos y esperó. Enseguida oyó cómo el que subía a la carrera enfilaba el tramo anterior. Entonces dio un paso adelante y se asomó sobre la barandilla, directamente sobre la cabeza del otro. No tuvo tiempo a darle el alto, porque en ese momento el muchacho levantó la vista y alzó su revólver. El policía disparó dos veces: la primera bala lo alcanzó en la cabeza y lo proyectó hacia un lado, contra la pared; la segunda le abrió un agujero en el cuello. El cuerpo del chico cayó de espaldas; se convulsionó unos segundos y quedó inmóvil. Cuando, un minuto más tarde, llegaron los demás policías, tuvieron que hacer un gran esfuerzo para abrirle la mano y arrebatarle el arma.

22

En cuanto entró en su casa, la Guapa rompió a llorar. Siguió llorando mientras encendía el aire acondicionado, mientras se desvestía y mientras se duchaba. Envuelta en un albornoz rosa y con una toalla enrollada en la cabeza, se preparó una manzanilla. Miró la pantalla del móvil: ningún mensaje. Cuando lo dejó sobre la mesa, se fijó en sus uñas, pintadas de azul. Se levantó, fue al cuarto de baño y volvió con un frasco de acetona y un trozo de algodón. Primero se quitó la pintura de las manos; después, la de los pies.

Se levantó, abrió la nevera y echó en una bolsa de basura la comida sobrante de su noche con Michel. También tiró una botella de champán sin abrir. Fue a su habitación, retiró toda la ropa de cama, la metió en la lavadora y la puso en marcha.

Volvió al salón y miró a su alrededor. Volteó los cojines del sofá y metió la mano en las rendijas, pero no encontró nada. Se arrodilló y miró debajo de la mesa e intentó hacerlo también debajo del sofá, pero el volumen de su tripa se lo impidió. Empujó el mueble hasta que logró levantar sus patas delanteras y dejarlo apoyado sobre el respaldo: debajo sólo había polvo acumulado. Mientras hacía todo esto, musitaba sin descanso: «Hijo de puta, hijo de puta, hijo de puta»...

Abrió otra vez la bolsa de basura, extrajo la botella de champán, la abrió y la vació por el sumidero. Luego devolvió el envase a la bolsa y abrió el grifo del fregadero para que el agua se llevara los restos de alcohol.

Sólo entonces se sentó y marcó el número de su marido.

—Hola —dijo—. Ya estoy en casa... No, ya estoy bien. Me estoy tomando una manzanilla... Dijeron que algo me habría sentado mal... No, no había comido nada en especial. Pasta y ensalada... Sí, debe de ser eso... No, no te preocupes, el niño está bien. Bueno, cuéntame tú. ¿Cuándo es la cosa?... Es verdad que me lo dijiste, pero en ese momento no estaba para prestar mucha atención... ¿Y los demás?... Oye, ¿habéis vuelto a saber algo del francés que te encargó el asunto?... No sé, por curiosidad... Pero ¿habíais quedado en llamaros o algo?... Ah... Tú no te fíes de nadie, mi vida... Muchísimo calor, pero supongo que no tanto como ahí... Ah, ¿tenéis piscina?... ¿Por los tatuajes? Vaya... Hablamos mañana. Te quiero, mi vida... Adiós.

Bebió un sorbo de manzanilla y llamó a su madre.

—¿Mamá?... No, sólo que tuve una vomitona y fui al hospital... Que algo me habría sentado mal... Pasta y ensalada... Me estoy tomando una manzanilla... No, el embarazo va perfecto... Mamá, déjalo ya... No. No. No... Sí, a lo mejor tienes razón y me vendría bien pasar unos días contigo. Déjame que lo piense. Te cuelgo ahora, que voy a echarme un rato... Adiós.

Apagó el teléfono y lo arrojó con hastío al otro extremo del sofá. Se terminó la manzanilla y fue al cuarto de baño. El espejo del lavabo le devolvió la imagen de su cara; una profunda arruga marcaba el entrecejo. Se quitó la toalla de la cabeza y movió ésta hacia los lados hasta que el cabello se derramó sobre sus hombros. Abrió un cajón y sacó un secador. Lo enchufó y comenzó a secarse el pelo.

Cuando lo apagó oyó que estaban llamando a la puerta. Se ciñó el albornoz y acudió a abrir con los pies descalzos. Acercó el ojo a la mirilla; sólo alcanzó a ver el cabello cano de alguien.

—¿Quién es? —preguntó con cautela.

—Cartero. Un certificado —respondió una voz de hombre.

Abrió una rendija y asomó la nariz.

La puerta se abrió violentamente y la golpeó en la frente. La Guapa cayó sobre su propio trasero. Jean-Baptiste entró, cerró a sus espaldas y, antes de que ella se repusiera de la sorpresa, le tapó la boca con la mano.

—Una palabra y te mato —dijo con voz ronca.

23

El recepcionista extendió el mapa sobre el mostrador y trazó una cruz azul en él.

—Aquí está el hotel —dijo en francés—. Deben seguir por aquí —marcó la ruta con su bolígrafo— hasta tomar la N8. Y luego todo recto hasta Esauira. —Alzó la cabeza y añadió con satisfacción—: Es una ciudad muy bonita. ¿Les gusta el surf? El mar es allí muy bueno para practicar el surf.

El Saharaui respondió que no les gustaba el surf pero que, por lo que habían visto en Internet, seguramente les gustaría la ciudad. Dobló el mapa, se lo guardó en el bolsillo de la camisa, le dio las gracias y salió a la hirviente explanada.

El minibús estaba aparcado a la sombra de unas palmeras. El Guapo ya había puesto en marcha el motor y el aire acondicionado funcionaba a la máxima potencia.

—Qué, ¿te has enterado?

—Sólo le pregunté para que sepa adónde vamos. —El Saharaui se puso las gafas de sol—. Yo ya sabía.

Desde el fondo se oyó la voz de la Chiquitina:

—Por favor, subid un poco el aire, que aquí atrás estamos achicharrados.

—Está al máximo —respondió el Guapo. Y añadió—: Ahora, atención, chicas. Vamos a tomar el camino que tendréis que hacer mañana. Fijaos en cada cartel y en cada detalle, porque como os equivoquéis la jodemos todos.

—Pues entonces debería ir una de nosotras delante —protestó la Chata—. Para verlo todo mejor y preguntar las dudas y tal...

El Guapo dudó un instante.

—De acuerdo.

Abrió la puerta y saltó del vehículo. La Chata se deslizó rápidamente entre los dos asientos delanteros y se colocó en el que había dejado libre el Guapo. Se quitó las sandalias y apoyó los pies tatuados en el salpicadero. Llevaba unos vaqueros cortados a media pierna y una pulsera de plata en el tobillo derecho.

El Chato intentó avanzar hasta el asiento que había dejado libre su mujer, justo detrás del que ocupaba el Saharaui, pero el Guapo le puso una mano en el pecho:

—Ahí voy yo.

El guarda del aparcamiento levantó la barrera y los saludó con la mano cuando salieron a la calle y giraron a la derecha.

—Acordaos —dijo el Saharaui—. Para salir de Marrakech, Avenue du Président Kennedy. Derecho, derecho, hasta N8, la carretera de Esauira.

—Huy —dijo la Chata—, creo que esta noche me vas a tener que hacer un mapa.

Poco a poco, fueron dejando atrás los barrios de Marrakech. El Saharaui les iba señalando:

—Farmacia... Mercado... Árbol bonito.

Mucho antes de llegar a Chichaua apuntó con el dedo a una señal de limitación de velocidad.

—Es como todas —se oyó desde atrás la voz de la Yunque.

—No. Arriba está torcida, ¿ves? A partir de aquí, más despacio, mirando el borde de la carretera. Mira ahí delante, a la derecha. ¿Ves las piedras? ¿Las veis todas?

Al borde del asfalto alguien se había entretenido en hacer una torrecilla de piedras. No tendría más de veinte centímetros de diámetro en la base, e iba adelgazando a medida que ascendía, hasta alcanzar medio metro.

—Ésta es la señal más importante —dijo el Saharaui, y giró el volante—. Aquí, fuera de la carretera. Ahora sigues las marcas de ruedas en la tierra. ¿Ves? Hay muchas.

Hizo rodar despacio el minibús por el terreno desigual. Un par de coches desvencijados se cruzaron con ellos, dejando atrás una gran polvareda.

—¿Adónde coño nos llevas? —preguntó el Guapo.

—Al campamento. Ahí delante, ¿ves?

A unos doscientos metros había una pequeña agrupación de arganes. Bajo las ramas de aquellos árboles escasos de hojas estaban aparcados una decena de vehículos. La mayoría eran viejos Mercedes y Peugeot. Aquí y allá, bajo las exiguas sombras, las familias se reunían en torno a mantas que hacían las veces de manteles y camas, y los niños jugaban a trepar por los árboles.

El Saharaui apagó el motor.

—Vamos a dar un paseo para que veáis bien el sitio.

Bajaron del minibús y pasaron entre las personas que descansaban a la sombra. El Saharaui las iba saludando en árabe y ellas le respondían mientras miraban con curiosidad a sus acompañantes.

Un hombre que estaba tumbado en una de las mantas mientras su esposa preparaba el té se incorporó a medias.

—Españoles, ¿eh? ¡Mirad ahí delante, el río!

Un poco más allá de los árboles, al cobijo de una pequeña depresión, corría perezosamente un arroyo cristalino. Medía unos dos metros de ancho. El Yunque introdujo la mano en el agua y comprobó que no superaba los veinte centímetros de profundidad. La Chata se quitó las sandalias y se metió hasta que se mojó los pantalones. La Chiquitina y la Yunque la imitaron.

—Está fresca —comentó la Yunque—. ¿Se puede beber?

—Mejor no —respondió el Saharaui.

—¿No correrán peligro aquí ellas solas, de noche? —objetó en voz baja el Chato.

El Saharaui se encogió de hombros.

—Menos que en cualquier otro sitio. Nadie viene aquí cuando se va el sol.

—¿Damos un paseo? —preguntó la Yunque.

—¿Por dónde? —respondió su novio sin ganas—. Hace un calor de la hostia.

—Podemos descalzarnos y caminar por el río, hasta donde lleguemos.

El Chiquitín se sumó entusiasmado.

—Sí, Guapo. Vamos por el río, así estaremos más frescos.

El Guapo miró al Saharaui.

—¿Te quedas vigilando?

—Seguro. Ve, ve.

Dejaron los zapatos en la orilla, se remangaron los pantalones y echaron a andar hendiendo el agua con las pantorrillas. El sol amarillo iluminaba todas y cada una de las pequeñas olas que levantaban y el canto de las chicharras los acompañaba desde los arbustos polvorientos. Caminaban con la cabeza inclinada, escrutando los guijarros del fondo. De repente, el Chiquitín echó a correr, salpicándolos a todos.

—¡Venga, una carrera! —gritó, e inmediatamente un ataque de tos lo obligó a detenerse.

Los demás aprovecharon para dar patadas contra el agua y empaparlo. El Chato perdió el equilibrio y cayó de culo en el regato. Un coro de risas estalló a su alrededor.

—Deberíais probarlo —dijo el pelirrojo, chapoteando como un niño—. Aquí se está fresquito.

El Chiquitín agarró al Yunque, lo zancadilleó y lo tiró a la corriente. Luego miró al Guapo.

—Ni se te ocurra —le advirtió éste.

Pero el Gigante también lo tumbó.

—¡A por las chicas —gritó el Chato—, a por las chicas!

Ellas gritaron e intentaron alcanzar la orilla, pero también acabaron en el agua. Una histeria alegre y bulliciosa, un concierto de risas y brillantes gotas de agua los acompañaba. Olían los arbustos y la tierra mojada. Por un rato, todos se sintieron felices.

Volvieron media hora más tarde. Estaban empapados y sonrientes. El sol era un anillo en el horizonte y una luz melancólica iluminaba el paisaje.

La última familia estaba guardando en el coche las mantas, las teteras, los vasos, los platos...

—Se han bañado —les dijo el hombre de la manta—. ¿Bueno el paseo?

—Muy bonito —respondió la Chata—. Tenéis un país muy bonito.

—Gracias, señora, gracias.

El Saharaui apagó la radio y el aire acondicionado y descendió del minibús. Se despidió con la mano de los que se marchaban.

—¿Qué te parece el sitio? ¿Bueno?

El Guapo se encogió de hombros.

—No está mal. Mientras no aparezca nadie.

—Es de noche. Ellas apagan las luces y con los cristales oscuros nadie ve dentro.

24

Michel se metió en la primera boca de metro que encontró. Consultó un mapa que había en la pared. No llevaba dinero, así que saltó sobre el molinete, bajó al andén y tomó un tren.

Cuando, tres cuartos de hora más tarde, salió del suburbano, estaba en el otro extremo de la ciudad. Era mediodía y sus tripas gruñían como perros, reclamando alimento. Se remetió la camisa, se peinó con los dedos y se sentó en la terraza de un bar.

El camarero no le hizo esperar mucho. Era un muchacho delgado y pálido con acento del Este.

Le pidió una ensalada, un filete con patatas y una cerveza. Había otros clientes en la terraza, así que el camarero entraba y salía continuamente, trayendo y llevando platos en una bandeja de latón.

Al terminar de comer lo llamó y le pidió una botella de agua y la cuenta. En cuanto el muchacho desapareció en el interior del bar, se levantó y caminó sin apresurarse hasta doblar la primera esquina. Entonces echó a correr. Corrió por el dédalo de calles hasta desembocar en un parque. Estaba empapado en sudor.

Un hombre daba de beber a su perro en una fuente. Mantenía pulsada la llave del agua mientras el animal atacaba el chorro con grandes lengüetazos.

—¿Es potable? —le preguntó él.

—Eso pone ahí —el tipo señaló un cartel situado sobre el grifo.

El perro se apartó, relamiéndose, y el hombre cortó el chorro. Tiró de la correa y el animal echó a andar de mala gana tras él.

Michel ocupó el lugar del perro. Tras refrescarse, miró alrededor. El parque estaba vacío bajo la solana. En los sufridos árboles no se movía una hoja. Vio una botella grande de Coca-Cola asomar de una papelera. La lavó a conciencia, la llenó de agua y echó a andar mirando los coches aparcados. La mayoría tenían el volante asegurado con dispositivos antirrobo. Se detuvo junto a un viejo Ford negro con tantos años encima que su dueño no había considerado necesario tomarse la molestia de instalarle uno de aquellos artilugios. Se fijó en la etiqueta pegada en el parabrisas: hacía sólo dos meses que había pasado la ITV. Miró a su alrededor: nadie. Se sentó sobre el capó ardiente e hizo bascular el vehículo, atento por si saltaba alguna alarma, pero nada ocurrió. Dejó la botella sobre el techo del coche y anduvo arriba y abajo, inspeccionando el suelo. Al fin, recogió una gran piedra y la sopesó en la mano. Volvió a mirar alrededor y la estrelló contra la ventanilla del conductor.

El vidrio estalló en una miríada de fragmentos verdosos. Algunos saltaron a la acera, pero la mayoría cayeron en el asiento. Tiró la piedra en la acera, cogió la botella de agua y se sentó sobre los cristales. Se agachó para sacar los cables del encendido. Dos minutos más tarde, el Ford arrancó.

Michel rodeó el parque y se detuvo en el extremo opuesto. Miró el indicador de gasolina: algo más de medio depósito. Abrió la guantera y extrajo la carpeta del seguro. Con ella barrió los trozos de cristal del asiento y arrancó los que aún sobresalían de la ventanilla. Sacó la alfombrilla y la sacudió para deshacerse de las últimas esquirlas. Volvió a colocarla e intentó encender el aire acondicionado, sin éxito. Se abrochó el cinturón de seguridad y metió primera.

Tras media hora dando vueltas, logró incorporarse a la carretera de Barcelona. Echó un trago de la botella de agua y pisó el acelerador.

25

La Guapa estaba tumbada en el sofá, atada con las cuerdas de su propio tendedero. Jean Baptiste le había introducido un trapo en la boca y se lo había sujetado anudándole el cinturón del albornoz en torno a la cabeza. Sus ojos mostraban miedo y dolor.

Él se hallaba sentado en un sillón frente a ella, inclinado hacia delante, con los codos apoyados en las rodillas y presionándose las sienes con las manos. Sobre la mesa baja había un frasco de Gelocatil abierto, un vaso de agua y un largo cuchillo de cocina.

—¿Te acuerdas de mí? —le preguntó.

La Guapa asintió con ojos de terror.

Él hizo un gesto de dolor, pero se repuso enseguida. La mujer emitió un sonido nasal y señaló sus ligaduras con los ojos. Él hizo caso omiso.

—He tenido un problema. Un pequeño problema que puede desatar grandes catástrofes si no desaparezco durante un tiempo. ¿Comprendes?

La Guapa volvió a gemir.

—Sí, ya sé que las cuerdas aprietan, pero tiene que ser así. Disculpa que te haya dejado casi desnuda, pero no creo que con este calor eso sea un problema. Así puedo ver si tienes los nudos bien atados y evitamos engorros cuando necesites ir al baño. —Hizo un gesto con la mano—: En el otro sentido, no debes preocuparte lo más mínimo. El sexo... es hoy la última de mis preocupaciones.

Bebió un sorbo de agua. Estaba pálido y le temblaban las manos.

—Quiero que entiendas una cosa —la miró fijamente—. Es lo más importante que voy a decirte, así que grábatelo a fuego en el cerebro: si a mí me pasa algo... Si me detiene la policía o me ocurre cualquier otra desgracia, tu marido es hombre muerto. ¿Lo has entendido?

La mujer asintió con vehemencia.

—Bien. Todo lo que necesito es descansar unas horas. Dormir. En cuanto me reponga me marcharé y no volverás a saber de mí. Me temo que, en estas circunstancias, me resultará un poco difícil cerrar el negocio con tu marido tal y como estaba previsto. —Se encogió de hombros—: Pero, en el peor de los casos, él se quedará con seis millones en joyas. Si no hace locuras, puede convertirlos en un buen pellizco.

Se levantó y fue a la cocina para llenar el vaso de agua. Cuando volvió, la Guapa había logrado sentarse en el sillón. El albornoz se le había abierto. Jean-Baptiste vio sus pechos hinchados, los pezones oscuros, la tripa tensa como la piel de un tambor y la línea marrón que descendía desde el ombligo hasta el vello púbico. Se acercó, ajustó las solapas para cubrirla y le apartó con ternura el pelo de la cara. Luego recogió el cuchillo de la mesa.

—Si me juras que no vas a gritar, te quito la mordaza. Pero si intentas jugármela —añadió—, te corto el cuello.

La Guapa volvió a asentir.

—Bien.

Sujetó el cuchillo entre los dientes y deshizo el nudo. Cuando le sacó el trapo de la boca, ella sufrió una arcada y empezó a toser. Jean-Baptiste le acercó el vaso de agua a la boca; temblaba tanto que la mitad del líquido se derramó.

Volvió a su sitio y dejó el cuchillo sobre la mesa, mientras observaba cómo ella se iba recuperando.

—¿Mejor?

La Guapa no contestó. Aún tosía de vez en cuando y tenía los ojos llenos de lágrimas por el esfuerzo.

—El niño, por favor —dijo a punto de llorar—. Me duelen las muñecas. No me circula la sangre.

Él se levantó y comprobó las ligaduras.

—No —dijo—. No tienes los dedos morados. La sangre circula perfectamente.

Al volver a su asiento, se tambaleó y tuvo que apoyarse en la pared.

—Necesito dormir —murmuró—. Recogió el cuchillo y la ayudó a levantarse. Entre los nudos que ceñían los tobillos le había dejado un margen de cuerda de unos veinte centímetros, de modo que ella podía caminar con pasitos muy cortos, como una anciana. La sujetó del brazo y la llevó hacia el dormitorio. La Guapa inició una protesta:

—Por favor, el niño...

Él le puso el cuchillo ante los ojos.

—Necesito dormir —repitió—. Vamos.

26

El Guapo durmió mal. A las siete de la mañana ya estaba desayunando. En el comedor sólo unas pocas mesas estaban ocupadas por una expedición de turistas ingleses, entre los que distinguió a las dos parejas que había visto el día anterior en la Yemáa El Fna. Cuando acabó, dio una vuelta por el hotel. El hombre que limpiaba la piscina con una larga pértiga ni siquiera lo miró. Cruzó la recepción y salió al exterior. Encendió un cigarrillo y, mientras lo consumía a grandes caladas, observó el minibús. El Saharaui lo había aparcado junto a un muro para protegerlo del sol hasta el mediodía.

Tiró la colilla al suelo, la pisó con la zapatilla y volvió a entrar en el hotel.

—*Il fait chaud aujourd'hui!*

Se volvió; el recepcionista le sonrió con complicidad.

—¿Qué?

—Hoy —respondió, señalando el exterior, hacia el cielo—. Mucho calor después.

—Ah, sí.

Entró en el ascensor y regresó a la habitación. Desplegó sobre la cama el mapa de la ciudad y lo estudió durante media hora. A cada rato levantaba la cabeza y cerraba los ojos, intentando recordar lo que acababa de ver. Luego marcó el número del Saharaui en el móvil.

—Oye, quiero ver el sitio por el que vamos a entrar a las alcantarillas... No, el minibús se queda aquí, y recuerda que tienes que cambiarlo de sitio antes del mediodía. Vamos en taxi... Ahora. Ya.

Quince minutos después se hallaban a bordo de un viejo Mercedes cuyo conductor hacía sonar la bocina cada pocos metros. El Guapo iba pendiente de la ruta que seguía el vehículo entre el tráfico ya nutrido a esa hora de la mañana. El Saharaui tenía todavía el cabello mojado y los ojos hinchados: él sí parecía haber dormido bien.

Se inclinó hacia delante y tocó el hombro del chófer. Le habló en árabe y el otro asintió y arrimó el coche a la cuneta. El Guapo se bajó mientras su compañero pagaba la carrera.

—¿Es aquí? —preguntó mientras el taxi se alejaba. Alrededor sólo había un grupo de chabolas de las que salían regueros de agua sucia. Unos niños semidesnudos jugaban entre la basura y una cabra devoraba un trozo de cartón.

—Un poquito más adelante. Paramos aquí para que el taxista no vea, ¿comprendes?

Cruzaron la carretera y echaron a andar sobre la tierra roja, alejándose de las cabañas. Un poco más adelante torcieron a la izquierda y siguieron un muro de adobe sobre el que asomaba un palmeral. A quinientos metros, el muro volvió a torcer a la izquierda y ante ellos apareció un gran huerto sembrado de árboles frutales. A su sombra, siguiendo una complicada geometría, crecían todo tipo de hortalizas. Quienes cultivaban el amplio terreno no habían desperdiciado un solo metro cuadrado.

El Guapo calculó que aquel espacio debía de tener un kilómetro de largo por quinientos metros de ancho.

—¿Dónde está la alcantarilla?

El Saharaui se encogió de hombros.

—Eso lo sabe el Pocero.

El Guapo echó a andar por el borde del huerto, intentando atisbar entre las plantas, pero sólo vio estrechos canales de riego. Un niño montado en un burro se acercaba a ellos.

—Amigo —dijo el Saharaui—, mejor nos vamos. No es normal un extranjero aquí.

El Guapo escupió por el diente mellado. Se puso las gafas de sol y ambos volvieron por el mismo camino.

El conserje del hotel tenía razón: el calor comenzaba a apretar.

27

—Hoy no, Chiquitín —dijo el Yunque.

—Pero es que si no se me va a olvidar —protestó el gigante.

El Yunque se levantó de la tumbona y se zambulló en la piscina. Estuvo haciendo largos hasta que su mujer consiguió llamar su atención. Nadó hasta el borde y apoyó los brazos en él.

—¿Qué pasa? —preguntó guiñando los ojos.

—Te ha llamado tu amigo —respondió ella con una sonrisa irónica—. Quiere que subas a su habitación a-ho-ra-mis-mo.

Mientras lo veía alejarse poniéndose la camiseta sobre el torso mojado, comentó en voz alta:

—Ahí va, al despacho del rey.

La Chiquitina sonrió.

—¡Qué mala eres!

—Y esos dos. —Señaló con la barbilla al Chato y al Chiquitín, que se habían instalado en el chiringuito ante un par de cervezas—... A la sombra, esperando órdenes.

—¿Dónde está el Saharaui? —preguntó la Chata desperezándose.

—Otro que tal baila —dijo la Yunque con amargura—. Ése es el correveidile.

—A mí me cae bien.

La Yunque la miró con dureza.

—No hay nadie que no se haya dado cuenta. Incluido tu chico.

La Chata se puso las gafas de sol y ahogó un bostezo.

—¡Qué tontería!

—¿Tontería? Tío que ves, tío que tienes que follarte. —Los tendones se marcaban en el cuello de la Yunque—. Pero ¿a ti qué te pasa? Y ahora con el moro. ¡A saber dónde la habrá metido ése! Vas a acabar con gonorrea o algo peor. Tía, tú no tienes vergüenza.

—Oye, oye... —La Chata levantó un dedo amenazador—. No te pases conmigo.

—Ni oye ni leches. Como te vea rondando a mi chico te rajo, mira lo que te digo. Te rajo y echo tus tripas a los cerdos.

—¡Chicas, chicas! —intentó aplacarlas la Chiquitina—. ¡Que nos está mirando la gente!

—¿Y a mí qué demonios me importa la gente? —La Yunque miró desafiante a su alrededor.

—Hoy estamos todos con los nervios de punta. —La Chiquitina se volvió hacia la Chata—: ¿No ves la cara que tiene tu pobre chico? Yo sé que lo haces sin mala intención, pero estos días deberías contenerte un poco y dejar de martirizarlo...

—Pero ¿de qué coño hablas?

—¡Del tuyo! —le espetó la Yunque en tono tajante—. De que te lo cosas y dejes de joder por unos días.

—¡Sois gilipollas!

La Chata se levantó, arrojó las gafas sobre la toalla, se ajustó la goma del biquini y saltó al agua. Desde allí le hizo señas a su novio. El pelirrojo dejó la cerveza a medias, se zambulló y braceó hacia ella.

—Cornudo con gusto —masculló la Yunque—. Se tumbó y cerró los ojos.

Diez minutos más tarde la despertó su novio, completamente vestido, y le entregó la llave de la habitación.

—¿Adónde vas?

—A hacer un recado —dijo, dándose ya la vuelta—. Vuelvo en una hora.

—Por mí como si no vuelves —repuso ella, colérica.

Poco después apareció el Guapo. Divisó al Chato jugando en el agua con su novia. Se acercó al borde y lo llamó, imperativo. Luego echó a andar hacia el chiringuito, donde estaba el Chiquitín.

—Hola, tío —dijo el gigante.

El Guapo llamó al camarero con un grito. Cuando se volvió, alzó tres dedos.

—*Coca-Cola! Three Coca-Cola!*

Apartó la cerveza del Chiquitín.

—No más alcohol por hoy.

La Yunque y la Chiquitina los observaban. Estaban sentados con las cabezas muy juntas, los tres muy serios. El Guapo hablaba y los otros dos asentían. La Chata salió del agua, se escurrió el pelo y se echó bocabajo en su tumbona sin dirigir la palabra a las otras dos.

28

Jean-Baptiste se despertó sobresaltado. La luz iluminaba la cómoda y el colchón desnudo. Intentó darse la vuelta, pero algo tiró
de su muñeca. Miró: era una cuerda. Entonces oyó la voz que lo
había despertado.

—¡Eh, señor! ¡Tengo que ir al baño!

Vio a la mujer a su lado. Achicó los ojos, como si intentara
recordar algo. Luego los abrió completamente. Intentó incorporarse, pero la cuerda volvió a tirar de su muñeca.

—¿Cuánto tiempo he dormido? —preguntó con voz pastosa.

—Mucho. Oye, no aguanto más. Si no voy al baño me meo
en la cama.

El hombre deshizo el nudo de su muñeca y se puso en pie.
Estaba completamente vestido. Ni siquiera se había quitado los
zapatos. Rodeó la cama y ayudó a la Guapa a incorporarse. La
tomó del brazo y la acompañó hasta el baño.

—¡Joder! ¿Te vas a quedar aquí?

Jean-Baptiste no respondió. Abrió el grifo del lavabo y se re-
frescó la cara con agua fría. Luego empezó a registrar los cajones
y las estanterías.

—¿Qué estás buscando? —preguntó la Guapa. Estaba sentada en el retrete, atada de pies y manos.

—Unas tijeras, una maquinilla de afeitar, tinte para el pelo.

En un cajón halló unas tijeras de manicura y una maquinilla
de afeitar de color rosa.

—¿Tienes espuma?

—Esa maquinilla es para los pelos de las piernas.

—Ya. Pero ¿tienes espuma?

—No, eso se hace con el jabón del baño.

—¿Y tinte para el pelo?

—¿Es que me ves alguna cana?

Jean-Baptiste empuñó las tijeras y comenzó a cortarse la barba.

—Oye, ¿no me irás a dejar aquí sentada?

Él se detuvo un momento.

—Si no te callas, vuelvo a ponerte la mordaza.

Cuando terminó con la barba, siguió con el cabello. Era una tarea trabajosa, con aquellas pequeñas tijeras.

En el salón arrancó a cantar David Bisbal. El hombre dio un respingo y se volvió rápidamente hacia la puerta.

—Es mi teléfono —dijo ella.

La ayudó a levantarse del inodoro y a caminar a pequeños pasos hasta el salón. El móvil ya había dejado de sonar. Jean-Baptiste lo encendió, vio un número largo y se lo mostró.

—¿De quién es este número? —la zarandeó. Tenía la cara y la mitad de la cabeza llenas de trasquilones. Parecía sacado de una película de terror.

La Guapa miró la pantalla.

—No lo sé, pero la última vez que vi un número tan largo era de la policía.

Él arrugó el ceño con extrañeza.

—¿La policía? ¿Te ha llamado la policía?

La mujer tragó saliva y desvió la vista.

—Llamaron ayer para preguntarme por un vídeo que había en la red...

Jean-Baptiste se llevó las manos a la cabeza.

—¡Michel!

29

El Saharaui sacó del fondo de su maleta la vieja chilaba de rayas, el turbante negro, las gastadas sandalias y las gafas de miope que había guardado en Madrid, y los colocó sobre la cama. En la riñonera introdujo los tres pasaportes: el marroquí, el español y el argelino, y los fajos de dinares, dírhams y euros. Encima puso el mapa de Marruecos y Argelia, el pequeño bloc y el bolígrafo. Introdujo la riñonera en la mochila, cerró ésta con cremallera y la guardó en el armario.

Se sentó en la cama y colocó el ordenador sobre sus rodillas. Lo encendió y, como la vez anterior, abrió varias carpetas antes de pinchar en el icono del correo. Enseguida vio un mensaje del remitente A7%0*G^TER22″. Lo abrió y aparecieron cuatro líneas de letras, números y símbolos. Una vez las hubo desencriptado, leyó: «Contratiempo huido del hospital. Mensajero muerto. Mujer de G. en su casa. Hazlo hoy y vete.»

El Saharaui minimizó la ventana del correo y abrió la de Google. Escribió «hospital madrid muerto». La cuarta entrada decía: «Hombre abatido a tiros en La Paz.» Pinchó en ella y comenzó a leer.

Un hombre ha sido abatido esta mañana por disparos de la policía en el hospital La Paz, de Madrid, tras mantener un tiroteo con las fuerzas del orden. Dos agentes fueron alcanzados por sus balas, pero sólo resultaron heridos leves gracias a que llevaban chalecos blindados. El individuo, que no portaba documentación, había llegado al centro hospitalario unos minutos antes y había preguntado por un interno que acababa de darse a la fuga, lo que hizo sospechar a los agentes, que trataron de identificarlo. Entonces sacó su arma y abrió fuego.

El interno fugado estaba al parecer pendiente de ser sometido a interrogatorio. El Ministerio del Interior se ha negado a revelar los motivos por los que se hallaba detenido, aunque fuentes hospitalarias declararon a este periódico que había sido trasladado el día anterior desde el aeropuerto de Adolfo Suárez-Barajas con traumatismo craneoencefálico.

El tiroteo provocó el pánico entre las numerosas personas que se hallaban en el hospital en ese momento. Varias de ellas tuvieron que ser atendidas por ataques de ansiedad...

El Saharaui comprobó la fecha de la noticia: era del día anterior. Se limpió el sudor del rostro con la manga de la camisa; los largos dedos le temblaban al manejar el ratón. Había otras noticias similares.

Dejó el portátil sobre la mesa baja, abrió la nevera y cogió una botella de agua que se bebió a gollete. Luego se acercó a la ventana y espió la piscina a través de los visillos. La mayoría de los clientes del hotel se hallaban en un extremo del césped. En el otro extremo, el Guapo gesticulaba y golpeaba la mesa del bar con un dedo mientras el Chiquitín y el Chato asentían. La Chiquitina caminaba con el agua a la cintura por la parte menos profunda, y la Yunque y la Chata tomaban el sol en las hamacas, separadas una de la otra varios metros.

Se sentó ante el ordenador y escribió: «Será esta noche y saldré antes de que amanezca.» Pulsó enter y esperó hasta que recibió el aviso de que la encriptación había sido completada. Copió el texto encriptado y lo envió. Luego eliminó ambos correos: el recibido y el enviado.

Guardó el ordenador en el fondo de la maleta, colocó sobre él la mochila y cerró la maleta con la combinación. Se lavó la cara, se cambió de camisa y salió de la habitación.

En el pasillo se encontró con el Yunque. Parecía turbado.

—Hola, amigo, ¿no bajas a la piscina?

—Ahora iré —respondió el otro, tratando de ocultar un paquete alargado envuelto en papel de estraza—. Tengo que pasar antes por la habitación.

—Claro, claro. Yo voy a mover el autobús para que no le dé el sol. Adiós.

Cuando se detuvo frente al ascensor, pudo ver de reojo al Yunque abriendo la puerta de su habitación con una mano y sujetando el paquete con la otra.

30

—Me topé de frente con ellos en una de esas callejuelas. Ella me vio la primera, pero hizo como si no me reconociera. Pero él se vino derecho hacia mí. Me dijo: «¡Hombre, qué pasa!», y me dio una palmada en el hombro, una palmada demasiado fuerte, ya sabes, como cuando quieres acojonar al otro. «¿Dónde os alojáis, eh?» Yo estaba un poco sorprendido, no caí en la cuenta y se lo dije. Y entonces va el tío y acerca su cara a la mía, así, de lado, para que su novia pudiera ver lo macho que era: «Pues dile al Guapo que esta tarde voy a hacerle una visita.» La novia intenta llevárselo, tirándole del brazo: «Venga, Jordi, déjalo ya», le decía. Y él, dejándose llevar, pero como si se resistiera: «¡Dile que esta tarde! ¡Que me espere, que tenemos que hablar, eh!»

El Guapo había abierto mucho las aletas de la nariz y su boca se había convertido en una raya.

—¿Te dijo en dónde se alojan ellos?

—Es que no tuve ocasión de preguntárselo. —El Yunque se encogió de hombros—. Todo pasó en un momento: el tío aparece con sus gafas rojas... Luego pensé: «Tendría que haberle dado una hostia.»

—No. Hiciste bien. —El Guapo escupió por el diente mellado—. Ese gilipollas es capaz de presentarse aquí y joderlo todo. Tenemos que largarnos ya.

—Pero, tío —el Yunque miró su reloj—, es la una de la tarde y no hemos quedado con el Pocero hasta las nueve. No hemos preparado nada y ni siquiera hemos comido.

—Pues vamos a comer y a prepararlo todo. Díselo a tu chica. Yo aviso a los demás.

—¿Y adónde coño vamos hasta las nueve?

—Al sitio en el que estuvimos ayer. Así las chicas se acostumbran al camino.

La Yunque no recibió la noticia con buena cara. Estaba recién duchada, con el pelo chorreando. Iba del armario a la cama, haciendo la bolsa para pasar la noche fuera.

—Tenemos que salir con el rabo entre las piernas porque el niño tiene que escapar de un mierdecilla cabreado. Cabreado, además, con razón. El niño, que tiene a su mujer embarazada de siete meses. El día más importante, cuando todos tenemos que estar tranquilos, ese capullo nos mete en un lío de cojones. ¿Por qué no espera a que llegue el cataluño, se van a un descampado y se da de hostias con él? No puedo con ese chulo que en cuanto...

El Yunque sacó el paquete alargado que había comprado y lo metió en un costado de la bolsa.

—Llévame esto, luego te lo pido.

—¿Qué es?

—Tú déjalo ahí, que esta tarde lo cojo.

Ella se cruzó de brazos y se plantó junto a la bolsa.

—O me dices qué es o, desde luego, eso en mi bolsa no va. Te lo juro.

El Yunque meneó la cabeza con desesperación. Metió la mano en la bolsa y volvió a sacar el paquete.

—Es un cuchillo, ¿vale? ¿Quieres verlo? —Lo desenvolvió bruscamente y lo sostuvo en la palma de la mano—. Pues aquí lo tienes.

Ella miró con los ojos muy abiertos la brillante hoja de acero, de unos quince centímetros.

—¿Y para qué necesitas un cuchillo? Me dijiste que no iba a haber violencia, que iba a ser un trabajo limpio, eso me dijiste. —La voz se le quebró.

—No, no, flaca, por favor, no te asustes. —La ayudó a sentarse en la cama—. Es sólo por precaución. No sabemos qué podemos encontrarnos en las alcantarillas.

—¿A que te ha dicho el Guapo que lo compraras?

—No, lo he comprado yo.

Ella se puso en pie, airada.

—¡No me mientas!

—Bueno, joder, me dijo que estaría bien tener uno...

—¿Y por qué no lo lleva él?

—¿Qué más da? Él lleva otras cosas. —La abrazó con fuerza—. Venga, flaquita, no te pongas nerviosa.

—¿Para esto hemos venido? —sollozó—. No me gusta nada lo que está pasando.

—A lo mejor tienes razón —susurró él— y no debí traerte.

—Si pasa algo nos lo vamos a comer nosotras. Bien que el Guapo ha dejado a su chica en Madrid.

—Mujer, está embarazada...

31

Jean-Baptiste se había rasurado toda la cabeza. Había gastado en ello los tres juegos de cuchillas que guardaba la Guapa. Sólo le quedaban las pestañas. Incluso las cejas habían caído bajo la maquinilla. El hombre elegante parecía ahora un extraterrestre o un anciano enfermo. Un hematoma le cubría la parte posterior del cráneo.

—La policía va a volver a por ti para interrogarte —le dijo a la Guapa—. No sé cómo no ha venido ya. Sólo te pido que me des un par de horas. Eso será...

La música de Bisbal lo interrumpió. El teléfono de ella bailaba sobre la mesa de la cocina.

—Es mi marido —dijo ella mirando la pantalla.

Él dudó un instante, cogió el aparato y, echando mano del cuchillo, la advirtió:

—Cuidado.

Descolgó y pulsó el icono de manos libres.

—Hola, cariño —saludó la Guapa, echándose hacia delante para estar más cerca del micrófono. Las manos atadas le temblaban violentamente.

—Hola, Gorda. ¿Cómo va todo?

A ella se le llenaron los ojos de lágrimas.

—Con mucho calor.

—Aquí también pega. Gorda, ya no voy a poder llamarte hasta mañana. Vamos a coger el autobús y empieza el baile.

Ella pugnó por contener el llanto. Jean-Baptiste le sacudió el hombro.

—¿Estás ahí? —se extrañó él.

—Sí, sí. ¿Estás seguro de todo?

—¿Cómo?

Miró de reojo a su secuestrador.

—Digo que si todo va bien o hay algún problema.

—No, no hay ningún problema. ¿Por qué lo dices?

Volvió a mirar al Joyero, que la urgió con un gesto a responder.

—Hombre, pues porque... Vas a hacerlo hoy, ya sabes.

—No, no hay ningún problema. ¿Cómo está Eduardo?

—Dando patadas. —Le temblaba la barbilla. El albornoz había vuelto a abrirse—. Yo creo que va a ser futbolista, como tú querías.

—Oye, tengo que dejarte. Te llamo mañana, cuando vuelva al hotel. Hasta entonces no me llames, ¿vale?

—Vale, cari. Mucha suerte. Te quiero.

Jean-Baptiste apagó el teléfono y lo alejó de la Guapa, que había estallado en llanto. Meneó la cabeza calva y dijo:

—Tendrá éxito, seguro. Es una pena que no pueda quedarme para comprar las joyas.

Cogió dos bolsas del supermercado, abrió la alacena y comenzó a llenarlas. Elegía cuidadosamente cada producto: aceitunas, atún, sardinas... Luego fue a la nevera y cogió cinco Coca Colas.

La llamada del interfono lo paralizó. Se miraron y ambos vieron su miedo reflejado en el rostro del otro.

—Yo no espero a nadie —dijo ella muy rápido.

Él cogió el cuchillo y se lo puso en la garganta, mientras con la otra mano le tapaba la boca.

—Ni un ruido —susurró.

El interfono aún sonó varias veces antes de callarse. Esperaron un rato. Jean-Baptiste empezaba a retirarle la mano de la boca cuando oyeron pasos en el rellano. Al instante sonó el timbre. Fue un sonido estridente, poderoso, que alcanzó hasta el último rincón del piso e hizo vibrar los nervios de ambos. El hombre estaba inclinado sobre la Guapa, echándole el aliento caliente en la oreja. Era el aliento rancio de un viejo.

Se oyeron voces masculinas, con tanta claridad como si sonaran en el interior de la casa:

—Nada. Habrá salido.

—¿Quieres forzarla?

—No, mejor esperamos abajo.

Las voces se alejaron, acompañando a los pasos, por la escalera:

—...calor...

—...en el bar...

Jean-Baptiste se acercó a la terraza, pero nada podía ver sin asomarse.

—Desde la ventana del dormitorio —susurró la Guapa.

Oculto tras los visillos, vio salir del portal a dos hombres jóvenes. Ni sus camisetas ni sus vaqueros los delataban como policías, pero sí sus riñoneras. Cruzaron la calle y se dirigieron hacia un coche blanco aparcado en doble fila. Uno de ellos señaló hacia el bar que había unos metros más arriba. El otro pareció resistirse, pero acabó por seguirlo.

El Joyero esperó a que entraran en el establecimiento y volvió a la cocina. La Guapa no se había movido del sitio.

—¿Dónde está la ropa de tu marido?

—En el armario del dormitorio. ¿Por?

La ayudó a levantarse. Mientras caminaban por el pasillo, le preguntó:

—¿Tiene alguna camisa vieja?

—No usa camisas, sólo camisetas.

Abrieron el armario. Efectivamente, el vestuario del Guapo consistía en un amplio surtido de camisetas, vaqueros y cazadoras.

Jean-Baptiste comenzó a revolver entre la ropa.

—¿No habrá al menos una camiseta lisa?

—Hay una blanca, un poco más a la derecha.

La encontró y se la puso delante, para calcular su tamaño. Le llegaba hasta la mitad de los muslos. Aun así, se quitó la camisa y se la puso. Se miró en el espejo y, tras un instante de duda, se la metió por la cintura del pantalón. Pareció satisfecho con el resultado.

—¿Tienes una gorra?

—Como no quieras una pamela...

Volvieron a pasos cortos por el pasillo. Él se detuvo en el cuarto de baño y cogió una caja de ibuprofeno y otra de paracetamol.

En el salón, le indicó que se sentara en el sofá y le cortó las ligaduras. Las cuerdas del tendedero le habían provocado moratones en las muñecas y en los tobillos. Mientras ella se los frotaba, él le comentó en tono de disculpa que le vendrían muy bien como coartada en caso de que la policía le preguntara dónde había estado en las últimas horas. La Guapa no contestó: se ciñó el albornoz para cubrirse y se encogió sobre sí misma. El Joyero le tendió el cuchillo con una media sonrisa:

—Te lo cambio por las llaves del coche y un poco de dinero.

Ella señaló con la cabeza:

—En la bandeja del recibidor —dijo, y volvió a masajearse los tobillos con gesto de dolor.

Él vació el monedero y se guardó las llaves en el bolsillo.

—¿Dónde está aparcado?

—Saliendo del portal a la izquierda, a unos treinta metros. Es un BMW...

—Lo conozco.

Cogió las bolsas y le tendió la mano formalmente. Parecía un jubilado enfermo con la compra del día.

Ella lo miró sin expresión y él se encogió de hombros y retiró la mano.

—Recuerda. Dos horas. Nos conviene a los tres: a ti, a tu marido y a mí. Si yo caigo, caéis vosotros.

32

El primero en ver a Jordi fue el Saharaui. Estaba sentado en el minibús con el aire acondicionado al máximo para que la cabina se enfriara antes de que subieran los demás. Un taxi se detuvo ante el hotel y de él se bajó el muchacho. Era inconfundible, con sus gafas rojas y su polo verde. Cuando pasó junto a la barrera del aparcamiento, el guarda ni se movió. El Saharaui bajó la ventanilla y lo llamó:

—¡Eh, amigo!

Jordi se paró y dudó un momento. Parecía que intentaba escudriñar el interior del vehículo a través de los cristales ahumados. Avanzó cautelosamente hacia él.

El Saharaui se bajó y cerró la puerta a su espalda.

—¿Qué tal el viaje a Fez? —preguntó sonriente.

Jordi no sonreía.

—¿Está el Guapo ahí dentro? —señaló con la cabeza el minibús.

El Saharaui lo miró, extrañado.

—No, aún no han salido. ¿Qué tal tu mujer?

Jordi no contestó. Echó a andar a través de la explanada hacia la puerta del hotel. El Saharaui volvió a subirse a su asiento de conductor, se puso las gafas de sol y lo siguió con la vista.

El muchacho oyó sus voces antes de verlos. Cruzaban el amplio hall justo por delante del mostrador de recepción, en dirección a la salida, donde él estaba.

El Guapo también lo vio. Se adelantó rápidamente al resto del grupo, que miraba sorprendido al recién llegado, y le dio un pisotón con todas sus fuerzas. No dudó un instante. El pie derecho del Guapo, vestido con una bota Panamá Jack, aplastó el empeine del muchacho con la fuerza de un bate de béisbol. El chico comenzó a gritar mientras saltaba a la pata coja. El recepcionista levantó la vista al tiempo que el Guapo decía:

—Huy, perdón.

Y seguía de largo. Tras él salieron los demás, sin mirar a Jordi, que se había sentado en el suelo y se sujetaba el pie con ambas manos. Tenía el rostro blanco y contraído por el dolor. El único que le prestó atención fue el recepcionista, que con un discreto gesto indicó a un botones que se acercara a ver qué diablos le pasaba a aquel tipo.

Cuando el minibús echó a rodar nadie se había asomado aún a la puerta del hotel. El Guapo, sentado junto al Saharaui, continuó mirando por los retrovisores hasta que cruzaron la barrera del aparcamiento y se incorporaron al tráfico.

—¡Muy bueno, jefe! —exclamó entonces el Chiquitín.

—El pobre catalufo va a tener que volver a su pueblo con la pata escayolada —se regocijó el Chato—. Espero que su novia sepa conducir, porque si no van a tener que dejar aquí su precioso coche y volver en avión.

—No entiendo nada —dijo la Chiquitina—. ¿Por qué le has pegado al pobre crío?

El Guapo no se volvió para responder.

—Porque «el pobre crío» venía a pegarme a mí. Y no le he pegado —añadió con una sonrisa malévola—; sólo le he pisado sin querer.

Desde el fondo llegó la voz tensa de la Yunque:

—¿Y por qué quería pegarte, Guapo? ¿No nos lo quieres contar?

Su novio intervino:

—Vale ya. Eso no es cosa tuya.

—¡Tú no me tapes la boca! —se revolvió—. ¿Qué le hiciste, eh, Guapo? ¿O fue a su novia?

—¡Vale ya, te he dicho!

—¡Tantas órdenes para que no llamemos la atención, y al final es él quien la lía persiguiendo un coño!

—¡Eh, eh! —protestó la Chata desde el asiento contiguo al del Saharaui—. ¡Que no me dejáis concentrarme en el camino! ¿Es ahí delante donde hay que girar a la derecha?

El Saharaui, que mantenía el rostro inexpresivo, habló con absoluta calma.

—No. Fíjate en que esa señal no tiene el borde doblado. La que tienes que buscar está un poco doblada por arriba. Estate atenta a ver si la localizas.

El Guapo apretaba las mandíbulas con tanta fuerza que parecía que las muelas le fuesen a estallar en cualquier momento. Giró la muñeca y miró el reloj.

—¡Las cuatro y cinco! —dijo—. ¡Sincronizad todos los relojes!

—Como si el tuyo fuera el que tuviera que estar bien —replicó la Yunque desde el fondo.

33

Jean-Baptiste salió del portal y torció hacia la izquierda. Su blanca cabeza rapada brillaba al sol como una bombilla; el hematoma era aún más llamativo que bajo la luz artificial. En cada mano llevaba una bolsa de supermercado con sus provisiones. Había recorrido unos diez metros cuando oyó a alguien correr tras él.

—¡Caballero, caballero!

Se volvió lentamente. No tenía ninguna posibilidad de huir: el policía era un joven alto y atlético y le habría alcanzado en tres zancadas. Se encorvó un poco más y echó los hombros hacia delante, de modo que la camiseta pareció quedarle aún más holgada.

—Disculpe, ¿vive usted en ese portal?

—No.

—Pero acabo de verle salir.

—Ahí vive mi hermana.

El agente asintió.

—¿Conoce usted a la vecina del cuarto D?

El Joyero negó con la cabeza.

—Sólo vengo de vez en cuando —mostró las bolsas que llevaba en las manos—, a por comida.

El agente les dedicó una mirada rápida.

—¿En qué piso vive su hermana?

—En el primero A. Pero ahora está durmiendo la siesta. Se ha pasado la noche cuidando a su marido en el hospital. —Y, casi conteniendo un sollozo, añadió—: Y encima también se ocupa de mí.

El policía miró al suelo y se rascó la barbilla.

—Muchas gracias —dijo finalmente.

Jean-Baptiste asintió, se dio la vuelta y siguió caminando, ahora a pasitos cortos y arrastrando los pies. Al llegar a la altura del coche del Guapo miró hacia atrás. El agente entraba en el bar. Desde allí, el BMW rojo era perfectamente visible. Se agachó e hizo como si estuviera atándose un zapato mientras miraba a su alrededor. Volvió a ponerse en pie y siguió andando y alejándose del coche. Entonces un autobús azul apareció desde una calle lateral, se detuvo y abrió las puertas. Ocultaba completamente el bar.

El anciano compungido pareció recibir una descarga eléctrica. Mientras los viajeros bajaban y subían, abrió el coche, echó las bolsas de provisiones sobre el asiento del copiloto y retiró la barra de seguridad del volante. Terminó justo a tiempo para asomar el morro y obligar al autobús a detenerse. El conductor, enfadado, hizo sonar la bocina, pero Jean-Baptiste logró su propósito: cuando el autobús arrancó, en la fila de coches quedó un espacio libre, como el que deja una muela. Enseguida fue ocupado por un Toyota.

Sólo encendió la radio cuando se incorporó a la carretera de Barcelona. De vez en cuando, el sol del atardecer lo obligaba a entornar los ojos. Manipuló el dial hasta encontrar una emisora que transmitía un informativo. Continuaban llegando refugiados sirios. Luego reprodujo el alud de declaraciones, un coro de voces que agotó su atención y le permitió concentrarse en la carretera. No se percató de lo que decía el locutor hasta que la noticia casi había terminado:

«...era buscado por las autoridades argelinas. Fuentes policiales creen que se trató de un ajuste de cuentas por un asunto de narcotráfico. Según esas mismas fuentes, el individuo que estaba internado y del que no se han vuelto a tener noticias escapó por minutos de ser asesinado en su cama del hospital, probablemente ayudado por algún compinche. Y ahora, los deportes...».

El dolor de cabeza le nublaba la vista cuando se detuvo en la primera gasolinera. Reprimió una arcada y se tomó tres ibuprofenos. Llenó el depósito y compró una gorra y unas gafas de sol baratas. De vuelta al coche, miró el reloj del salpicadero: hacía una hora y media que había abandonado la casa de la Guapa. Le quedaba media hora para poner tierra por medio. Eso, en el caso de que ella hubiera cumplido su parte del trato.

34

El hombre arrancó su Peugeot y se despidió agitando la mano.

—¡Hasta mañana, españoles!

Era el individuo que había hablado con ellos el día anterior. Al parecer, hacía lo mismo todos los días: ir hasta allí en coche con su familia, aparcar bajo los arganes y pasar el día tumbado en una manta, comiendo, durmiendo y mirando alrededor. En cuanto el sol comenzaba a ponerse, recogían todo, se subían al coche y regresaban a casa. Igual que el día anterior, fueron los últimos en marcharse.

—No tiene dinero para vacaciones —explicó el Saharaui, que había estado charlando con él, cuando ya sólo se veía la nube de polvo rojo que levantaba su coche—. Viene aquí para que su familia se divierta.

El Guapo miró el reloj: faltaban cinco minutos para las ocho. El sol se apagaba en el oeste y los grillos tomaban el relevo a las chicharras entre los matojos. Los mosquitos zumbaban en torno a las cabezas. Olía a tierra caliente.

—¡A ver, chicos! —dio unas palmadas—. Vamos a salir a encontrarnos con el Pocero. —Intentaba parecer relajado, pero la tensión en el cuello y el rápido parpadeo delataban su nerviosismo—. Conduce el Saharaui, nos deja con el Pocero y lleva a las chicas hasta la puerta del hotel. A partir de ese momento, tú —señaló a la Chata— coges el volante y os venís aquí. Y nos esperáis hasta que volvamos. Quedaos dentro del minibús. Si salís, que sea sólo para mear. ¿Entendido? Nosotros llegaremos hacia el amanecer, ¿vale?

—Vale —respondió obediente la Chata.

—Saharaui, tú coges un taxi en la puerta del hotel y le dices que te lleve hasta donde fuimos el otro día. ¿OK?

El Saharaui asintió.

—Te estaremos esperando allí, ¿OK?

—OK.

El Guapo volvió a dar varias palmadas.

—¡Venga, todos arriba!

El Saharaui encendió el motor y, de inmediato, el aire acondicionado comenzó a echar su aliento frío en la cabina. En el interior del minibús sólo se oía ese ruido y el del motor.

Los faros iluminaron la superficie desigual del camino de tierra hasta que se incorporaron a la carretera. Entonces cesaron los baches. La Yunque apretó la mano de su novio. La Chiquitina apoyaba la cabeza en el hombro del grandullón, que respiraba como una ballena varada. La Chata miraba entre los asientos del Saharaui y el Guapo sin prestar la menor atención al Chato, que contemplaba el reflejo de su rostro en la ventanilla. De vez en cuando se oía el choque de un insecto contra el parabrisas.

El Saharaui se detuvo junto a la Menara. A pesar de la hora, aún había bastantes vehículos aparcados, varios de ellos autobuses de turistas. Apagó los faros pero dejó el motor en marcha.

—Si quieres, voy a mirar si lo encuentro.

—Voy contigo —dijo el Guapo.

Durante el tiempo que estuvieron fuera, en la oscuridad del vehículo sólo se oyeron suspiros. El silencio hacía más penetrantes los olores a vegetación seca, a humedad del gran aljibe, a perfume de tomillo; más nítidos los colores del cielo rojo adornado por la luna, de las luces de los coches taladrando la penumbra, y más intensos los sonidos: el roce de las palmas sobre los altos troncos, los motores de los coches. La Chata se movió en su asiento.

—Ahí vienen —anunció.

Las puertas delanteras se abrieron y las luces de cabina se encendieron un momento, hasta que el Saharaui y el Guapo se sentaron y cerraron con sendos portazos. Estaban muy serios. El primero encendió las luces de cruce y metió la marcha atrás mientras el segundo se abrochaba el cinturón de seguridad.

—¿Estaba? —preguntó el Yunque.

El Guapo señaló un coche que pasaba ante ellos.

—Ahí lo tienes. Vamos tras él.

—¿Adónde nos lleva? —preguntó la Chata.

Nadie le respondió.

Una de las luces de posición traseras del Clio gris estaba fundida. Ese detalle le vino muy bien al Saharaui para seguirlo a través del tráfico nocturno. Al Pocero no parecía gustarle que el minibús se acercara a él: en cuanto se colocaba detrás, maniobraba para adelantar y poner uno o dos coches de por medio. No obstante, cuando un policía cortó el tráfico delante del minibús, se detuvo al otro lado de la calle y lo esperó hasta que se restableció la circulación.

En las afueras de la ciudad, el Clio salió de la carretera y enfiló un terreno anónimo en el que apenas se vislumbraban las masas oscuras de algunos matorrales y las siluetas de las palmeras contra el cielo negro. No había luz alguna en los alrededores.

El Saharaui condujo detrás de la nube de polvo que levantaba el coche hasta que éste se detuvo y apagó el motor. Oyeron una puerta cerrarse y enseguida apareció el Pocero ante los faros, como un fantasma, haciéndoles gestos imperativos para que los apagaran. El Saharaui obedeció y descendió. El hombre le dijo algo en árabe y entonces él volvió a subirse y apagó la luz de la cabina.

—Apagad también las luces ahí atrás —dijo—. Las chicas no bajéis. Huele mal.

El Guapo saltó a tierra. El Chato y el Chiquitín lo siguieron. El Yunque se levantó y abrió el bolso de su novia. El paquete alargado desapareció bajo su camisa. Aunque no los veía, sabía que los ojos de ella seguían sus movimientos en la oscuridad. Se inclinó y le dio un beso rápido en los labios. Bajó y cerró la puerta corredera.

—¡Joder, huele a mierda! —protestó la voz estridente del Chato—. ¿Qué hay aquí, un vertedero?

El Guapo se acercó al Saharaui.

—¿Y cómo coño vamos a trabajar sin luz?

—Hay luz en el maletero.

Se encendió una linterna.

Si el Saharaui y el Guapo se hubieran cruzado con el Pocero por la calle, no lo habrían reconocido. El hombre menudo vestido a la europea que habían visto en el Cafe de France era ahora un anciano cubierto con una chilaba a rayas que alguna vez debieron de ser verdes y marrones. En una mano llevaba la linterna; en la otra empuñaba un palo con el que azuzaba a un pequeño burro que tiraba de una carreta plana, cubierta con lo que parecían mantas y algunos higos chumbos.

Condujo la carreta hasta dejarla paralela al minibús. Apartó las mantas y las frutas y esperó.

—No es muy simpático, ¿eh? —comentó el Chato.

El Saharaui abrió el maletero y la luz de éste se encendió. El viejo comenzó a protestar, pero él le contestó de forma terminante y el tipo fue bajando el volumen de sus protestas hasta que terminaron por apagarse. Se introdujo en el habitáculo y comenzó a desenroscar las alcayatas. Al cabo de un rato, el viejo volvió a decir algo, imperativo.

—¿Qué dice? —preguntó el Guapo.

—Que me dé prisa.

El Guapo se volvió hacia él con los brazos en jarras.

—Tranquilo, amigo, ¿eh? Tranquilo. —Y escupió por el diente mellado.

El anciano estalló en una retahíla de palabras de indignación que parecía ir dirigida al saharaui para que la tradujera.

—¿Qué dice ahora? —volvió a preguntar el Guapo. Su voz era desafiante.

—Nada —respondió el Saharaui—. Ayúdame con esto. Así, con cuidado.

Depositaron en el suelo la plancha cóncava que ocultaba el doble fondo. El Guapo ordenó al Yunque y al Chato que se introdujeran en el maletero y fueran sacando las bombonas, las herramientas y los equipos. El Chiquitín los iba recogiendo y colocando en el carro, allí donde el viejo le indicaba golpeando con su vara.

Cuando terminaron de descargar, el Yunque y el Chato ayudaron al Saharaui a colocar el doble fondo. Mientras, el Pocero tapó la carreta con las mantas y colocó encima las frutas. Luego miró al Chiquitín y le dijo algo.

El Saharaui tradujo:

—Dice que estás enfermo del pecho.

El viejo añadió algo más y echó a andar.

—¿Qué ha dicho ahora? —preguntó el Chiquitín.

—Que no te va a venir bien la humedad de las alcantarillas.

El Pocero tiró bruscamente del ronzal, hizo girar al burro en un amplio círculo y echó a andar sin mirar atrás.

—Vosotros vais con él —dijo el Saharaui—. Yo dejo a las chicas y vuelvo.

—¿Aquí? —alzó la voz el Chato—. ¿Vas a volver aquí? ¡Pero si este tío ya se marcha!

—Yo sé adónde va. Está cerca. Os encuentro.

Cerró el portón y todo volvió a quedar a oscuras. Alrededor cantaban los grillos.

35

La Guapa se había maquillado y vestido con una blusa de manga larga para ocultar los moratones de las ligaduras, y con pantalones para que no se le vieran los de los tobillos. Hacía dos horas que esperaba a que volviera a sonar el interfono. Cuando lo hizo, se levantó y pulsó el botón.

—¿Quién es?

—Policía. ¿Nos abre, por favor?

Ella obedeció. Salió y esperó en el descansillo.

—¿Qué pasa ahora? —les espetó en cuanto los vio aparecer subiendo la escalera.

El más alto la miraba fijamente. Fue el otro quien habló:

—¿Podemos pasar?

Ella se hizo a un lado y extendió el brazo hacia su casa con ironía.

—¡Pasen, pasen! ¡Si desde ayer esto parece una comisaría!

El bajito se sentó en un sillón. El otro esperó a que ella se acomodara y se situó a su lado, bloqueando el camino hacia la puerta.

—Estuvo usted declarando en comisaría con un tal... —El bajito sacó un bloc del bolsillo trasero de su pantalón y comenzó a pasar las hojas—... Michel...

—Sí, Michel —lo interrumpió ella.

—¿Ha vuelto a verlo desde entonces?

A la Guapa se le endureció la expresión.

—Ni ganas. —Y añadió—: ¿Habéis borrado las fotos?

—Las fotos están en comisaría, no se preocupe por ellas. Ahora díganos qué hizo usted exactamente desde que salió del hospital. Piénselo bien. Tómese su tiempo. Necesitamos todos los detalles.

Respondió deprisa:

—Cogí un taxi, vine a casa, me duché, ordené un poco y me eché a dormir. Estuve durmiendo desde entonces hasta hace sólo unas horas.

—¿Qué hizo cuando se despertó?

—Pues desayuné, me volví a duchar, preparé la comida...

—¿No salió a la calle?

—No —su rostro expresó sorpresa.

—Pues llevamos dos horas llamando y nadie ha abierto la puerta.

Ella se llevó teatralmente una mano a la frente.

—¡Ayyy! Eso es por los cascos. Mi madre dice que me voy a quedar sorda por poner la música tan alta —sonrió—. Pero, como yo digo, si tuviera razón estaríamos todos sordos.

—Entonces, no salió de casa.

—No.

El bajito miró a su compañero, que asintió.

—El señor Michel... En comisaría declaró usted que conocía a un amigo de Michel. —Tenía una voz hermosa y grave—. Un tal Jean-Baptiste.

La Guapa puso los ojos en blanco.

—¡Joder! ¿Es que esto no se va a acabar nunca?

—¿Qué sabe de él?

Ella mostró las manos con las palmas hacia arriba y los miró alternativamente.

—¿Qué voy a saber? ¡Nada de nada! ¡No lo he visto en mi vida!

El pequeño levantó la voz, indignado:

—Oiga, señora, usted firmó en comisaría una declaración en la que afirmaba conocerlo.

La Guapa negó con la cabeza.

—Yo no firmé nada en comisaría.

—Bueno, lo firmara o no, lo dijo.

Ella lo miró a los ojos.

—Dije lo que hacía falta decir para que el hijo de puta de Michel no se fuera de rositas. Si hubiera tenido que decir que vi al rey jodiendo con una cabra, lo habría dicho.

—Pero sabía su nombre.

—No, hijo, no. Le oí decir ese nombre a Michel mientras esperaba fuera. Lo repetí porque supuse que era el de la foto.

—¿Y la historia de la medalla para el bebé?

—Lo mismo. Mira, yo a ese hombre no lo he visto en mi vida. —Hizo una mueca de dolor y apoyó una mano en el riñón al incorporarse—. Ustedes ya han terminado, ¿verdad?

36

Jean-Baptiste aparcó en un área de descanso de la autopista, a sólo cien kilómetros de la frontera francesa. Bostezó y apoyó la frente en el volante. Apagó el motor y hurgó en una de las bolsas. Sacó dos comprimidos de paracetamol y otros dos de ibuprofeno y los tragó con ayuda de una Coca-Cola.

Un poco más adelante estaban aparcados otros dos vehículos: una furgoneta y un turismo. No logró ver sus matrículas en la oscuridad. Echó el seguro, reclinó el respaldo de su asiento y cruzó las manos sobre el abdomen.

Permaneció así unos diez minutos. Empezaba a caer en el sueño cuando un portazo lo sobresaltó. Se incorporó y estuvo mirando alrededor hasta que, al abrirse la puerta de la furgoneta, se encendió la luz y por unos segundos pudo ver la silueta de un hombre entrando en ella.

Quitó el seguro y bajó del coche. La noche era suave y oscura y entre los matojos que crecían junto al arcén se oía el canto de los grillos. Orinó contra la oscuridad, escuchando el sonido de su propio pis contra la tierra. Volvía al BMW cuando el dolor estalló en su cabeza con tanta fuerza como si le hubieran reventado una botella en el cráneo.

Se apretó las sienes con las manos y cayó de rodillas. Varias arcadas lo sacudieron, hasta que vomitó la Coca-Cola. El corazón le latía tan fuerte que tenía la sensación de que iba a explotarle contra las costillas.

Al cabo de un rato logró apoyarse en el capó y levantarse. Dando tumbos, llegó hasta la portezuela y entró en el coche. Se dejó caer en el asiento, pero de nuevo volvió a llevarse las manos a la cabeza. Se incorporó, encendió el motor y puso el aire acondicionado al máximo. Acercó la cara a una rejilla y la mantuvo así.

Buscó a tientas las cajas de comprimidos y apartó dos más de cada uno. Se los metió en la boca, abrió otra Coca-Cola y la bebió a pequeños sorbos. Cuando la terminó, metió la lata bajo el asiento del copiloto.

Por la autopista pasaban como ráfagas los coches que iban a Francia. Comprobó que aún le quedaba medio depósito de combustible. Se inclinó hacia delante y enfocó todas las rejillas del aire acondicionado hacia él, enderezó el asiento y se abrochó el cinturón de seguridad. Encendió las luces y se incorporó a la autopista.

Una hora más tarde cruzaba la frontera. Para entonces ya llevaba doce comprimidos y cuatro Coca-Colas en el estómago. Tomó la dirección a Perpiñán.

La ciudad dormía: las calles estaban desiertas y la mayoría de los semáforos se limitaban a encender y apagar la luz ámbar para advertir a los conductores que circularan con precaución.

Tuvo que dar varias vueltas antes de encontrar una farmacia de guardia. Aparcó en doble fila y tocó el timbre. Un hombre de unos cincuenta años, ataviado con una bata blanca y con los ojos hinchados por el sueño, se acercó a la ventana blindada y abrió el interfono.

—*Bonsoir...*

Jean-Baptiste le preguntó dónde estaba el hospital más cercano. De mala gana, el tipo le indicó la dirección. Y añadió enojado:

—*Appelez le 112 pour vous renseigner la prochaine fois.*

Jean-Baptiste tomó la ruta que le había indicado. Tres manzanas más allá vio las primeras señales. Cuando llegó ante el edificio con la gran hache blanca sobre fondo azul, siguió de largo. Un par de calles más allá buscó aparcamiento, pero como no lo encontraba dejó el coche en una plaza reservada a discapacitados. Luego caminó torpemente hasta el hospital. La enfermera que estaba tras el mostrador lo miró de arriba abajo. Él se limitó a decir:

—*Ma tête...* —Se dejó caer en el suelo y cerró los ojos.

37

La Chata se sentó en el asiento que había dejado libre el Guapo. El minibús echó a rodar lentamente por el terreno polvoriento plagado de baches. Los faros subían y bajaban, dándoles la impresión de que se hallaban en un barco a merced de las olas.

El Saharaui rompió el silencio cuando se incorporaron a la carretera.

—Este coche es igual que todos, pero tienes que ir despacio. En las curvas, abrirte un poco más, porque es más largo, ¿comprendes?

La Chata asintió.

—Conduje una furgoneta durante un tiempo. Sé cómo se hace.

En la parte posterior, la Yunque y la Chiquitina permanecían calladas. El Saharaui levantó la voz al dirigirse a ellas.

—¿Estáis bien atrás, señoras? ¿Todo bien ahí?

—Sí, todo bien —respondió la Chiquitina con un hilo de voz.

Miró por el retrovisor al volver a hablar.

—Tranquilas. Todo va a ir bien, *inshalá*. Si hacéis bien todo esta noche, ningún problema. Todo está muy bien organizado. —Se tocó la sien con el índice—. Todo pensado.

—Con que volváis bien, es suficiente —dijo la Chiquitina—. Las joyas son lo de menos.

La Chata le respondió con ironía:

—En Madrid no pensabas lo mismo.

La Chiquitina no le hizo caso.

—Saharaui —dijo—, cuida bien de mi chico. Es muy grande, pero es como un niño y tiene los pulmones fatal.

—Claro, amiga, claro. No hay problema.

Circulaban ya por la zona iluminada de la ciudad. El minibús giró a la izquierda y enfiló la avenida que llevaba al hotel. Se detuvo a unos doscientos metros de él.

—¿Ves el hotel? —preguntó a la Chata—. ¿Sabes qué debes hacer ahora?

—Sí —respondió ella. Sacó un papel doblado del bolsillo trasero del vaquero y lo desplegó sobre el salpicadero—: Sigo la avenida del presidente Kennedy. Luego continúo derecho hasta la N8, en dirección a Esauira. Paso la farmacia, el mercado y el árbol bonito. Luego tengo que ir mirando las señales; cuando encuentre la que está doblada en la parte de arriba, busco la torrecilla de piedras y me meto en el campo. Sigo las rodadas de los coches y llego a los árboles.

El Saharaui asintió.

—Muy bien. Todo despacio. Hay luna, así que puedes ver bien. En los árboles apaga el motor, luces, todo. Sólo sales si no puedes quedarte. No lejos del minibús. Cualquier cosa, junto a la puerta, y volvéis a subir rápido, ¿eh?

—Sí, señor —contestó la Chata. Una farola iluminaba su cara sonriente.

El Saharaui bajó y ella ocupó su lugar ante el volante. La ayudó a ajustar el asiento y el retrovisor.

—¿Ahora está bien?

Ella asintió.

—Bueno, señoras —dijo él mirando hacia el fondo del vehículo—, buenas noches.

—Buenas noches —respondieron lúgubres la Yunque y la Chiquitina.

La Chata se giró en el asiento y abrió los brazos.

—Un abrazo, morito. —Con la boca pegada a su oreja, le susurró—: Tú y yo nos vamos a divertir un montón cuando vuelvas.

Se abrochó el cinturón de seguridad mientras él cerraba la puerta. El Saharaui se quedó plantado en la acera, observando cómo el minibús se separaba del bordillo y se alejaba por la avenida. Apenas había tráfico a esa hora.

Echó a andar en dirección contraria, mirando de vez en cuando por encima del hombro si venía un taxi en ese sentido. Divisó uno y levantó la mano. El viejo Peugeot se detuvo a su lado. Subió y le dio al conductor una dirección en árabe.

38

Caminaban en silencio. Sólo se oía el crujir de la tierra bajo las ruedas del carro: dos neumáticos unidos por un eje de hierro que sustentaba la estructura de madera sobre la que descansaban los equipos. De vez en cuando, el Pocero arreaba al burro con el palo. El estallido de la madera contra las ancas del animal les tranquilizaba porque les confirmaba que todo seguía su curso y que ellos, efectivamente, estaban avanzando hacia su objetivo.

El viejo no hablaba; sólo chascaba la lengua. Se comunicaba con el asno, pero no con ellos. Ni una sola vez volvió la vista para comprobar si le seguían, ni siquiera cuando el Chato pisó una boñiga y lanzó un juramento. Ellos veían delante su pequeña y oscura silueta, siempre pareja a la del animal. No tenían la menor idea de dónde se hallaban.

—*Salam aleikum.*

El viejo y el asno se detuvieron. Los demás se agacharon tras el carro. El Yunque empuñó el cuchillo. Durante unos segundos, todos se mantuvieron en tensión.

—Tranquilos, amigos. Soy yo.

El viejo murmuró algo y golpeó al burro con el palo. Hasta que el carro echó a andar, los otros no se atrevieron a incorporarse. El Yunque disimuló el cuchillo junto a la pernera del pantalón.

—Me cago en tu vida, Saharaui —susurró el Guapo—. Recuérdame que te dé una hostia por esto cuando terminemos.

La luna asomó por detrás de una nube y dejó ver los dientes blancos del recién llegado.

—Te dije que ya estaría aquí cuando llegarais.

—¿En dónde coño estamos?

—Junto a los huertos donde te traje. Mira: respira a izquierda. —Hizo una inspiración—. ¿Ves? Calor. Ahora respira a derecha. —Hizo otra inspiración—. ¿Ves? Fresco. Ahí están los huertos.

—Pregúntale al cabrón ese dónde coño tiene el otro coche.

El Saharaui apretó el paso hasta situarse al lado del Pocero. Todos vieron su silueta alargada ligeramente inclinada hacia la figura chaparra del viejo. Apenas les llegaban los susurros de ambos: amables los del Saharaui e irritados los del anciano.

El Saharaui se echó a reír.

—Dice que está aparcado junto a la alcantarilla. Que no le cabía encima del carro.

—Pregúntale cuánto falta para llegar allí.

El viejo hizo un gesto despectivo y dijo un par de palabras.

—¿Qué coño te ha dicho?

—Que nos avisará cuando lleguemos.

El Guapo extendió el brazo y agarró al Pocero de la capucha de la chilaba.

—Me cago en su...

El fuerte tirón hizo trastabillar al hombre. El Saharaui agarró el brazo del Guapo y se interpuso entre ambos.

—No, así no. Él nos está llevando. Sólo está un poco enfadado, ¿comprendes? Hay muchos viejos así. Es porque les duelen los huesos.

El Pocero y el burro se pararon. Entonces el hombre comenzó una larga e indignada perorata mientras agitaba el palo en el aire. El Yunque, el Chiquitín y el Chato se acercaron. El Saharaui intentaba aplacarlo en voz muy baja, haciendo gestos conciliadores. Cuando terminó de decir lo que tenía que decir, el viejo echó a andar y el burro fue tras él.

—¿Qué te ha dicho?

—Dice que si vuelves a tocarlo te parte el palo en la cabeza, y que sabe cómo hacer que el burro rebuzne muy fuerte y despierte a todo Marrakech.

El Guapo rió en voz baja.

—Tiene huevos, el jodido.

Siguieron caminando entre tinieblas hasta que el carro giró a la derecha y se detuvo. El Pocero se puso entonces frente al asno, agarró el ronzal con ambas manos y, caminando de espaldas, comenzó a descender una cuesta. Intentaba que el animal contuviera el carro, pero era demasiado pesado. El Chiquitín entendió lo que pasaba y, justo a tiempo, lo sujetó por atrás. El Guapo y el Saharaui corrieron a frenarlo desde delante.

Al final de la cuesta giraron a la izquierda y el carro se detuvo junto a un viejo Seat Toledo azul. El viejo caminó hasta el pie de lo que parecía un talud y recogió algo del suelo. Se apartó unos pasos, se agachó y enseguida se oyó un golpe de hierro contra hierro. Luego, un objeto pesado arrastrado por la tierra. Y la voz cortante del Pocero.

—¿Qué dice?

—La alcantarilla —susurró el Saharaui.

39

Cuando la enfermera entró en la habitación, Jean-Baptiste abrió los ojos.

—¿Qué hora es? —preguntó.

La enfermera consultó su reloj.

—Las cuatro y diez de la madrugada.

Él la observó mientras abría una cajita y sacaba de ella una ampolla. El ocupante de la cama contigua roncaba como si estuvieran estrangulándolo.

—¿Qué es eso? —Señaló la ampolla.

—Un calmante.

—Ya imagino —dijo él—. ¿Qué tipo de calmante?

Ella presionó el émbolo de la jeringuilla hasta que salieron expulsadas unas gotitas.

—Un opiáceo.

Observó a la enfermera mientras le clavaba la aguja en el brazo. Era rubia, de unos cuarenta años, delgada, de huesos finos y piel blanca. Tenía unos bonitos ojos pardos.

—¿Qué mira? —dijo ella.

—Es usted muy guapa.

—Me parece, señor, que no está usted en condiciones de ligar —presionó el pinchazo con un algodón impregnado en alcohol y lo sujetó con una tirita. Cuando recogía todo en una pequeña bandeja, él le preguntó:

—¿Puedo quedarme con el prospecto?

Ella dudó.

—Si intenta leer, le dolerá más la cabeza.

—Si eso pasa, lo dejaré. Necesito leer algo para poder dormirme. Es una costumbre que tengo desde pequeño.

La enfermera enarcó una ceja, sacó el prospecto de la caja y lo dejó sobre la mesilla. Al salir, cerró la puerta.

Él se levantó, lo cogió y leyó el nombre del medicamento. Fue al armario y lo guardó en el bolsillo trasero de su pantalón. Luego se acercó a su compañero, que había dejado de roncar, para comprobar que estaba dormido.

Entreabrió la puerta. La enfermera, que salía de otro cuarto, levantó la cabeza y lo vio. Se acercó rápidamente.

—Tiene un timbre para llamar si necesita algo —le dijo con sequedad.

—Es que no aguanto en la cama. Necesito caminar un poco, sólo hasta que me entre el sueño.

—Vuelva a su cama, señor.

Él juntó las manos en ademán de súplica.

—Sólo desde aquí hasta su puesto, ida y vuelta, despacito —pidió.

Ella se encogió de hombros y dio media vuelta.

—No voy a discutir con usted.

Jean-Baptiste echó a andar tras ella, arrastrando las zapatillas. Iba vestido con un pijama azul, abierto por la espalda, que le llegaba hasta las rodillas. Lo recogió por detrás con ambas manos para cubrirse el trasero.

La enfermera no levantó la vista la primera vez que él pasó ante el puesto de control. Consultaba unos papeles y tecleaba algo en el ordenador. La segunda vez que cruzó ante ella, atendía una llamada telefónica. Cuando volvió a pasar, estaba de nuevo enfrascada en el ordenador.

—Disculpe —la interrumpió; ella levantó los ojos pardos—, ¿ya han denunciado ustedes el robo de mi documentación o debo ir personalmente a la comisaría?

—Hemos pasado aviso a la policía. Supongo que vendrán por la mañana a cumplimentar los formularios.

Él asintió.

—¡Ah, mejor!

Sonó un timbre y se encendió un número en un panel empotrado en la pared. La mujer se levantó, anduvo hasta la mitad del pasillo y entró en una habitación. En cuanto desapareció, Jean-Baptiste pasó tras el mostrador y se introdujo en el botiquín. Recorrió con la mirada las medicinas acumuladas en los estantes. Tardó un poco en localizar las inyecciones. Cogió tres cajas. Las tenía en la mano y estaba a punto de hacerse con varias jeringuillas cuando oyó los pasos de la enfermera, que regresaba a su mesa. Empuñó unas tijeras abandonadas sobre una cajonera y esperó.

Los pasos se detuvieron un momento ante el control; a continuación, se alejaron. Jean-Baptiste salió del almacén, cruzó rápidamente el mostrador y volvió a arrastrar los pies en la misma dirección que había tomado ella. En las manos, a la espalda, llevaba las inyecciones y las jeringuillas.

La enfermera dio un respingo al salir del cuarto y encontrarlo casi a su lado.

—¿Dónde se había metido usted?

—Me confundí. Entré en aquella habitación —hizo un gesto vago hacia atrás con la cabeza— pensando que era la mía.

Ella abrió completamente la puerta, se apartó y señaló con el dedo el interior del cuarto.

—O se acuesta ahora mismo, señor, o llamo a seguridad.

—De acuerdo, de acuerdo —dijo al tiempo que pasaba ante ella sin darle la espalda—. ¡Menudo carácter!

La enfermera cerró la puerta y él pegó la oreja a la madera para cerciorarse de que se alejaba. Su compañero roncaba. Se quitó el pijama y se vistió. Guardó las inyecciones y las jeringas en los bolsillos y volvió a pegar la oreja a la puerta. Durante los treinta minutos siguientes, oyó sonar el timbre cuatro veces, pero en todas las ocasiones los pasos de la enfermera se acercaron a su lado del pasillo. La quinta vez tuvo más suerte: cuando percibió que el chirrido de las suelas de goma se alejaba, entreabrió la puerta. Vio a la mujer entrar en una habitación situada a unos treinta metros. Salió, cerró con cuidado y se escabulló por la escalera.

El recepcionista ni siquiera levantó la cabeza cuando pasó ante él. Alcanzó el exterior y sorteó las ambulancias aparcadas. Se caló la gorra. Se sentía ligero y sin dolor. Tomó la calle en la que había dejado el coche. Tenía una multa en el parabrisas. La arrugó y la tiró al suelo. Se sentó ante el volante, arrancó y comenzó a buscar una salida hacia París.

40

El Pocero y el Guapo descendieron por las oxidadas abrazaderas que, a modo de escalones, alguien había incrustado en la pared hacía mucho tiempo. El Guapo, al igual que el resto de los integrantes del grupo, se había puesto un mono azul encima de sus ropas y se había calzado unas botas de goma que le llegaban hasta las rodillas. En la cabeza llevaba un verdugo negro que sólo dejaba a la vista sus ojos, y en las manos, unos guantes de trabajo. El Pocero vestía su chilaba, con la capucha puesta, y unas viejas botas de plástico. Encendió su linterna, pero tuvo que darle tres golpes con la palma de la mano para que la luz parpadeante quedara fija. El resplandor amarillento mostró las paredes mohosas del túnel; en algunos puntos parecían estar vivas debido a los insectos que se movían por ellas huyendo de la claridad. Por el suelo corría un negro caudal de agua, orina y heces. El Guapo reprimió una arcada.

El Yunque bajó hasta la mitad de la escalerilla y se quedó allí, enganchado con un brazo a uno de los escalones en forma de grapas. Por la boca redonda de la alcantarilla apareció una bombona de oxígeno. La sujetó y la dejó en manos del Guapo. Enseguida llegó otra bombona.

Cuando descendieron el Chiquitín, el Chato y el Saharaui, en el suelo estaban ya las seis bombonas, los dos maletines de plástico con sendas lanzas térmicas, una batería de coche y un mazo de dos kilos.

—Huele que alimenta —bromeó el Chato con voz ahogada a través de la lana de su verdugo.

El Chiquitín se echó dos bombonas a la espalda y empuñó el mazo. Los demás cargaron una cada uno. El Saharaui llevaba además uno de los maletines y una visera de soldador; el otro maletín lo transportaba el Chato. El Yunque agarró la batería. Cada uno de ellos llevaba una mochila de lona.

El Guapo encendió su linterna y una luz azulada iluminó el túnel ante ellos; varias ratas salieron corriendo por el borde del agua. El viejo se volvió, iracundo, y tapó la luz con su mano fuerte y nudosa. El Guapo la apartó de un manotazo.

—¿Qué coño le pasa a éste ahora?

El Pocero y el Saharaui intercambiaron varias frases. El eco de sus palabras y las luces oscilantes daban un aire sobrenatural a la escena. El Saharaui se volvió.

—Dice que una luz tan fuerte puede verse por las rendijas de las alcantarillas. Que él nos dirá cuándo podemos encender las linternas.

—Pues que lo diga pero que no la toque.

El Guapo apagó la suya y se dirigió a los demás:

—A ver, los relojes: son ahora las dos y cuarto. ¿De acuerdo? Bien. Vamos a caminar todos en fila detrás de este cabrón. Primero tú —le dijo al Saharaui—, luego yo, detrás el Yunque, detrás el Chiquitín y cierra la marcha el Chato. ¿Entendido?

Se oyó un murmullo de asentimiento.

—Pues andando.

Echaron a andar por el borde del río pestilente. El túnel apenas se parecía a los de Madrid que tan bien conocía el Guapo, con sus aceras cementadas. Aquí los márgenes eran de un barro que se adhería a las botas y los obligaba a avanzar bastante más despacio de lo que habían previsto. En la oscuridad se oían ruidos: roces, chapoteos, chillidos. Y por encima de ellos, como un metrónomo, la respiración pesada del Chiquitín.

—No vayas tan deprisa —le dijo el Chato.

A medida que avanzaban, el caudal se iba haciendo más ancho. La corriente se deslizaba en sentido opuesto a ellos. El Pocero parecía caminar ajeno a los que le seguían. Su ritmo era rápido y obligaba a los demás, que iban cargados, a moverse al límite de sus fuerzas.

El Guapo miró su reloj: marcaba las tres menos cuarto. Tocó el hombro del Saharaui.

—Pregúntale cuánto queda.

El Saharaui habló con el viejo.

—Dice que la mitad.

—Dile que vamos a hacer un descanso.

El Saharaui se adelantó y le habló con mucho respeto. Los demás dedujeron de sus gestos lo que le estaba diciendo: se llevó las manos a los riñones, levantó una de sus botas y le señaló el ruido de succión del barro, como si despegara una ventosa, tiró de una de las cinchas que sujetaban las bombonas... El viejo siguió sus palabras con gesto suspicaz. Luego se encogió de hombros, murmuró algo y se alejó unos pasos, enfocando alrededor con su vieja linterna.

—¿Qué te ha dicho?

—Que sí, que vale.

—Pregúntale si ya podemos encender las linternas.

El Saharaui volvió a cruzar unas palabras con el anciano.

—Dice que sólo una y que no apuntes al techo.

El Guapo encendió su lámpara y enfocó a los demás. Se habían descolgado las bombonas de los hombros y las habían apoyado en el barro. El Chiquitín estaba doblado, tosiendo con las manos en las rodillas. Su verdugo estaba cubierto de babas blancas a la altura de la boca. Los demás jadeaban.

—Cinco minutos —dijo el Guapo casi sin aliento—. Ya deberíamos estar allí y sólo llevamos la mitad del camino. Si seguimos así, nos va a pillar el sol aquí dentro. Estiraos un poco y seguimos.

El Yunque tenía la mirada clavada unos metros más adelante. El viejo alumbraba con su linterna una aglomeración de ratas. Se retorcían como gusanos, unas encima de otras. El Pocero se agachó, recogió del suelo una piedra con las manos desnudas y la lanzó. Las ratas chillaron y saltaron a la corriente.

—Venga, vamos.

El Guapo cargó con la botella de oxígeno.

Reanudaron la marcha. Más adelante, el camino de barro se convirtió en una especie de acera de cemento muy rudimentaria que les permitía caminar más deprisa. A partir de un punto, las paredes y los techos estaban hechos de ladrillo.

El viejo se detuvo y chistó. Habló al Saharaui, que asintió, se volvió y se dirigió a los demás en susurros:

—Estamos debajo de la Yemáa El Fna. —Levantó el índice—. ¿Oís la fiesta?

En efecto, hasta ellos llegaba muy amortiguado un ruido de tambores, como un temblor de tierra lejano.

—Aquí hay sótanos de la policía. Cárceles de la comisaría. Donde meten a presos, ¿comprendes?

El Guapo asintió.

—Hay que callarse. Ningún ruido. Ahora apagar linternas, ¿eh?

El Guapo obedeció y la comitiva volvió a ponerse en marcha tras la luz tenue que manejaba el Pocero. Las paredes ya no rezumaban agua y la acera de cemento era un poco más ancha.

Diez minutos más tarde, el viejo se detuvo y golpeó el muro varias veces con la palma de la mano.

—Aquí —dijo, por primera vez en español—. Mucha luz.

—Dice que hay que encender las linternas. Es aquí.

—¿Éste es el muro del banco? —preguntó incrédulo el Guapo.

—Aquí —repitió el viejo, y volvió a palmear la pared como si fuera la grupa de su burro.

41

La Chata puso el freno de mano y apagó el motor. Alrededor del minibús se veían las siluetas negras de los arganes.

—Os he traído rápido, ¿eh?

La Chiquitina suspiró.

—¿Tú crees que ellos estarán bien?

La Chata se deslizó entre los dos asientos delanteros para reunirse con sus compañeras.

—Deja de preocuparte, mujer. Tú, pásame el agua —le dijo cortante a la Yunque.

—Búscala tú.

La luz de la luna no bastaba para iluminar sus rostros. La Chata tanteó hasta encontrar la botella de plástico. La Yunque miró su reloj luminoso.

—Ya deben de estar allí —murmuró.

—Tengo que mear —dijo la Chiquitina.

—Apaga la luz interior antes de abrir.

—¿Y qué hago? ¿Meo ahí mismo, en la puerta?

—Creo que podremos soportarlo —replicó la Chata con ironía.

—Este sitio da miedo. —La cabeza de la Yunque se recortó vagamente en la ventanilla—. Bajo contigo. No quiero volver a salir hasta que se haga de día.

La Chiquitina abrió la puerta corredera y en la cabina entró un poco más de claridad, pero también parecieron más próximas las siluetas negras de los árboles. Decenas de grillos cantaban a su alrededor.

—Joder, qué mal rollo, no sé si me va a salir.

La Yunque bajó tras ella.

—Mientras tú lo haces, yo vigilo. Luego vigilas tú.

Al poco rato oyó a su espalda el ruido de la orina de su compañera contra la tierra. Luego, mientras la Chiquitina se abrochaba el pantalón, se acuclilló ella.

La Chata se había descalzado y recostado sobre dos asientos cuando entraron y cerraron la puerta. Se la oía masticar.

—¿Qué comes? —preguntó la Chiquitina.

—Una chocolatina —contestó con la boca llena.

—Te va a dar sed —le advirtió la otra—. Estos asientos son muy estrechos —protestó, haciendo gemir el suyo—. No voy a pegar ojo.

—Ponte en uno de los de delante —propuso la Chata—, son reclinables.

—Ay, no, hija. Ahí estás rodeada de cristales transparentes por todas partes. Te puede ver cualquiera. Al menos éstos son tintados.

La Yunque se movió hacia la parte trasera del minibús, donde había tres asientos en línea.

—Yo me voy a dormir.

Una nube pasó sobre la luna y todo se tornó oscuro. La Chata encendió su móvil para mirar la hora. Se levantó, tanteó hasta que encontró una rebeca y volvió a deslizarse entre los asientos delanteros. Se sentó en el del conductor y se echó la rebeca sobre la cara.

Cuando despertó, seguía siendo noche cerrada. Apartó la chaqueta y encendió el móvil para ver la hora: las tres y siete. Intentó escudriñar el exterior, pero sólo se veían las sombras de los arganes. Se escurrió hasta donde roncaba la Chiquitina y volvió con varias servilletas de papel en la mano.

Abrió la puerta y descendió del minibús. Algunos grillos enmudecieron. Se bajó los pantalones y las bragas hasta las rodillas y se acuclilló. Estaba allí, acurrucada junto a la rueda del vehículo, cuando oyó las pisadas. Eran lentas y seguras y hacían crujir la tierra. Sonaban al otro lado del vehículo, avanzaban hacia la parte trasera. La Chata soltó las servilletas, se subió los pantalones de un tirón, saltó dentro del minibús como un gato y echó los seguros.

42

Jean-Baptiste hacía esfuerzos para mantenerse despierto. Las inyecciones habían sofocado su dolor de cabeza, pero a cambio le provocaban una especie de sopor. En dos ocasiones evitó salirse de la carretera con un volantazo en el último segundo. A la altura de Clermont l'Hérault se dio por vencido: se detuvo en una gasolinera para comprar una botella de litro y medio de Coca-Cola y dos bocadillos. En el bolsillo le quedaron un billete de veinte euros y varias monedas.

En uno de los surtidores repostaba un camión de cinco ejes. El camionero, que sostenía la manguera, era un tipo ancho y bajo, con la cabeza rapada. El Joyero se quitó la gorra y se acercó a él.

—Perdone, ¿va usted hacia París?

El individuo lo miró con recelo.

—¿Por qué?

—Me preguntaba si podría llevarme. Tengo que estar allí a las diez de la mañana y se me ha estropeado el coche...

El camionero desvió la vista hacia el marcador del surtidor, donde aumentaban a toda velocidad los litros y los euros.

—Mire, es ese de ahí.

Miró el coche.

—¿Qué le pasa?

Jean-Baptiste hizo un gesto de impotencia.

—Ha empezado a dar tirones. Yo creo que se ha gripado. Debe de perder aceite.

El hombre lo miró con desconfianza. El Joyero cayó en la cuenta de que había detectado un doble sentido en su última frase y se apresuró a añadir:

—Tengo que estar a las diez en el hospital para la sesión de quimioterapia.

El camionero extrajo la manguera y cerró el depósito.

—Yo sólo puedo acercarle hasta diez kilómetros de la ciudad.

Jean-Baptiste asintió con entusiasmo.

—Será suficiente. Desde allí podré llamar a un taxi.

El hombre miró hacia el BMW, que estaba aparcado en un costado.

—Tiene matrícula de España —constató.

El Joyero también miró hacia el vehículo.

—Sí, se lo compré hace seis meses a un español en Perpiñán. Creo que me timó.

El camionero meneó la cabeza.

—Ande, suba mientras voy pagando.

Cuando salió de la gasolinera y se instaló ante el volante, arrojó una chequera sobre el salpicadero.

—Cupones de gasolina de la empresa —comentó como de pasada—. Yo nunca llevo dinero encima.

Jean-Baptiste asintió:

—Buena decisión.

El camión salió de la gasolinera resoplando y gruñendo como un monstruo prehistórico y se incorporó a la autopista.

—Un hijo mío murió de cáncer —dijo el camionero. Las luces del salpicadero dibujaban visajes en su rostro—. De pulmón. Fumaba dos cajetillas diarias.

—Lo siento mucho.

El hombre se encogió de hombros.

—Fue culpa suya. Se murió por gilipollas. Anda que no le di hostias para quitarle el vicio. Pero luego se hizo mayor de edad y, ¡ja!, a ver quién le ponía la mano encima al hombrecito.

—¿Tiene más hijos?

—Una chica. Ésa no fuma, es más juiciosa. —Lo miró de soslayo—. ¿De qué es su cáncer?

—De hígado.

El hombre chascó la lengua.

—Ésos son jodidos. —Se volvió hacia él—. Pero no lo veo yo muy amarillo.

—No. Gracias a Dios, parece que me lo pillaron a tiempo. Lo que ocurre es que la quimio me deja machacado. Estoy todo el día dormitando, se me cierran los ojos. A veces estoy hablando con alguien y me quedo dormido.

—Oiga, si quiere dormir, duerma. No le digo que pase ahí detrás —señaló con un gesto la cama situada a sus espaldas, apenas tapada por una cortina— porque eso está hecho una leonera. Pero puede reclinar el asiento y echarse un sueñecito.

—Se lo agradezco mucho.

—Faltaría más.

43

El Chiquitín escupió en los guantes, los frotó, empuñó el mazo y lo descargó con toda su fuerza contra el muro. El estampido que produjo reverberó en los túneles oscuros. El Guapo se acercó para comprobar la muesca que había dejado, pero el Pocero lo interrumpió:

—La, la la! —gritó mientras movía la cabeza de un lado a otro.

Con la mano izquierda le arrebató el mazo al grandullón y se dirigió hacia la pared. Utilizando la pesada herramienta como puntero, dibujó en ella un cuadrado más arriba y a la derecha del lugar en el que había golpeado el Chiquitín.

—Dice que ésa es la pared del banco —tradujo el Saharaui.

El Pocero asintió y lanzó una retahíla iracunda. El Saharaui asintió.

—Dice que todos los golpes fuera del sitio que ha marcado no sirven para nada.

El Guapo asintió.

—Dale donde dice.

El gigante volvió a escupir en los guantes y golpeó en el centro de la zona señalada por el viejo. Lanzó otros dos golpes junto al primero. Varias esquirlas de ladrillo salieron disparadas hacia los lados.

El Guapo levantó una mano para que se detuviera, y rascó en la abolladura. Mostró el dedo enguantado untado en una especie de masa rosa hecha con trozos de ladrillo.

—Está húmedo. Sigue.

Quince minutos más tarde, el Chiquitín había logrado crear una depresión de unos diez centímetros de profundidad y medio metro de diámetro. El Pocero se acercó, la palpó y asintió.

El Chiquitín se levantó hasta la frente el verdugo, sucio de babas y mocos. Tenía la cara roja y empapada en sudor.

—Me ahogo con esto —dijo, y luego estalló en un estremecimiento de toses que cerró con un escupitajo en el agua.

A las tres y cuarto el hueco tenía unos veinte centímetros de profundidad y el diámetro de una palangana. El gigante se acuclilló y se apoyó en el mazo, tosiendo. Su pecho gemía como una puerta mal engrasada. El Pocero lo miró y meneó la cabeza con pesadumbre.

El Guapo le arrebató el mazo y comenzó a golpear. Sus impactos tenían menos fuerza, pero eran efectivos. Alcanzaban los bordes del lugar en el que el grandullón había concentrado sus golpes e iban haciendo saltar los trozos de ladrillo que su amigo había compactado. Al cabo de un rato le devolvió el mazo.

—Aquí —señaló el centro del boquete.

El Chiquitín levantó el mazo y lo descargó con rabia sobre el lugar indicado. Cuando lo retiró, quedó en el centro una abertura no mayor que una moneda. El Guapo se acercó e introdujo un dedo por ella.

—¡Ya casi estamos dentro! —exclamó—. Bájate el verdugo y golpea por aquí.

Cinco mazazos después, la abertura tenía ya el diámetro de un balón de fútbol. Un nuevo ataque de tos obligó al Chiquitín a doblarse. El Guapo introdujo su linterna por el boquete: el haz de luz iluminó el suelo de baldosas, las paredes desnudas y los armarios de hierro.

—Déjame probar un poco —pidió el Yunque.

A las cuatro menos cuarto convinieron en que el agujero era lo suficientemente grande para deslizarse dentro. El Saharaui fue el primero en arrastrarse a través de él. Se dirigió directamente a una cámara de seguridad instalada en el techo y la destrozó de dos martillazos, como si fuera un insecto. Dejó la linterna encendida en el suelo y fue recibiendo y ordenando en una esquina las bombonas de oxígeno, los maletines y la batería que le pasaron desde el exterior. Luego entraron el Yunque y el Guapo. Mientras armaba una lanza térmica, ellos iban colocando sus linternas para iluminar la escena. Los demás esperaban fuera, en el túnel.

—¿Por cuál vas a empezar? —preguntó el Yunque.

El Saharaui se acercó y enfocó la luz hacia los pesados armarios negros. Fue repasándolos con cuidado, atento al más mínimo relieve o juntura. También se detuvo a alumbrar las chapas, en las que figuraba su número de serie.

—Por éste —señaló el de la derecha.

El Guapo lo miró. En sus ojos no había rastro de simpatía.

—Ahora veremos si ha merecido la pena traerte.

44

—Yo no oigo nada —dijo la Yunque en tono seco. Intentó mirar a través de los cristales, pero la oscuridad hacía invisible al merodeador.

—Te juro que ahí fuera hay un tío —susurró la Chata.

La Chiquitina roncaba suavemente en su asiento.

—¿Y cómo sabes que es un tío? Puede ser un animal.

—Por los pasos. Los pasos de los tíos son largos, pasa un tiempo entre una pisada y la siguiente. Los animales tienen cuatro patas.

—Tú sabes mucho de tíos, desde luego, pero a lo mejor es una mujer.

—No, nosotras caminamos más deprisa.

—Joder, tía, yo no oigo nada.

—¿Qué podemos hacer?

—Siéntate al volante y pon el coche en marcha. Si hay alguien e intenta algo, salimos zumbando.

—¡Una mierda! ¡Yo no me siento ahí delante!

—¿Por qué no?

—Pues porque los cristales no son tintados y el tío puede verme desde fuera. Imagina que lanza una piedra contra el parabrisas...

—Pero ¿qué va a verte, si yo estoy a tu lado y no puedo verte la cara?

La Chata lanzó un grito ahogado:

—¡Mira!

—¿Dónde?

La Chata cogió la cabeza de la otra y la orientó en la oscuridad.

—¡Allí! ¿Lo ves?

En medio de la negrura exterior, a unos veinte metros del coche, se veía un punto rojo. De pronto el punto se elevó y se hizo más intenso. Luego se movió hacia abajo y quedó quieto.

—¡Está fumando! —dijo la Chata.

—¡Joder! ¿Nos piramos? —la voz de la Yunque había cambiado.

—¿Cómo nos vamos a pirar? ¿Y si vienen los chicos y no nos encuentran?

El punto rojo volvió a ascender y a adquirir mayor brillantez. Luego describió una amplia parábola y comenzó a agonizar en el suelo.

—Ha tirado el pitillo.

Se quedaron en silencio. En el interior de la cabina sólo se oían sus respiraciones agitadas y los ronquidos de la Chiquitina. Aguzando el oído, oyeron cantar a los grillos fuera.

La Chata sacó su móvil, se inclinó hasta introducirlo debajo de un asiento y cubrió la pantalla con el cuenco de su mano antes de encenderlo. Aun así, el resplandor sobresaltó a la Yunque.

—¿Qué coño haces?

La Chata volvió a sentarse.

—Son las tres y veinte. Ésos —susurró en referencia a los hombres— no volverán hasta las seis y media, como pronto.

—Pues nos toca vigilia.

La Chata suspiró.

—Aquí nos haría falta ahora el Saharaui.

La Yunque bufó.

—Pero ¿a ti qué te pasa? Ahí fuera puede haber un asesino y tú sólo piensas en follar. ¿Eres ninfómana o qué?

—¡Mira! —La Chata la interrumpió apretándole el brazo con fuerza—. ¡Acaba de encender otro pitillo!

314

45

—Alisalem Mohamed, alias Hubert, alias Le Cock, alias Jean-Baptiste. —El policía se apartó de la pantalla del ordenador para que su jefe pudiera ver bien la fotografía—. La enfermera lo ha identificado. Ahora se ha rapado la cabeza y tiene un gran hematoma aquí. —Se llevó la mano a la parte posterior del cráneo—. Pero ella afirma que es el mismo.

El comisario Petitjean se rascó la blanca coronilla.

—Tiene treinta y cuatro detenciones, todas anteriores al año 2002. Desde entonces, ni una multa de tráfico.

—¿Domicilio, familia, algo de lo que podamos tirar?

—Nada. No consta nada. Es como si se lo hubiese tragado la tierra hasta hoy.

—Envía la foto a través de Interpol, a ver si nos llega algo.

El comisario entró en el despacho, recogió su maletín y apagó la luz. Antes de marcharse, le dijo al agente de guardia, como todas las noches:

—Para cualquier cosa, estoy en el móvil.

Bajó al aparcamiento, se acomodó en su Renault Mégane y encendió el contacto. Miró el reloj del salpicadero: las cuatro y media de la madrugada. Masculló un taco y salió a la calle. Encendió la radio y sintonizó una emisora de música clásica. Por los altavoces salieron las delicadas notas del *Don Giovanni* de Mozart.

La música se interrumpió y en la pantalla apareció la palabra «Casa» junto a dos iconos de teléfono, uno rojo y otro verde. Pulsó el segundo.

—Cariño, ¿te ha pasado algo? —preguntó una voz femenina.

—Líos en la oficina —respondió—. Ya voy de camino.

—¿Te has dado cuenta de que son las cuatro y media de la madrugada?

—Sí, Chantal, me he dado cuenta —respondió, irritado—. Ya te dije que en verano la comisaría se queda con la mitad de personal.

Al otro lado de la línea se oyó un bostezo.

—Me he despertado, no estabas en cama, he mirado la hora y me he llevado un susto de muerte.

—Vuelve a meterte en la cama, anda.

—No armes mucho ruido cuando llegues.

—Vale.

—Un beso.

Cuando la comunicación se cortó, la pieza ya había concluido. Ahora un locutor presentaba la siguiente. Sabía por experiencia que las presentaciones de aquel locutor eran bastante más largas que las obras que las seguían, así que fue saltando de una emisora a otra, hasta que dio con Frank Sinatra interpretando *My Way*. En ese momento la radio volvió a interrumpirse y en la pantalla apareció la palabra «Oficina».

—¿Qué pasa? —preguntó en tono desabrido.

—Disculpe, comisario, he pensado que todavía no estaría dormido...

—¿Qué pasa? —repitió más enfadado.

—Hay una orden de búsqueda de los españoles contra un tal Jean-Baptiste, sin más. Y el retrato robot que adjuntan es clavado a nuestra fotografía de Alisalem Mohamed.

—¿Por qué lo buscan?

—Falsificación de documentos. Además, hace dos días hubo en Madrid un tiroteo relacionado con él. He buscado en Google y, por lo que he podido entender, un individuo fue a cargárselo al hospital donde estaba internado, pero él acababa de largarse sin permiso. Igual que aquí. El tiroteo terminó con el individuo muerto y dos agentes heridos. Los medios dicen que ha sido cosa de drogas.

—Voy para allá. —Puso el intermitente.

316

46

La cámara estaba alumbrada por cinco linternas. El Saharaui utilizó unas pinzas de arranque para conectar la batería con una pequeña plancha de metal. Con una goma unió la pistola a una bombona de oxígeno y presionó un par de veces el gatillo para comprobar que la válvula controlaba el paso del gas. Luego cogió uno de los tubos de un metro de longitud que había amontonados en la esquina más alejada de la pequeña habitación y lo enroscó en la pistola. Se bajó la careta de soldador y acercó el extremo del tubo a la plancha metálica. Fue como encender una mecha. La punta del haz de varillas de hierro enriquecido con silicio, de veinticinco milímetros de espesor, comenzó a echar chispas amarillas y anaranjadas. Cuando tocó con ella el armario blindado las chispas se multiplicaron y llenaron la estancia formando una gran flor, como si hubiera estallado una caja de fuegos artificiales. El Guapo se echó al suelo y se arrastró de vuelta a la alcantarilla.

En el lugar en que el tubo tocaba el armario, desde donde saltaban las chispas, se mantenía fijo un punto blanco de unos diez centímetros de diámetro que amarilleaba en los bordes. El olor a quemado lo inundó todo.

El Yunque le tocó un hombro al Guapo e intentó hacerse oír por encima del chirrido que producía el Saharaui.

—¡Como para encender ahí un pitillo, eh! ¡Debe de estar a más de cinco mil grados!

Detrás de ellos, el Pocero estiraba el cuello para mirar por el agujero.

La barra se había ido consumiendo hasta quedar reducida a unos veinte centímetros. El Saharaui cortó el paso de oxígeno y cesaron las chispas. Manipuló la pistola y dejó caer la barra sobrante. Tosió un par de veces y se levantó la careta.

—Necesito el agujero de la pared más grande. Para que salga el humo.

—¿Qué tal vas? —preguntó el Guapo.

—Bien.

Se inclinó y miró el punto del metal sobre el que había trabajado. Un boquete perfecto. Mientras a su espalda los martillazos del Chiquitín derribaban el muro, enroscó otro tubo a la pistola y lo prendió en la plancha de metal. La habitación se llenó otra vez de chispas que al atravesar el polvo que levantaba el Chiquitín parecían una lluvia de meteoritos cruzando la atmósfera.

Cuarenta minutos después, la puerta del primer armario mostraba una ventana donde antes había estado la cerradura. El Saharaui la abrió de un tirón y el Guapo y el Yunque entraron y fueron sacando las cajas que contenía y arrastrándolas hasta el agujero, donde las recibían el Chiquitín y el Chato. Cuando el Saharaui comenzó a trabajar en el segundo armario ya las habían retirado todas. Las reventaban con un escoplo y vaciaban el contenido en las mochilas a la luz de la única linterna que no estaban empleando para iluminar la habitación. El Pocero murmuraba para sí mientras los miraba hacer.

El Saharaui trabajó más deprisa con el segundo armario. Al cabo de media hora ya lo había reventado. De las veintidós cajas que contenía, sus compinches extrajeron joyas, pero también documentos y fajos de dinero en efectivo con los que llenaron otras dos mochilas.

El Guapo se asomó por el agujero.

—¡Date prisa, estamos haciendo mucho ruido!

El tercer armario era el del centro. El Saharaui conectó otra bombona de oxígeno antes de abordarlo. En esta ocasión trazó un círculo perfecto alrededor de la cerradura. Cuando cedió, se levantó la careta y leyó la numeración de las cajas que contenía. Todavía no había apagado el tubo, cuya punta chisporroteaba.

El Guapo lo apartó de un empellón y alargó la mano para tirar de una caja, pero el Saharaui giró el tubo y tocó el metal con la punta incandescente de la barra. Fue sólo un instante, pero el estallido de chispas asustó al Guapo, que retiró la mano como si se hubiera quemado.

—¡Cuidado, joder!

—Perdona, amigo. Yo te ayudo —dijo el Saharaui. Tiró de la caja, que cayó al suelo, la empujó con un pie para apartarla del armario y le dio la espalda al Guapo. De pie, tal como estaba, la abrió con la lanza térmica. Mientras los demás se apresuraban a sacar y abrir las demás cajas, él se agachó y rebuscó en el interior del recipiente plano y rectangular. Extrajo un pen drive y con un gesto rápido se lo guardó en la manga del mono, detrás del elástico que le ceñía la muñeca. Luego se levantó, apagó la lanza, cerró la bombona y desconectó la batería.

Cuando salió por el agujero, los demás ya habían llenado seis mochilas. El Guapo señaló la que quedaba en el suelo.

—Date prisa.

El Pocero se apresuró a abrir el camino de vuelta.

—*Yahla, yahla!* —decía.

47

La Guapa se despertó a las cuatro de la madrugada. Se llevó las manos a la tripa y se dobló sobre sí misma. Encorvada, fue al baño: estaba manchando. Se puso una compresa, se lavó la cara y se vistió. Fue a la habitación azul y recogió la bolsa que tenía preparada desde hacía un mes con las cosas para Eduardo: los pañales, las cremas, las colonias, el cepillito para el pelo, los patucos, las camisitas de batista... En otra maleta metió tres camisones, cuatro sujetadores y varias bragas. También un neceser con todas sus cremas. Llamó por teléfono a un taxi. Diez minutos más tarde sonó el interfono.

—Por favor, ¿podría ayudarme a bajar una maleta? —preguntó.

—Es que no puedo dejar el taxi solo, señora.

—Estoy a punto de dar a luz —gimió.

—¡Joder! Venga, abra.

La Guapa salió, cerró la puerta y se sentó en un escalón del rellano. Allí esperó, escuchando las pisadas del taxista en los escalones, cada vez más cercanas. Al final, el hombre apareció: debía de tener más de sesenta años y jadeaba por el esfuerzo.

—¿Cuál es la maleta? —preguntó directamente—. ¿Esa marrón?

Ella asintió, se levantó apoyándose en el pasamanos y recogió la bolsa para el bebé.

El taxista bajó delante, farfullando:

—No lo digo por usted, pero hay mucha gente que se cree que somos mozos de carga. Yo ya no tengo edad para andar trajinando peso. Me duele la espalda de estar todo el día sentado en el taxi. Cuando llego a casa, mi mujer tiene que darme friegas con bálsamo del tigre. En el aeropuerto, por ejemplo, la gente llega con su maleta de ruedas, yo abro el maletero y me quedo como una estatua. Que quede claro que no pienso levantarla. Si alguien se molesta, que se aguante. Y si no le gusta, que coja el siguiente coche. ¿Cómo va, señora? ¡No irá a mancharme el taxi!

Cuando llegaron a la puerta del hospital, la Guapa abrió la cartera para pagar; recordó que el Joyero se había llevado todo su dinero. No tenía un euro.

—¡Madre de Dios! — exclamó—. ¡No he cogido dinero antes de salir! ¿Puedo pagarle con tarjeta?

Al taxista le cambió la cara y dio un puñetazo al volante.

—¡Me cago en mis muertos! ¡No me joda que no tiene dinero!

La Guapa hizo un gesto de dolor.

—Mire, entre conmigo. A lo mejor hay un cajero dentro. O le dejo mi DNI, como prefiera.

—Toda la puta noche trabajando para que me salga con éstas. Mire, señora, me parece muy bien que esté usted de parto, pero yo no la he dejado embarazada y quiero los veinticuatro euros de la carrera. ¡No quiero el DNI de nadie ni tengo que ir a ningún cajero! Usted deja la maleta donde está y yo la espero aquí quince minutos. Si a los quince minutos no ha vuelto, me largo con la puta maleta.

Ella se bajó. Se volvió para coger el bolso azul de Eduardo, pero el taxista le puso una mano encima.

—Esto se queda aquí hasta que usted vuelva.

La Guapa echó a andar hacia la puerta del hospital. Caminaba con las manos sujetándose el vientre. Salió al cabo de diez minutos con unos billetes en la mano. El taxista no se bajó, sino que recogió los billetes a través de la ventanilla y desbloqueó el maletero, que se abrió una cuarta. Ella levantó la maleta y la dejó en el suelo. Luego abrió la puerta trasera y recogió la bolsa azul. Cerró de un portazo.

—¡Eh! —protestó el hombre.

—¡Ojalá te mates, gilipollas! —replicó ella, dándose la vuelta.

—¡La muy...! ¡Encima de que no te he cobrado la espera!

—¡Si estuviera aquí mi marido —gritó por encima del hombro—, te ibas a enterar, cabrón!

El tipo sacó medio cuerpo por la ventanilla.

—¿Tu marido? ¡A saber quién te ha hecho ese bombo, cacho guarra, que eres una guarra!

La Guapa lloraba cuando entró en el hospital. Un enfermero se apresuró hacia ella.

48

—Ahora se ha ido más a la derecha —susurró la Chata—. ¿Te has fijado en que no se acerca al autobús? Fuma como un carretero. Lleva ya medio paquete. ¿Qué hora es?

—Las cuatro y media en punto.

—Me estoy meando. Yo no aguanto hasta las seis ni de coña. ¿No tienes un táper o algo así?

La Yunque rebuscó en su mochila.

—Una bolsa de patatas fritas.

—¿Y cómo meo en una bolsa de patatas fritas?

—Pues como los enfermos en los hospitales.

—Los enfermos tienen una sonda.

—Joder, la pones debajo, la agarras por los bordes y meas. Es de las grandes.

La Chata cogió la bolsa a tientas y el papel de aluminio crujió en la oscuridad. Masculló un taco y se bajó los pantalones y las bragas. Se puso en cuclillas, cogió la bolsa y la sujetó bajo sus muslos.

—Oye, se sale todo. Qué asco.

La Yunque soltó una risita.

—Serás cochina...

—No me hagas reír, que es peor.

Cuando terminó, con los muslos y las manos mojados, se incorporó sosteniendo la bolsa. Aún tenía los pantalones en los tobillos.

—¿Y qué hago ahora con esto?

—Te abro la puerta, lo tiras fuera y vuelvo a cerrar.

—¡Pero estoy medio en pelotas!

—Si no te veo yo, que estoy a tu lado, nadie te va a ver.

La Yunque comprobó que las luces de la cabina estaban apagadas. Agarró la manija de la puerta y contó en voz baja:

—Una... Dos... ¡Tres!

El contenido de la bolsa las salpicó un poco debido a la fuerza con que fue lanzada. La Yunque cerró la puerta corredera inmediatamente y echó el seguro mientras la Chata se subía las bragas y los pantalones apresuradamente. Ambas se agazaparon intentando ver algo fuera.

Al cabo de unos segundos oyeron pasos acercándose a la puerta. Alguien removió la bolsa y se quedó un rato quieto. Los pasos se reanudaron y dieron una vuelta completa al minibús. Luego se alejaron.

—Joder, ahora me estoy meando yo de miedo —susurró la Yunque.

Ambas se rieron con la vista fija en los cristales oscuros. A unos veinte metros, una llama se encendió un momento. Apenas entrevieron una cara. En la oscuridad quedó suspendida la brasa de un cigarrillo.

—Lleva bigote —susurró la Chata.

—¿Cómo lo sabes?

—Se lo he visto cuando ha encendido el mechero.

La Chiquitina balbuceó algo incoherente.

—Y ésta sigue durmiendo, tan feliz. Ya verás cuando se lo contemos.

49

El comisario ordenó que la fotografía de Alisalem Mohamed fuera enviada a todas las prefecturas de policía de Francia. También puso en alerta a las patrullas de la zona y a los agentes de carreteras. Luego se tumbó en el sofá de su despacho, cruzó un brazo sobre la cara y se quedó dormido.

En la sala, el agente de guardia continuaba trasteando en el ordenador. De vez en cuando sonaba el teléfono. La mayoría de los que llamaban eran ciudadanos que denunciaban riñas o robos. Él trasladaba el aviso a los coches patrulla para que acudieran a los lugares donde se producían los incidentes. Lo hacía a través de una emisora instalada sobre su mesa, que no dejaba de transmitir los mensajes cruzados entre los patrulleros.

—Aquí comisaría de Clermont l'Hérault —anunció una voz metálica por el altavoz—. Me dicen los compañeros que un BMW con matrícula española lleva varias horas abandonado en una gasolinera de la autopista en dirección París. Cambio.

El agente empuñó el micrófono.

—No nos consta denuncia de robo de ningún coche con matrícula española. Cambio.

—Vale, vale. Os avisaba por si tuviera algo que ver con el tipo ese que estáis buscando. En el correo decíais que venía de España. Corto.

El agente se quedó un momento con el micrófono en la mano. Miró por encima del hombro: la luz del despacho del comisario seguía apagada.

—Clermont, Clermont, aquí Perpiñán, ¿estás a la escucha? Cambio.

Pasaron varios segundos hasta que la voz volvió a oírse:

—Aquí Clermont. Perpiñán, te escucho. Cambio.

—¿Habéis registrado el BMW? Cambio.

—No lo sé. Pregunto y te digo. Corto.

Al cabo de media hora el agente había apuntado en un folio la matrícula del BMW y el nombre de su propietario: José Manuel Romero. Pero también había anotado algo más importante. En el suelo, a los pies del asiento del copiloto, sus compañeros de Clermont l'Hérault habían hallado una caja y una ampolla vacías del mismo opiáceo que unas horas antes había sido sustraído del hospital. Y una jeringuilla usada.

Despertó a su jefe y le contó lo que había averiguado. El comisario se frotó los ojos enrojecidos.

—Pídales a los de Clermont que interroguen al personal de la gasolinera y revisen las grabaciones de seguridad de las últimas horas. Lo más probable es que haya convencido a alguien para que lo lleve en su coche.

Se acercó al mapa de la región desplegado en una pared de su despacho. De una cajita situada sobre su mesa cogió tres chinchetas. La primera, de cabeza amarilla, la clavó en Perpiñán. La segunda, también amarilla, en la autopista, a la altura de Clermont l'Hérault. La tercera, de cabeza roja, la hincó en París.

—Ya te estoy viendo la espalda, cabronazo —dijo.

Encendió el ordenador, abrió un documento nuevo y comenzó a redactar una solicitud de información a la policía española sobre el individuo al que ésta conocía como Jean-Baptiste. Empleó más de media hora en la tarea. En el texto recogió los datos fundamentales de la biografía de Alisalem Mohamed: nacido en 1950 en la ciudad de Tinduf, al suroeste de la entonces provincia francesa de Argelia; se instaló con sus padres en un suburbio de París en 1960; sus altas calificaciones le sirvieron para conseguir una beca y estudiar en la universidad; allí se enroló en un grupo de teatro y abandonó la carrera de Historia del Arte para dedicarse a la bohemia; en 1973 robó un coche y fue detenido por primera vez; en los veinte años siguientes fue detenido en treinta y dos ocasiones por delitos variados: estupefacientes, robo, falsificación de obras de arte, estafa...; a mediados de los noventa se vio envuelto en una rocambolesca historia de tráfico de armas en torno a un millonario saudí de la que salió increíblemente indemne. A partir de entonces comenzó a viajar a Argelia con tanta frecuencia que los servicios de inteligencia lo incluyeron en la lista de agentes del régimen de Argel en Francia. Además de a Argelia, viajaba a España, Marruecos, Egipto, Siria y Líbano, siempre en primera clase. Se alojaba en los mejores hoteles y era un habitual en las recepciones de la alta sociedad de esos países. Además del francés, dominaba el árabe, el español y el inglés. La última vez que un policía le puso la vista encima fue en 2002, cuando renovó su pasaporte. Entonces desapareció del mapa.

El comisario envió el correo y bostezó. El agente entró en su despacho sin llamar. Tenía el rostro arrebolado y cruzado por una sonrisa emocionada.

—Comisario, lo hemos encontrado: se subió a un camión que estaba repostando. Me dicen los compañeros que en el vídeo se ve perfectamente cómo convence al camionero para que lo lleve. Tenemos la marca, el modelo y la matrícula del vehículo. Y también la empresa a la que pertenece.

50

Con la capucha, el Pocero parecía un penitente de Semana Santa. En la mano llevaba su linterna de luz amarilla. Tras él caminaban los demás en procesión. Sólo se oían los chirridos de sus botas de goma y las toses del Chiquitín.

—Pregúntale a tu amigo si lleva encima las llaves del coche —susurró el Guapo al Saharaui—, no vayamos a tener un disgusto a última hora.

El viejo dijo algo despectivo y se golpeó el costado de la chilaba.

—Dice que las tiene en el bolsillo.

Cuando se terminó el camino de cemento y el lodo negro de la ribera comenzó a dificultar su avance, el Guapo los animó:

—Venga, hijos de puta, que lleváis encima seis millones de euros. ¡No vais a decirme que os pesan demasiado seis millones! El que esté cansado, que me dé su parte, hostia.

Llevaban los verdugos negros empapados de sudor y avanzaban ajenos a los millares de insectos que movían sus antenas en las paredes y en el techo, y a las ratas que se apartaban de su camino lanzándose al agua turbia. El Guapo miró su reloj: las cinco y cuarto.

Quince minutos más tarde el Pocero levantó una mano y se detuvo. Apuntó la linterna al suelo y miró hacia arriba. Estuvo así un buen rato, como si hubiera oído algo.

—¿Qué pasa? —preguntó la voz del Chato.

Nadie contestó. Sólo se oía la respiración alterada del grupo, como la de una rehala de perros.

El viejo le entregó la linterna al Saharaui y le indicó que continuara apuntando al suelo con ella. Cuando asió una de las abrazaderas y comenzó a ascender, comprendieron lo que ocurría.

—Estamos en la salida —musitó el Saharaui.

El Pocero levantó un extremo de la rejilla de hierro y espió el exterior. El canto de los grillos penetró en el túnel. Tras unos minutos de expectación, oyeron la tapa deslizarse sobre la tierra y los pies del viejo comenzaron a ascender por los escalones. Poco después, asomó la cabeza por el agujero y los animó a subir:

—*Yahla, yahla!*

El primero en hacerlo fue el Guapo, y el último, el Saharaui. El pen drive ya había pasado de su manga al bolsillo del pantalón. Se despojaron de los monos y de las botas, que sustituyeron por el calzado que habían dejado en el carro. Sólo el Guapo no lo hizo.

Pasó junto al Yunque, que le entregó el cuchillo. Se acercó al Pocero por detrás. El Chiquitín se movió hacia el Saharaui y el Chato recogió con disimulo una gran piedra del suelo.

Todo sucedió en un instante, como una coreografía largamente ensayada. El Guapo aprovechó que el viejo estaba inclinado recogiendo sus botas para clavarle el cuchillo en la base del cráneo. Con la mano izquierda le sujetó la cabeza mientras hundía y retorcía la hoja hasta que la punta de ésta apareció por la garganta. Antes de que el Saharaui pudiera dar un paso, el Chiquitín ya se había pegado a su espalda y lo había inmovilizado con un abrazo de oso. El pelirrojo se acercó, dispuesto a abrirle la cabeza con la piedra.

—¡Chato! —lo detuvo el Yunque.

El cuerpo del Pocero se convulsionó en el suelo hasta que el Guapo retiró el cuchillo. Estaba tan hundido que tuvo que apoyar la bota en la espalda del viejo para arrancárselo. En ese momento el Saharaui logró golpear con el codo derecho tres veces en las costillas del Chiquitín, hasta que éste aflojó la presa y pudo soltarse. Enfrente tenía al Guapo, que empuñaba el cuchillo; a su izquierda estaba el Chato, que sostenía la piedra. Se inclinó como un animal dispuesto a luchar.

—Saharaui, esto no va contigo. —El Guapo tenía la cara en tensión, llena de pelusas de lana negra que se habían desprendido del verdugo—. Te digo la verdad: somos cuatro y no tendríamos problema si quisiéramos matarte. Esto que ha pasado es algo que había que hacer.

El Saharaui mantenía el cuerpo ligeramente arqueado, los ojos alerta y las manos crispadas. Se balanceaba levemente mientras retrocedía para mantenerlos a todos en su campo de visión.

—¡Escúchame! —le gritó el Guapo—. En cuanto la policía descubra el butrón, lo primero que hará será hablar con los poceros. ¿Cuánto tiempo crees que habría tardado en cantar este tío? Eliminándolo, hemos roto el hilo que conducía hasta nosotros. Jean-Baptiste estará de acuerdo, no lo dudes. —Dio un paso al frente—: ¿Entiendes lo que te estoy diciendo?

El Saharaui no contestó.

—Tienes un minuto para decidir si sigues con nosotros o no. —Escupió por su diente mellado—. Un minuto.

El Saharaui fue bajando poco a poco los brazos, como si le costara un mundo hacerlo, al tiempo que se erguía lentamente. Dirigió la mirada hacia el cadáver del viejo: parecía un fardo tirado en el polvo.

El Chiquitín se acercó a él con los brazos abiertos y una sonrisa en el rostro.

—¡Amigo!

Se dejó abrazar por el gigante y palmear por el Yunque. Tenía el rostro desencajado y no apartaba la vista del Pocero, muerto.

—¡Chiquitín! ¡Chato! —llamó el Guapo—. ¡Quitad a ése de ahí! —Con un movimiento de cabeza señaló el cadáver.

El Chato soltó la piedra de mala gana. Ambos fueron hacia el cuerpo tirado en el suelo. El Chato registró sus ropas y le entregó un manojo de llaves al Guapo, quien se las lanzó al Yunque.

—Arranca la máquina.

Se despojó del mono y limpió el cuchillo en él. Luego lo tiró con las botas a la alcantarilla.

330

Mientras caminaba junto a él hacia el desvencijado Seat Toledo, el Saharaui miró por encima del hombro. El Chiquitín y el Chato arrojaban el cuerpo del viejo por el agujero.

El Guapo todavía respiraba agitadamente por el esfuerzo. Al llegar al coche le preguntó si estaba en condiciones de conducir. Él asintió y se sentó al volante. No tardaron en llegar los demás. El Chiquitín se instaló a su lado y los otros tres se apretaron en el asiento posterior.

La luz comenzaba a luchar con las tinieblas cuando el coche echó a andar lentamente.

—No sé si deberíamos haber matado al burro —dijo jocosamente el Chato—. Al fin y al cabo, también es un testigo.

51

—¿Ha hecho algún esfuerzo? —preguntó la doctora.

—Un poco. Bueno, bastante.

La médico se sentó a la mesa y tecleó en el ordenador.

—Debe mantener reposo absoluto durante siete días. Le voy a recetar unos comprimidos.

La Guapa se levantó de la camilla con cuidado. Estaba pálida; unas ojeras azuladas subrayaban sus bonitos ojos negros.

—Si vuelve a ocurrirle, llame a una ambulancia.

Cruzó el pasillo de urgencias y salió a la calle. Empezaba a alborear y los pájaros del jardín de enfrente trinaban enloquecidos. Hacía rato que los grillos se habían callado.

Echó a andar hacia la parada de taxis de la esquina. Un Mini Cooper rojo con el techo blanco se detuvo a su lado. Giró la cabeza y vio al volante a una joven rubia que la saludó con una gran sonrisa y agitando la mano. La rubia bajó la ventanilla del copiloto y se inclinó como si fuera a preguntarle una dirección.

—¿No te han ingresado?

La Guapa frunció el ceño.

—¿Qué?

La otra ensanchó la sonrisa y un par de hoyuelos aparecieron en sus mejillas.

—Perdona. Estaba en la sala de espera. ¿No me has visto? —La Guapa negó con la cabeza—. ¿Qué te han dicho? —le preguntó la rubia.

La Guapa se acarició la tripa.

—Una semana de reposo.

—Vaya. ¿Te acerco a algún sitio?

La Guapa miró hacia la parada de taxis y frunció el ceño.

—No sé —dijo—. ¿Hacia dónde vas?

Los hoyuelos volvieron a aparecer.

—Yo voy a Vallecas, pero te puedo dejar de camino.

—¿A Vallecas? —se asombró la Guapa—. ¡Allí voy yo!

—¡No me digas! Espera, que abro el maletero y te ayudo.

Mientras conducía, la rubia le contó que había acudido a urgencias por unas molestias en el apéndice que resultaron ser una acumulación de gases. También le dijo que era abogada y trabajaba en una ONG de ayuda a mujeres inmigrantes. Echó una rápida mirada a la tripa de la Guapa.

—¿Niño o niña?

—Niño.

—Me lo he imaginado. Por la bolsita azul.

La Guapa le explicó que estaba de siete meses y que el embarazo había ido perfectamente, pero que en los últimos días había sufrido mucho estrés y estaba preocupada por si eso pudiera afectar al bebé.

—Te entiendo muy bien —dijo la rubia—. Al despacho vienen muchas mujeres embarazadas en situaciones difíciles. Unas no tienen dinero, otras se sienten solas. Muchas de ellas ni siquiera saben si su pareja está viva o muerta. ¿Tú vives con tu pareja?

La Guapa le contestó que sí, pero que ahora él estaba de viaje de negocios en Marruecos.

—¡Marruecos! Yo he ido muchas veces enviada por la ONG. ¿En qué parte está?

—Viaja: Tánger, Marrakech... Rabat.

—¿A qué se dedica?

—Joyería.

—Estarás deseando que vuelva...

La Guapa asintió.

—Espero que esté aquí pasado mañana o el otro, no es seguro.

La rubia la interrumpió señalando a través del parabrisas.

—Mira, ya han abierto. En esa pastelería tienen unos bollitos estupendos. ¿A que no has desayunado?

La Guapa señaló su bolso.

—Es que he salido de casa sin dinero. Con las prisas...

—No te preocupes. Invito yo.

52

—Vaya sueño se ha echado —dijo el camionero—. Ha estado durmiendo durante cuatrocientos kilómetros.

Jean-Baptiste se frotó los ojos mientras bostezaba. Miró por la ventanilla y el sol naciente le obligó a cerrarlos.

—¿Dónde estamos?

—Todavía nos faltan trescientos kilómetros. Un poco más adelante hay un sitio que conozco. Vamos a hacer una paradita para cambiarle el agua al canario y desayunar.

—Me parece bien. —Tenía la voz pastosa.

El camionero lo miró de soslayo.

—Ha dormido pero que muy bien —dijo—. No he querido poner la radio para no despertarlo.

Tomaron una desviación que los llevó hasta un bar. Había otros tres camiones y varios turismos aparcados en la puerta.

Pidieron café y bocadillos. Cuando acabaron, el Joyero agitó su billete de veinte euros para llamar la atención de la camarera. La mujer lo cogió, fue a la caja registradora y dejó a su lado un platillo con dos euros y algunos céntimos.

—¿Pedimos otro? —el camionero se hurgaba los dientes con un palillo—. Ahora invito yo.

Jean-Baptiste lanzó una mirada al reloj de pulsera del otro.

—¿Qué hora es?

El camionero dobló su brazo velludo y alejó la muñeca para poder leer las manecillas.

—Las siete y diez. ¿A qué hora me ha dicho que tenía que estar en el hospital?

—A las diez en punto.

El camionero resopló y se levantó.

—Lo primero es lo primero.

Durante las dos horas y media siguientes, el camionero demostró ser un hombre hablador: le contó que se había casado dos veces. Una madrugada, cuando aún estaba con la primera mujer, salió con el camión para Perpiñán y se le averió a las afueras de París. Tuvo que dejarlo en el arcén e ir andando hasta el teléfono más cercano.

—Tres kilómetros caminando en plena nevada —dijo con indignación.

Se presentó un mecánico que, tras hurgar en el motor durante media hora, le comunicó que el problema era serio; sólo había podido hacerle un apaño para que llegara hasta un taller. El mismo mecánico le condujo hasta uno cercano, desde donde llamó a la empresa para que fuera otro a hacerse cargo del tráiler. Sin camión no tenía trabajo, así que paró un taxi y volvió a su casa.

—No tenía camión, estaba calado hasta los huesos. ¡Qué iba a hacer! —dijo, como si se disculpara por no haberse atenido al guión previsto—. Abro la puerta y mi mujer no está en la cocina, tampoco en la salita. Habrá salido a hacer la compra, pienso. Y entro al dormitorio para cambiarme. ¿Y qué me encuentro? —Dio una fuerte palmada en el salpicadero—. ¿Qué cree usted que me encuentro, eh? Estaban tan amartelados, tan calentitos debajo del edredón que yo había pagado a base de kilómetros y kilómetros conduciendo como un cabrón, que ni siquiera se dieron cuenta de que estaba en la puerta, mirándolos. ¡Estaba paralizado! Entonces el tío mueve la cabeza y nuestras miradas se cruzan. ¡Dio un bote que casi se estampó contra el techo! No me pregunte qué pasó a continuación, porque no me acuerdo: sé que hubo hostias porque cuando nos llevaron ante el juez mi mujer tenía la nariz rota y el tipo un ojo morado y la boca partida en dos, así —alzó el labio y mostró los incisivos superiores—, como un conejo. Yo di pero también recibí, porque tenía el cuerpo lleno de arañazos y golpes. Total: divorcio y un niño colgando. El mayor, del que le hablaba antes. El que murió de cáncer de pulmón.

Durante el proceso de divorcio conoció a la mujer del amante de su esposa, que a su vez se estaba divorciando. «Estaba para mojar pan», comentó. Se cayeron en gracia y se largaron a Andorra una semana para lamerse mutuamente las heridas.

—La primera noche llegamos a un hotel y pedí una habitación doble. Ella no protestó. Cuando entramos en el cuarto miró las dos camas y me preguntó: ¿Cuál prefieres? Yo le contesté rápido: «La misma que tú.»

Con su segunda esposa duró nueve años. Tuvieron una niña que, según él, era muy inteligente y juiciosa. Estudiaba Matemáticas en la universidad.

—Nos divorciamos porque ella se enamoró de otro. Discutíamos mucho, cada vez más. Un día me dijo: «Me he enamorado de Maurice.» Se me paró el corazón. Enseguida añadió: «No hemos hecho nada, pero nos queremos. No quiero ponerte los cuernos, por eso te pido el divorcio.» Total: segundo divorcio y una niña colgando.

El camionero comenzó a contar su tercera relación.

—Es maestra, diez años más joven que yo. Tiene la nariz un poco... —engarabitó el índice y lo acercó a la cara—... ganchuda, pero está buena. Aunque, mire, a mi edad uno ya no se fija tanto en esas cosas...

Estaban entrando en el cinturón de la ciudad. Sin previo aviso, echó el camión a un lado y se detuvo.

—Bueno, amigo, yo ahora me desvío hacia allí. —Señaló una calle que salía a la derecha—. Por esa rotonda de ahí enfrente pasan muchos taxis. —Le tendió la mano, dura como una piedra—. Bernard, me llamo Bernard. Ha sido un placer. Al principio no sabía qué pensar de usted, pero ha sido un placer.

El Joyero dejó que le estrujara la mano, le dio las gracias varias veces y, ya en la acera, observó alejarse el camión.

Estaba pálido y le temblaban las manos. Sacó del bolsillo su última inyección. Temblaba tanto que le resultaba imposible abrir la caja y extraer la ampolla. Tuvo que sentarse en el suelo y presionarse las sienes con fuerza. Apenas circulaban peatones por aquel polígono industrial, pero algunos conductores lo miraban con curiosidad. Al fin pudo inyectarse la dosis de opiáceo. Un rato después logró levantarse y comenzó a andar hacia una papelera para tirar el envase y la jeringuilla usados. Caminó unos pasos hacia ella, pero enseguida comenzó a desviarse del camino, en diagonal. Las rodillas le cedieron y luego se dejó caer de costado, lentamente.

53

La Chiquitina lanzó un último ronquido y entreabrió los ojos. La primera claridad del exterior comenzaba a filtrarse a través de los cristales ahumados del minibús. Intentó moverse e hizo un gesto de dolor. Alzó una mano y comenzó a masajearse el cuello. Entonces oyó a la Yunque.

—Se pira. Se está pirando.

—Lo veo, va hacia la carretera —confirmó la Chata.

La Chiquitina habló en medio de un bostezo:

—¿Ya estáis despiertas? ¿Qué hora es?

—Un tío ha estado espiándonos toda la noche —respondió la Yunque.

—¿Qué? —La Chiquitina se incorporó y se acercó a las sombras de sus amigas.

—Un tío. Mira hacia allí, ¿lo ves?

—Yo no veo nada.

—Ahora se marcha.

—Me estáis vacilando.

—No hemos pegado ojo en toda la noche —dijo la Chata.

—Pero ¿qué hora es? —insistió la Chiquitina.

—Las cinco y cuarto —respondió la Yunque.

—¿No deberían estar ya aquí los chicos?

Las otras no le hicieron caso.

—Hay una luz —dijo la Yunque.

La Chiquitina guiñó los ojos para intentar ver mejor.

—Eso sí lo veo.

—¿La habrá encendido él? —preguntó la Chata.

—¡No es una luz, son dos! —exclamó la Yunque—. ¡Es un coche!

—Ésos son los chicos —dijo la Chiquitina.

—O los amigos del que se ha pasado aquí toda la noche. Chata, ponte al volante y enciende el motor. Si son moros, nos piramos.

—¿Y dejamos tirados a los chicos? —protestó la Chiquitina.

Comenzó a sonar el himno de la Legión. La Yunque sacó el móvil del bolsillo.

—¿Dónde estáis?... ¡Son ellos!... ¡Que enciendas las luces para que puedan vernos!... ¡Ya! ¡Dicen que ya vale, que ya nos han visto! —La Yunque abrió la puerta del minibús. Salió al exterior y comenzó a agitar los brazos sobre la cabeza en dirección a las luces que se aproximaban cabeceando como la proa de un barco.

El Seat azul se detuvo junto a la puerta del maletero entre una nube de polvo. El primero en bajar fue el Guapo.

—¡Venga, Saharaui, abre el maletero!

La Yunque corrió a abrazar a su chico.

—¡Un tío ha estado espiándonos toda la noche!

—¿Qué?

—Desde las tres hasta ahora mismo. Estaba allí, fumando pitillo tras pitillo. Se ha ido justo un momento antes de que llegarais.

—¡Oye, Guapo! —llamó el Yunque—. ¿Has oído esto?

—Lo he oído. Razón de más para largarnos ya. ¡Venga, venga!

Al Chiquitín le costó bastante salir del asiento del copiloto; cuando lo logró, la suspensión del coche lanzó un quejido y la parte derecha se elevó varios centímetros. El Chato se dirigió sonriendo hacia su novia, el pelo rojo aplastado y revuelto; ella se dejó abrazar, pero enseguida lo apartó poniéndole una mano en el pecho.

—Apestas —lo miró con una mueca de desagrado—. ¿Qué tienes en la cara?

Él se tocó el rostro y se miró los dedos.

—Son pelusas del verdugo.

—Pues lávate en el río, parece una enfermedad.

El Saharaui apagó el Seat y se bajó para abrir la puerta del maletero. La Chata se acercó a él sonriendo.

—¿Sabes lo que nos ha pasado esta noche?

—¡Déjalo en paz! —ladró el Chato—. ¡Tiene trabajo que hacer!

La luz del maletero iluminó el rostro serio del Saharaui. También estaba lleno de pelusas negras. Aflojó las alcayatas y se volvió:

—Necesito ayuda.

El Guapo se introdujo en el receptáculo y entre ambos sacaron la plancha que ocultaba el doble fondo, ahora vacío. Metieron en él las cinco pesadas mochilas.

—¿Ahí están las joyas? —preguntó con emoción la Chiquitina.

—Y dinero y papeles —contestó su novio.

El Guapo y el Saharaui volvieron a colocar la chapa y apretaron las alcayatas. Cuando salieron, sudorosos, del maletero ya había amanecido.

—Las seis menos cuarto —dijo el Guapo.

Se acercaron al río y se lavaron la cara y las manos. Cuando volvieron, el Chato estaba ya sentado en el Seat. El Guapo se acercó a la ventanilla.

—Te pegas a nosotros, ¿entendido?

El pelirrojo asintió.

El Saharaui arrancó el minibús. El Guapo se sentó a su lado y la Chata se instaló en el asiento situado detrás del conductor. Los demás se distribuyeron por parejas. El Yunque cerró la puerta y gritó:

—¡Somos ricos!

Aplausos y gritos de júbilo celebraron sus palabras.

54

El Mini Cooper se detuvo frente a la casa de la Guapa. La rubia sacó el bolso que llevaba encajado entre el asiento y la puerta y rebuscó en él.

—Te voy a apuntar mi móvil y si necesitas algo, me llamas. —Pensó un momento y añadió—: ¡Qué tontería! Te hago una llamada perdida y ya lo tienes. ¿Cuál es tu número?

Mientras la Guapa lo recitaba, ella lo fue marcando. Inmediatamente comenzó a sonar el teléfono.

—Ya lo tienes. Llámame si necesitas algo —insistió.

La Guapa bajó del coche y sacó del maletero la bolsita azul y la maleta marrón.

—¿Puedes tú sola?

Ella dudó.

—No hay ascensor. Si me ayudaras con la maleta me harías un favor. Me han dicho que no cargue peso.

—Claro que sí. No te preocupes.

Cuando llegaron al descansillo, la Guapa sacó las llaves y abrió la puerta del piso. La rubia la ayudó a meter la maleta y cerró la puerta. Echó un vistazo a la salita.

—Lo tienes muy bonito —dijo.

—Está todo desordenado. Siéntate por ahí mientras me cambio. ¿Quieres un zumo? —le ofreció desde el pasillo. Sin esperar respuesta, añadió—: Tienes en la nevera. Sírvete tú misma.

La rubia entró en la cocina y abrió la nevera. En un estante de la puerta había un tetrabrik de zumo de naranja. Miró la fecha impresa en el envase: llevaba tres días caducado. Cogió dos vasos. Uno lo llenó con el líquido anaranjado. Abrió el bolso y sacó una cápsula verde y blanca. Rompió el plástico que la rodeaba y vertió su contenido en el vaso. Con el mango de un tenedor removió el zumo. Luego llenó a medias el otro vaso. Devolvió el tetrabrik a su sitio y llevó los dos vasos al salón. Colocó el que estaba casi vacío en la mesita baja, ante ella. El otro lo puso frente al sofá que quedaba libre.

La Guapa se había vestido con una especie de caftán morado y había sustituido los zapatos bajos por unas sandalias. Además, se había peinado.

Se sentó en el sofá y miró los vasos.

—¿Tú no tienes ganas?

La rubia sonrió.

—Me he bebido ya dos. Estaba muerta de sed.

La Guapa se encogió de hombros y dio un sorbo. En ese momento se oyó una canción de David Bisbal.

—Es mi móvil.

La rubia se puso en pie.

—No te preocupes, te lo traigo. ¿Dónde está?

La otra señaló la cómoda de la entrada y la rubia se lo acercó.

—Mi marido —le dijo la Guapa, con los ojos muy abiertos. Respondió—: ¡Hola, cariño!... ¿De verdad? ¿Ya está todo listo?... ¡Ay, qué alegría me das! ¡Qué bien, qué bien!... ¿Cuándo vuelves?... ¿Seguro?... Estoy deseando que llegues... Eduardo también. Esta noche me dieron unos retortijones en la tripa y tuve que ir al hospital... No, me dijo la doctora que una semana de reposo. ¡Claro que tengo cuidado!... No sabes cómo lo estoy deseando... Nada, estoy tomando un zumo con una amiga... Una amiga, sí, una amiga que he conocido en el hospital y me ha traído en su coche... No me hagas una escena ahora. —La mujer empezó a llorar—. Vale... Sí, es que estoy muy cansada y estoy deseando que vuelvas... Vale... Te quiero. Adiós.

—¿Cuándo vuelve? —preguntó la rubia.

—Llega pasado mañana.

—Me alegro por ti. ¿Le ha ido todo bien?

—Sí, dice que todo perfecto. —El vaso de zumo se le cayó de la mano.

55

El Guapo colgó el teléfono y observó de reojo al Saharaui, cuyo rostro parecía una máscara de tierra. Se había puesto las gafas oscuras para evitar los rayos horizontales del sol y se comportaba ante el volante con la fría precisión de un autómata.

Puso el intermitente y arrimó el minibús a la derecha, junto a una explanada de tierra en la que había una decena de coches aparcados.

—Aquí es —anunció secamente.

El Guapo saltó del vehículo y se dirigió hacia la parte trasera, donde esperaba el Chato en el Seat. Los coches que pasaban por la carretera no les prestaban atención.

—Apárcalo entre esos dos, el rojo y el verde. Ciérralo y tira las llaves por ahí. Date prisa.

El Chato obedeció y se apresuró a subirse al minibús. En cuanto cerró la puerta, el Guapo ordenó:

—Al hotel.

El Saharaui arrancó. En la cabina recibieron al pelirrojo con aplausos y gritos. Él hizo el signo de la victoria con dos dedos, chocó manos y repartió besos. La Chata deslizó su pequeña mano entre la chapa y el asiento del Saharaui y le acarició la cadera. Él no se movió.

El minibús se detuvo en el aparcamiento del hotel.

—Deja las llaves puestas —le ordenó el Guapo. Se volvió hacia atrás, donde los otros comenzaban a descender del vehículo—. ¡Chato! Tú te quedas aquí cuidando el cacharro. Dentro de seis horas te releva el Yunque.

—¿No lo ponemos a la sombra?

—Piensa un poco, Chato. Las joyas no son bombonas de oxígeno. No te acojones, que no van a explotar.

—¡Joder! ¿Por qué yo?

—Porque lo digo yo. Si tienes calor, pones el aire y duermes.

El Saharaui fue directamente a su habitación y colgó el cartel de «No molesten». Sacó el ordenador de la maleta y lo colocó sobre la mesita baja. Había un mensaje de A7%0*G^TER22″. Era muy breve. Cuando lo hubo desencriptado, leyó: «Mujer de G. bajo control. Contratiempo localizado en hospital de París.» Respondió de inmediato: «Amigo de aquí asesinado. Envío ahora. Necesito 24 horas más para llegar a punto encuentro. Reventaré operación.» Volvió a leerlo y eliminó la última frase. Lo encriptó y lo envió. Luego borró todos los correos, tanto recibidos como enviados.

Sacó el pen drive del bolsillo e introdujo el dispositivo en el puerto USB. En la pantalla aparecieron cinco carpetas. Una contenía una larga lista de movimientos bancarios. Otra, una colección de vídeos porno. La tercera, un fichero de texto con una clave de treinta y cuatro caracteres. Seleccionó la retahíla de cifras y letras y la copió en el portapapeles.

Abrió un programa de cliente de bitcoin y pegó en la pantalla gris la larga contraseña como nueva cuenta para administrar. Enseguida aparecieron una serie de datos. Lo único que le interesaba era el saldo que figuraba en el recuadro superior derecho: trescientos sesenta y dos mil bitcoins. Abrió otra ventana y comprobó la cotización de la moneda electrónica: en aquel momento rozaba los trescientos euros.

Volvió a la página anterior y tecleó durante un buen rato. Finalmente, se echó hacia atrás en la silla, levantó el índice de la mano derecha sobre su cabeza y murmuró:

—Ahí van ciento ocho millones de euros.

Dejó caer el índice y pulsó la tecla de enviar.

Guardó el ordenador en el fondo de la maleta y la cerró. Se desnudó y se metió en la ducha. Salió cubierto sólo por una toalla en torno a la cintura y se tumbó bocabajo en la cama. A los diez minutos estaba dormido.

Durmió como un perro: agitando las piernas y los brazos mientras murmuraba frases incoherentes. Cuando se despertó miró a su alrededor, desconcertado. El sol estaba ya bastante alto; calculó que serían las diez de la mañana. Oyó leves golpes en la puerta. Se levantó, volvió a atar la toalla en torno a su estrecha cintura y abrió.

Allí estaba la Chata, cubierta por un pareo azul que transparentaba el biquini que llevaba debajo. De su hombro colgaba un capazo.

—Estaba preocupada por ti —dijo, mirando la toalla—. No contestas los mensajes...

El Saharaui la cogió del brazo y, de un tirón, la metió en la habitación. El capazo cayó al suelo. La echó sobre la cama y le quitó el sujetador y las bragas. La Chata pareció sorprendida, pero sólo un momento: tenía el rostro arrebolado y respiraba deprisa. Se puso de rodillas en la colcha y le arrancó nerviosamente la toalla. Abrió mucho los ojos.

—¿Todo eso me vas a meter dentro?

56

La muñeca derecha del Joyero estaba esposada al cabecero de la cama del hospital. Dio varios tirones y buscó con la vista algo para reventar la cerradura, pero no encontró nada. Entonces descubrió que había otra persona en la habitación: el enfermo de la cama contigua lo miraba alarmado.

—Buenas tardes —dijo con una sonrisa—. Me llamo Jean-Baptiste. Me perdonará que no le dé la mano, pero es que alguien me la ha atado mientras dormía.

Su compañero de habitación asintió, cada vez más inquieto.

—Amigo, ¿sería tan amable de buscar por ahí un clip, una horquilla o algo similar para aflojar un poquito esta argolla? Se me va a gangrenar la mano.

El otro asintió. Se levantó, se puso las zapatillas y salió de la habitación sujetando su bolsa de orina. Al minuto volvió con un policía.

—Como me moleste, lo ato a la cama con esas correas —le advirtió el agente. De ambos lados del lecho colgaban unas correas blancas.

El otro enfermo se situó frente al policía y blandió su orina.

—¡Quiero que me cambien de habitación! —dijo con firmeza—. ¡Soy ciudadano francés, pago mis impuestos, me han operado y no tengo por qué estar en la misma habitación que un individuo peligroso!

El policía se encogió de hombros.

—Eso dígaselo al director del hospital.

—Yo también soy ciudadano francés y pago mis impuestos —intervino Jean-Baptiste—. ¿Puede decirme por qué me tienen aquí encadenado?

El agente lo miró con una sonrisa y sacó su teléfono.

—Soy yo —dijo—. Dile al jefe que ya se ha despertado.

A continuación se dirigió a Jean-Baptiste:

—Lo que usted pregunta se lo responderán mis jefes en cuanto lleguen. —Y señalando las correas, añadió antes de salir al pasillo—: Recuerde lo que le he dicho.

Un enfermero entró en la habitación. Cuando salió, el policía se dirigió a él:

—¿Sigue dando guerra?

—Le acabo de administrar un calmante que lo dejará K.O. un par de horas.

—Menos mal. Me muero por fumar un pitillo.

Al cabo de un rato entreabrió la puerta del cuarto. Jean-Baptiste roncaba y su compañero de habitación miraba con la boca abierta una película en el televisor atornillado en la pared. Cerró con sigilo y fue hasta el puesto de control.

—Tengo que salir un segundo —le dijo a la enfermera que estaba tras el mostrador—. No serán más de diez minutos. Mire, éste es mi número, por si pasa algo.

La enfermera recogió la tarjeta con sus dedos gordezuelos y asintió.

El agente bajó deprisa por las escaleras los seis pisos que lo separaban de la calle y salió a un pequeño patio en el que dos médicos apuraban sendos cigarrillos. Sacó su paquete de Gitanes, encendió un pitillo e inhaló el humo con placer.

Su móvil sonó cuando estaba dando las últimas caladas.

—¡Venga! ¡Hay tiros! —gritó histérica una mujer.

Subió los escalones de dos en dos. Cuando llegó a la sexta planta, empujó la puerta de metal e irrumpió en el caos: enfermeros y médicos corrían, gritando y llamando por teléfono. Entró en la habitación del Joyero: estaba esposado a la cama, con los ojos cerrados como si durmiera plácidamente. Cuatro agujeros de bala formaban una diagonal en su tronco. El primero en la clavícula izquierda, el segundo en el pulmón, el tercero en el corazón y el cuarto en el hígado. Los sanitarios que habían intentado reanimarle recogían su instrumental en silencio.

El policía descubrió entonces al compañero de habitación. Estaba agachado tras su cama. Sólo asomaban algunos cabellos blancos revueltos y unos ojos espantados. En el suelo había un gran charco de orina.

Se plantó junto a él en dos zancadas.

—¿Qué ha pasado?

El enfermo lo miró como si no comprendiera.

—¿Qué ha pasado? —Lo zarandeó.

—Entró un hombre —respondió, jadeando—... Me preguntó si yo era Jean-Baptiste... Le dije que no, que era él... Entonces sacó una pistola con el tubo ese... El silenciador... Me dijo que me volviera de espaldas... Pensé que me iba a matar. —Comenzó a sollozar—... Oí cuatro estampidos...

57

En su habitación, la Chata contempló la mancha de sangre en las bragas del biquini. Se quitó el sujetador y se miró al espejo. Tenía un mordisco en el cuello, varios chupetones en los pechos y en los brazos... Hasta en un pie tenía marcados los dientes del Saharaui. Se taponó el ano con un trozo de papel higiénico y frotó las bragas en el lavabo del cuarto de baño. Luego se quitó el papel, que estaba manchado de sangre, lo tiró al inodoro y se metió en la ducha. Tuvo que poner el agua casi fría, porque le escocía todo el cuerpo.

Volvió a taponarse el ano, aunque ya apenas manchaba. Abrió el armario y se puso una camisa del Chato, unas bragas oscuras y los pantalones vaqueros. Metió los pies en unos calcetines y puso el aire acondicionado al máximo. Antes de acostarse miró el reloj: las dos menos cuarto. Se cubrió hasta la barbilla y cerró los ojos.

Cuando quince minutos más tarde el Chato entró en la habitación, ella respiraba suavemente. El pelirrojo se desnudó y fue al baño. Vio el papel ensangrentado flotando en el agua del retrete y orinó encima de él. Tiró de la cadena de la cisterna y se metió en la ducha. Cuando se secó, se introdujo en la cama y la abrazó. Sorprendido, alzó el edredón y descubrió la camisa, los pantalones vaqueros y los calcetines. Volvió a cubrirla y acercó la boca a su oreja.

—¿Estás bien?

Ella murmuró algo y siguió durmiendo. Él se quedó bocarriba un rato, con las manos cruzadas en la nuca, mirando el techo. A los diez minutos estaba dormido.

Ya era de noche cuando se despertó. Se hallaba solo en la cama. Encendió la lámpara de la mesilla y miró el reloj: las diez y media de la noche. Cogió el móvil y llamó a su novia.

—¿Dónde estás?... ¿También están ahí todos los demás?... ¡Joder, qué huevos! Pillo un taxi y voy. Te llamo cuando llegue.

Se vistió y salió del hotel. Al pasar junto al minibús vio al Chiquitín sentado en el asiento del copiloto, con el rostro iluminado por la pantalla del iPad. Se acercó y dio en la puerta un golpe que hizo saltar al gigante en su asiento. Se llevó la mano al corazón, sonrió y bajó la ventanilla.

—¿Adónde vas?

—Con los otros. Están todos en la Yemáa El Fna.

—Menos el Saharaui —dijo el Chiquitín—. Se ha quedado en su habitación. Yo creo que está un poco cabreado.

El Chato frunció el entrecejo.

—Que le den. Si no está dispuesto a mojarse el culo, que no vaya a coger peces. ¿Hasta qué hora te toca?

—Hasta las dos. Luego te toca a ti.

—¿A mí otra vez? ¿Y el Guapo? ¿Y el Saharaui?

El grandullón tosió un par de veces y encendió un cigarrillo.

—El Guapo no hace guardia porque es el jefe. Y no quiere dejar al Saharaui solo en el autobús.

El Chato escupió en el suelo.

—Vaya mierda.

Tomó un taxi frente al hotel. Diez minutos después entraba en la medina. Había muchos policías en torno al hotel La Mamounia. También en la Yemáa El Fna. Circulaban en parejas entre el hormiguero de gente y los disparos de los flashes, con sus gorras de plato, sus camisas azul claro y sus correajes blancos. Sacó el teléfono y llamó a su novia, que le indicó dónde quedaba el restaurante en el que estaban cenando. Era un local bullicioso y asfixiante, lleno de turistas. Le había reservado un sitio en el extremo de la mesa más alejado de ella. Iba vestida con una blusa de manga larga y un pañuelo al cuello.

El Guapo y el Yunque estaban hablando en voz baja, cuando de pronto el primero hizo un gesto brusco.

—Pues si le pica que se rasque. Ya no lo necesitamos. Si mañana no está abajo a la hora, nos vamos sin él.

A su alrededor se cruzaban conversaciones en varios idiomas:

—*... trois cent kilomètres d'une route complètement ravagée...*

—*... she's such a beautiful girl...*

—*... significa Asamblea de los Muertos...*

—*... con un gregge di capre...*

El Chato alzó la vista hacia el televisor. No podía oír al locutor, pero en pantalla aparcció la fachada de un banco. Un rótulo al pie decía: «Vol de bijoux à Marrakech». No tenía ni idea de francés, pero supo al momento cuál era la noticia.

58

La alarma del teléfono móvil despertó al Saharaui. Se vistió y comprobó que no tenía mensajes nuevos en el ordenador. Con un pequeño destornillador, desmontó la carcasa y extrajo el disco duro. Lo abrió, lo ralló y lo rasgó, y perforó las delicadas láminas magnéticas que albergaban todos los datos. Volvió a encajar el disco duro en la carcasa y la cerró, de forma que el portátil parecía intacto. Lo dejó sobre la mesa baja.

Llamó al servicio de habitaciones y pidió una ensalada, un filete de ternera y un helado. Se recostó en la cama y encendió el televisor. Fue saltando de una cadena a otra en busca de noticias sobre el robo. Eran escasas y estaban censuradas para que el suceso pareciera una anécdota. Nada decían acerca del Pocero.

Un camarero se presentó empujando un carrito con la comida. Él apartó el ordenador de la mesa y lo dejó sobre la maleta abierta para que pudiera depositar los platos. Cuando hubo terminado su trabajo, lo despidió con una propina y cerró la puerta con pestillo.

Comió con determinación, mecánicamente. Cuando acabó, fue a baño y se cepilló los dientes. Se miró en el espejo: la barba comenzaba a despuntar tras dos días sin afeitarse. Desmontó el móvil y guardó las piezas en el bolsillo; se echó la mochila al hombro y salió.

No abandonó el hotel por la puerta principal, sino que atravesó la piscina y el jardín y salió por la del servicio a una calle de tierra mal iluminada. Echó a andar y al poco rato caminaba por callejones que olían a desperdicios en los que hurgaban los gatos. Rodeó las murallas y cruzó campo a través en dirección al noroeste.

Se detuvo en un oscuro palmeral situado en las afueras de la ciudad. Se desnudó y se ciñó la riñonera a la cintura. Encima se puso la vieja chilaba a rayas, se calzó las gastadas sandalias y las gafas de miope y echó a andar. Apenas recorridos unos metros volvió sobre sus pasos. Registró el pantalón y recuperó las piezas del móvil y las guardó en el bolsillo de la chilaba.

Caminaba campo a través, a la claridad de la luna menguante. De vez en cuando levantaba la vista y escrutaba las estrellas. Pasó cerca del pueblo de Jaidate. Varias veces tropezó y cayó de bruces y se hirió, pero aun así siguió adelante, bebiendo en las acequias y huyendo de los ladridos de los perros.

A las cuatro de la madrugada divisó la silueta solitaria de un argán en medio de un pedregal. Llegó hasta él, se sentó en el suelo y apoyó la espalda en el tronco. Estuvo mucho tiempo mirando las estrellas y escuchando los grillos. Luego se incorporó y limpió de piedras un espacio al pie del árbol. Se subió la capucha y se tumbó en la tierra, hecho un ovillo. Enseguida se quedó dormido.

59

Volvieron al hotel a las dos de la madrugada y encontraron al Chiquitín con los brazos cruzados sobre el volante y la cabeza apoyada en ellos. Incluso desde fuera del minibús se oían sus ronquidos. Bajó frotándose los ojos y cedió su asiento al Chato. Le ofreció su iPad, pero el pelirrojo dijo que estaba muerto de sueño y que se iba a echar a dormir en el asiento trasero.

La Chata se despidió en el pasillo. Cerró la puerta de su habitación y llamó al móvil del Saharaui: saltó una voz en árabe y en francés. Nadie respondió cuando levantó el teléfono de la mesilla de noche y marcó el número de su habitación. Comprobó sus sms: «Dond stas??? Ncesito verte urgnte!!!», el último que le había enviado desde el restaurante, tampoco había recibido respuesta. Salió de la habitación y pegó la oreja a la puerta del Saharaui. No se oía nada. Llamó varias veces con los nudillos, sin resultado.

De vuelta en su cuarto, se desnudó y se miró en el espejo. Se giró cuanto pudo y comprobó que también en la espalda tenía moratones y arañazos. Fue al baño, se agachó y retiró lentamente el papel higiénico con el que había taponado el ano: tenía sólo un puntito rojo. Lo arrojó al retrete y se sentó. Hizo una mueca de dolor que no abandonó su rostro hasta que se levantó y tiró de la cisterna. Se lavó en el bidé, se secó y se introdujo otro cuadrado de papel entre las nalgas.

Se puso unas bragas nuevas de color rojo, sus vaqueros y la camisa de su novio. Como el día anterior, cerró las pesadas cortinas, encendió el aire acondicionado al máximo y se metió en la cama.

El Chato llegó a las ocho de la mañana. La habitación estaba a oscuras. Sólo un rayo de luz que se filtraba entre las cortinas daba una pista de la hora que era.

Se desnudó y se metió en la cama. Extendió la mano y tocó la tela áspera de los vaqueros de la Chata, suspiró y volvió a cruzar las manos tras la nuca para esperar a que llegara el sueño.

La Chata se dio a vuelta y le puso una mano en el pecho. Inspiró y murmuró:

—Mmm... Hueles bien.

—Y sé todavía mejor —dijo él, tomándole la cabeza y acercándole la boca a su tetilla.

Ella se rió bajito.

—Vale —accedió con un bostezo—, pero no descorras las cortinas.

—Trato hecho —contestó él, antes de comenzar a desnudarla.

Dos minutos después, ella le mordió en el pecho y él gritó de dolor.

—¿Qué haces? —preguntó, frotándose con la mano donde le había hincado los dientes.

—¿No quieres jugar duro, vaquero? —lo desafió, al tiempo que le daba un fuerte pellizco en el brazo.

Durante la media hora siguiente, sólo se oyeron los gritos de la Chata: «Muérdeme ahí... Ah, así, así... ¡Más fuerte...! Aráñame... Clávame las uñas en la espalda, ¡fuerte...!». Cuando terminaron se quedaron en silencio. El sueño los venció enseguida.

El despertador sonó a las once. El Chato se incorporó, bostezó y dijo:

—Hay que hacer las maletas.

Ella se levantó y se encerró en el cuarto de baño. Se miró en el espejo: las nuevas heridas se mezclaban con las del Saharaui. Se duchó, se cubrió con el albornoz y salió del baño peinándose el pelo mojado.

—Me has dejado hecha un cristo —comentó.

Él se acercó, la abrazó y la besó en el cuello. Entonces vio los mordiscos.

—¡Joder! Pues sí que te he dejado bonito el cuello.

—El resto del cuerpo aún está peor. —Se abrió el albornoz y le mostró las huellas de pellizcos, mordiscos y arañazos.

El pelirrojo abrió mucho los ojos y juntó las manos en actitud de súplica.

—Perdón, perdón, cariño mío.

60

Lo despertaron unos pequeños objetos que caían sobre su cuerpo. Guiñó los ojos y apartó un poco la capucha. Un niño estaba en cuclillas a unos metros, mirándolo fijamente. Tenía el pelo rizado muy corto e iba descalzo. El Saharaui introdujo la mano en la chilaba y sacó las gafas de miope. Se las puso y volvió a mirar al niño, como si le resultaran imprescindibles para poder ver.

—Hola —dijo en dialecto marroquí.

—Hola —respondió muy serio el niño.

Seguían cayéndole cosas encima. Algunas eran ramitas, pero otras eran unas bolitas negras que identificó inmediatamente. Levantó la cabeza: sobre él, encaramadas en las ramas del árbol, había al menos quince cabras. Devoraban los frutos grasos y defecaban con la misma naturalidad que si estuvieran en el suelo.

Se puso en pie y se estiró para desentumecerse.

—Mi padre también hace eso por las mañanas —observó el niño.

—¿El qué?

—Estirar así los brazos al despertarse.

—Tu padre es un hombre sabio —mientras hablaba, el Saharaui miraba en torno. No había un alma en aquellos campos secos y pedregosos.

—¿Por qué duermes aquí? —preguntó el niño, y de un manotazo apartó las moscas que se cebaban con su cara.

—Voy de viaje y no encontré otro sitio mejor.

—¿Adónde vas?

—Lejos. ¿Sabes si pasa por aquí algún autobús que vaya a Beni Melal?

El chico asintió con la cabeza y señaló hacia el horizonte con el palo que llevaba en una mano.

—Allí —dijo—. A tres kilómetros.

—¿Hay algún pozo cerca para beber un poco de agua?

El niño negó con la cabeza, pero le ofreció la cantimplora que llevaba al hombro atada con un cordel. Era roja, de plástico, y en la base ponía «*Made in China*». El Saharaui bebió un solo trago y se la devolvió.

—Alá te lo premie —dijo. Luego se ató el turbante a la cabeza, cogió la mochila y echó a andar en la dirección que le había indicado el niño.

Encontró la carretera antes de lo que había previsto. Era una cinta de asfalto polvorienta y llena de baches. Se sentó al borde y contempló cómo el sol iba ablandando el alquitrán. Al cabo de dos horas apareció en la lejanía un autobús destartalado. Le hizo señas para que se detuviera y entregó al conductor un billete arrugado.

—A Beni Melal —dijo.

El conductor alisó el billete y le dijo que faltaban diez dírhams. El Saharaui introdujo la mano en el bolsillo y sacó un puñado de monedas que contó hasta que reunió la cantidad exacta. Al tiempo que el vehículo se ponía en marcha traqueteando, echó a andar por el pasillo saludando a los otros viajeros hasta que encontró dos asientos libres.

La mayoría de los ocupantes del autobús eran mujeres que portaban grandes cestos de mimbre con frutos para venderlos en el mercado. Había también ancianos, uno de los cuales sostenía un cordero sobre las rodillas como si fuera su hijo. Y un hombre que llevaba parte del motor de un Mercedes. Todos tenían la mirada perdida: sus cuerpos estaban en el autobús, pero sus mentes se hallaban en otros lugares.

El Saharaui sacó el móvil: el aparato, la batería y la tapa. Lo montó y lo encendió. En la parte superior izquierda apareció la palabra «Buscando...». No había cobertura. Lo volvió a desmontar y lo guardó en el bolsillo de la chilaba.

De vez en cuando, alguno de los pasajeros le decía al conductor que parase y el autobús se detenía en medio de la nada. Otras veces era una persona en la carretera la que lo hacía detenerse. Entonces el nuevo viajero se sentaba y, al igual que los demás, comenzaba a soñar con los ojos abiertos.

Tres horas después llegaron a Beni Melal. El autocar se detuvo con un temblor de latas viejas, como si hubiese reventado por el esfuerzo.

El Saharaui se dirigió al zoco. Por el camino montó y encendió otra vez el móvil. Allí sí había cobertura, y un torrente de campanillas le advirtió de las llamadas perdidas y los mensajes acumulados. Las llamadas eran del Guapo y de la Chata. Los treinta y dos mensajes eran todos de ella. El último decía: «Dice el Gapo q si no stas aquí a las dos nos vamos sin ti. Pr fvor llama!!!». Miró la hora: la una y media. Apagó el teléfono.

Tiró la mochila vacía en un bidón lleno de desperdicios. En un puesto del zoco compró unos pinchitos que devoró allí mismo. En otro comió una raja de melón. También pagó una botella de agua, que metió en la capucha de la chilaba. Luego anduvo merodeando por el laberinto de tenderetes hasta que halló lo que buscaba: un bastón que casi le llegaba hasta el hombro.

Se sentó en una plaza a la sombra de un naranjo y volvió a encender el móvil. Tenía un nuevo mensaje de la Chata: «Salims pa Tangr». Era de las dos y cuarto. El reloj del edificio que presidía la plaza marcaba las dos y media. Cruzó los pies y marcó un número de sólo tres cifras.

—Escuche —dijo en francés—. Es sobre el robo de joyas en Marrakech y no le voy a repetir el mensaje, así que apunte. ¿Tiene donde escribir?... Bien. Los ladrones son cuatro hombres y tres mujeres. Ahora mismo se dirigen desde Marrakech a Tánger en un pequeño autobús blanco con los costados pintados de colores. Las joyas están en un doble fondo en el maletero. Además, han asesinado a un hombre y lo han tirado a una alcantarilla. ¿Está apuntando? Bien... No le importa quién soy yo. Apunte la matrícula del vehículo...

61

—Es un moro de mierda —dijo el Guapo—, y los moros son distintos a nosotros. No son gente de fiar. Son traicioneros.

—No te habría costado nada esperar un par de horas.

El Guapo puso el intermitente para adelantar a un camión.

—¡Una mierda! —exclamó—. El tío desaparece durante más de veinticuatro horas, apaga el teléfono, no responde a los mensajes... Si quiere volver, sólo tiene que sacar un billete de autobús.

La Chata suspiró, se descalzó y colocó los pies en el salpicadero. El Guapo los miró de reojo y vio los mordiscos.

—¡Joder! ¿Eso te lo ha hecho el Chato?

—Sí, hijo, sí.

—No sé cómo tendrá la polla, pero los dientes los tiene bien afilados.

—Tengo la boca como un cocodrilo y la polla como un burro —presumió el pelirrojo, que había ocupado el asiento de detrás del conductor que había dejado libre su novia.

Al fondo, el Yunque le tomaba la lección al Chiquitín:

—¿Fue usted en su coche?

—No. Fui en el coche de un amigo.

—¿Cómo se llama ese amigo?

—José Manuel Romero.

La Chiquitina gritó desde atrás:

—¡¿Cuánto falta?! ¡Que me meo!

El Guapo meneó la cabeza con desesperación.

—Faltan cuatro horas, y nadie se va a bajar a mear.

Adelantó a otro camión y se situó detrás de un furgón azul. En la parte posterior estaba escrita en grandes letras blancas la palabra «Police».

—¡Joder, qué oportuno! —exclamó—. ¡Comportaos, que llevamos delante a la poli!

El Yunque y el Chiquitín se inclinaron para mirar por el parabrisas.

—Poneos los cinturones de seguridad. Y tú —le dijo a la Chata—, baja los pies de ahí.

El Chato pegó la cara a la ventanilla.

—Delante van otros dos furgones.

—Adelántalos —lo animó la Chata.

El Guapo negó con la cabeza.

—Yo de aquí no me muevo. Sólo falta que nos paren.

El furgón comenzó a reducir la velocidad poco a poco, hasta que la estabilizó en cincuenta kilómetros por hora. El Guapo hizo lo mismo.

—Vamos pisando huevos —dijo la Chata.

El Chato seguía con la mejilla pegada a la ventanilla.

—Pues los dos de delante van más deprisa. Están dejando a éste atrás.

—Será que va a tomar una salida. Por eso va más lento.

Los cuatro intermitentes del furgón se encendieron y un brazo robusto vestido de azul asomó por la ventanilla del conductor y comenzó a moverse de atrás hacia delante.

—Te está indicando que lo adelantes —dijo el pelirrojo.

—Ya lo veo.

El Guapo puso el intermitente, se desplazó al carril izquierdo y adelantó. Al pasar a su altura, la Chata miró al conductor.

—Qué tío más guapo —comentó.

El Guapo volvió al carril derecho y mantuvo el minibús por debajo de los ochenta kilómetros por hora para no alcanzar a los dos furgones que iban delante.

Entonces sucedió algo extraño. El vehículo que habían dejado atrás ocupó el centro de la calzada. Circulaba con una rueda en cada carril, bloqueando el paso a los coches que lo seguían. El brazo del conductor se movía ahora arriba y abajo, indicándoles que se detuvieran.

—Menos mal que hemos pasado —comentó el Guapo, mirando por el retrovisor.

Rápidamente, los dos furgones que iban delante se cruzaron en la autopista. El Guapo frenó. Volvió a mirar por el retrovisor y vio que el vehículo que iba detrás de ellos también se atravesaba en la carretera. Habían quedado entre dos barreras policiales. A su izquierda se levantaba la mediana de cemento que los separaba de los coches que circulaban en sentido contrario. A la derecha, un monte cortado en vertical.

El Guapo palideció. Se le había descolgado la mandíbula y parecía no entender lo que le decían sus compañeros.

—*Police!* —gritó alguien—. *Descendez de la voiture les mains en l'air et mettez-vous devant!*

—¿Qué coño dice? —balbuceó.

—*... les mains en l'air et mettez-vous devant!*

Varios agentes habían tomado ya posiciones y les apuntaban con sus armas.

—Creo que dicen que bajemos del autobús —se le quebró la voz a la Yunque.

—¡Ay, Dios mío! ¡Ay, Dios mío! —repetía la Chiquitina.

La Chata abrió la puerta y bajó descalza.

—¡No entiendo francés! —gritó.

Hubo unos segundos de silencio del lado de los policías. Una voz distinta, más grave, habló en español por el altavoz.

—¡Bajen ahora mismo con las manos en alto y sitúense delante del vehículo!

Fueron descendiendo y haciendo lo que se les ordenaba. A lo lejos se oía un concierto de bocinazos de los conductores que se habían quedado bloqueados por el furgón de atrás y que ignoraban lo que sucedía.

El Chiquitín bajó el último. Con las manos en alto, pasó por detrás de sus compañeros hasta quedar a su izquierda, junto a la mediana. De repente, saltó el muro. Se oyeron varios frenazos; si logró cruzar la carretera fue porque los coches que circulaban en sentido opuesto iban muy despacio para poder ver qué ocurría. Dos policías salieron corriendo tras él.

—¡Échense al suelo bocabajo! —repitió la voz grave.

Varios agentes se acercaron apuntándoles con sus armas y les esposaron las manos a la espalda. La Chiquitina llamaba a su novio a gritos:

—¡No lo matéis! —decía—. ¡Está enfermo!

La voz grave sonó ahora a su lado:

—¿Cuál es la llave del maletero?

Nadie respondió.

La voz dio una orden en árabe. Se oyeron dos tiros y la cerradura voló por los aires. Los agentes sacaron los equipajes y los arrojaron a la carretera. Uno de ellos se introdujo en el habitáculo y pasó la mano por las paredes. Le dijo algo a un compañero, que gritó en dirección a la barrera. Otro policía, con una metralleta colgada al hombro, llegó corriendo con unos alicates.

El que estaba dentro del maletero comenzó a extraer las alcayatas. El de la voz grave le preguntó algo y él asintió. Al cabo de un rato logró doblar la plancha de metal y empezó a sacar las mochilas. Un tipo con bigote que parecía el jefe se acercó y abrió dos de ellas. Se dio la vuelta, dijo algo y los demás se apresuraron a levantar del suelo a los detenidos. Empujándolos con los cañones de sus armas los hicieron subir a dos furgones: las mujeres a uno y los hombres al otro. En uno de ellos estaba ya el Chiquitín, sudoroso y esposado. Tosía como si fuera a reventar. El Guapo lo miró con estupor. El Yunque estaba pálido. Al Chato le temblaba todo el cuerpo, como si tuviera fiebre. Cuatro policías subieron para vigilarlos. Muy cerca oían los gritos de protesta de las mujeres. Alguien cerró las puertas y los furgones se pusieron en marcha haciendo sonar las sirenas.

62

El Saharaui se sentó en la silla del barbero y le pidió que le cortase el pelo al uno. Mientras le pasaba la maquinilla por la cabeza, se entretuvo hojeando un periódico escrito en árabe. La noticia del robo ocupaba un pequeño recuadro al pie de la portada y remitía a la página cuatro. Sólo contaba que habían desaparecido varias piezas de la exposición, pero nada decía del butrón en el banco.

El barbero le sacudió los hombros de la chilaba con un cepillo de limpiabotas y le colocó delante un espejito enmarcado en plástico rosa. Él se puso las gafas con parsimonia y contempló su rostro. El cráneo a la vista, la barba incipiente y el sudor y el polvo acumulados en la piel apenas permitían recordar al pulcro joven que había hecho el viaje desde Madrid hasta Marrakech. Asintió complacido, pagó y se cubrió la cabeza con el turbante.

En una callejuela compró dos naranjas grandes y las metió en la capucha, junto a la botella de agua. Más adelante adquirió un paquete de galletas, que fue a parar al mismo sitio. También regateó por una vieja alfombra de oración, que enrolló y se puso bajo el brazo.

Caminó sin prisa hasta la estación de autobuses. Se detuvo en una esquina, apoyado en su nuevo bastón, y observó el trasiego. No le interesaban tanto los viajeros que cargaban grandes bultos como las dos parejas de policías que se movían entre ellos. De vez en cuando paraban a una persona y le ordenaban que les mostrara lo que llevaba. La escena se repetía una y otra vez: hurgaban en sus pertenencias con la punta de la porra y le pedían la documentación. La examinaban y luego la agitaban en el aire con indignación. En dos ocasiones incluso la tiraron al suelo con desprecio. Todas las conversaciones terminaban con el infeliz deshaciéndose en disculpas y entregándoles un billete que desaparecía rápidamente en sus bolsillos. El Saharaui palpó su pasaporte marroquí, que había pasado de la riñonera al bolsillo de su albornoz.

Cruzó la calle y se puso a la cola para sacar un billete. Un solo hombre los despachaba para todos los autobuses. Sobre el mostrador tenía más de una decena de tacos de diferentes colores que manipulaba con la habilidad de un prestidigitador.

—Uno a Fez —pidió.

El empleado le indicó el precio y él depositó un billete en el mostrador. El individuo le dio el cambio e interrogó con un movimiento de cabeza al siguiente viajero.

—¿A qué hora sale? —le preguntó el Saharaui.

—Míralo en el tablón que hay ahí fuera.

A los diez minutos ya estaba instalado en su asiento. El autobús parecía un poco menos viejo que el anterior. Miró la hora en el reloj de la estación: las seis y media de la tarde. Hacia el oeste, el cielo comenzaba a rasgarse en violentos rojos, amarillos y violetas que anunciaban el final del día. Acomodó el bastón y la alfombrilla junto a la ventana y colocó en el regazo las otras cosas que había comprado. Se subió la capucha y cerró los ojos.

Tres horas y media más tarde se despertó. El vehículo se había detenido y un policía había subido a bordo. Miró por la ventanilla: era de noche, pero las luces del autocar permitían ver la barrera del control de carretera, las siluetas de los hombres y las metralletas que sujetaban con ambas manos.

El agente avanzaba por el pasillo pidiendo la documentación a los viajeros. Cuando se la entregaban, los miraba fijamente, cotejando su aspecto con el de la fotografía del documento. De vez en cuando les hacía alguna pregunta.

Cuando llegó a su altura, él ya tenía el pasaporte en la mano. El policía lo cogió con la punta de los dedos y le dio un par de vueltas antes de abrirlo, como si fuera un objeto sospechoso.

Luego lo miró con atención. Transcurrían los segundos y seguía pasando las hojas en blanco.

—¿Saharaui? —preguntó sin alzar la cabeza.

—Marroquí de El Aaiún —respondió él, tajante.

—¿Qué haces tan lejos de tu casa? —Seguía mirando el pasaporte.

—Voy a ver a mi hermano.

—¿Cómo se llama?

—Mulay Ahmed.

—¿Y qué hace en Fez?

—Trabaja en un hotel.

—¿En cuál?

—En el Palais Jamai.

El policía se dio unos golpecitos con el pasaporte en la palma de la mano. Pareció dudar. Finalmente se lo devolvió y siguió por el pasillo. El Saharaui se lo guardó: le temblaban tanto las manos que tardó en atinar con el bolsillo de la chilaba.

63

Un policía corpulento, con la cabeza calva como un huevo, se colocó frente al Guapo y lo señaló con el dedo.

—Tú —dijo.

El Guapo se levantó y lo siguió, con las manos esposadas a la espalda y escoltado por un agente armado. Su altanería había desaparecido.

Lo llevaron a un amplio y sucio sótano alumbrado sólo por una bombilla de baja potencia. La bombilla pendía sobre una silla de madera. Ante ella alguien había colocado una palangana amarilla mediada de agua. Cerca había una mesa metálica con una batería de la que salían cables con pequeñas pinzas.

Mientras dos guardias lo desnudaban a tirones, se apoderó de su cuerpo un temblor incontrolable.

De un empujón, lo hicieron sentar en la silla y le ordenaron meter los pies en la palangana. Un hombre vestido de paisano salió de la penumbra y se dirigió a la mesa. El Guapo lo miraba de reojo. Encendió la batería e hizo chocar dos pinzas. Sonó un chasquido y saltaron chispas. Apagó la batería y le enganchó las pinzas en el pecho.

—Yo se lo cuento todo —imploró—, no hace falta...

—¡Cállate! —ordenó el individuo corpulento. Inclinó la cabeza para encender un cigarrillo y la llama del mechero iluminó su rostro desde abajo, llenándolo de sombras extrañas.

El calvo cogió una silla y la arrastró hasta dejarla frente al Guapo. La giró y se sentó en ella a horcajadas, con los codos apoyados en el respaldo. Miró al detenido como si fuera un pato y estuviera decidiendo cómo cocinarlo. El humo del cigarrillo elaboraba complicadas espirales ante su rostro.

—¿Dónde está el pen drive? —preguntó.

El Guapo abrió aún más los ojos.

—¿El qué?

El tipo dio una calada al cigarrillo y se lo lanzó con los dedos pulgar y corazón contra el pecho. El pitillo rebotó y cayó en la palangana con un siseo.

—No sé nada de ningún pen drive. Nosotros robamos las joyas...

—Y un pen drive.

El Guapo negó vehementemente con la cabeza.

—No, no. Se equivoca.

—Estaba en una de las cajas de seguridad.

—No, señor. Todo lo que estaba en las cajas está en las mochilas que ustedes tienen. No había nada más.

—Y matasteis a un hombre.

—¡No fui yo!

—¿Dónde está el compinche vuestro que falta?

—¡El Saharaui! —exclamó el Guapo—. ¡Él cogió lo que usted dice que falta! ¡Abrió las cajas! Señor —añadió, suplicante—, déjeme que se lo cuente todo desde el principio. Por favor. Porque ni yo mismo entiendo lo que ha pasado...

Tres horas más tarde, los policías sacaron al Guapo del sótano para trasladarlo a una celda. Sólo llevaba puestos los pantalones. En el rellano, un grupo de mujeres policía se apartó para dejarlos pasar. Entre ellas iba la Chata, esposada. El Guapo tenía un ojo hinchado, varias quemaduras en el pecho y la cara cubierta de sangre y mocos. A la joven se le escapó un gemido. Él la miró con los ojos vidriosos y siguió subiendo escalones.

Cuando hicieron entrar a la Chata en el sótano, el hombre calvo hablaba en árabe con otro que parecía su antítesis: delgado, pálido, con gafas y de aspecto enfermizo. Mientras tanto, las guardianas la desnudaron y la obligaron a sentarse en la silla y a meter los pies tatuados en el barreño, donde flotaban varias colillas. Ella cerró los ojos y apretó los labios cuando el tipo de paisano le pinzó dos electrodos junto a los pezones magullados.

El hombre delgado se marchó. Una de las mujeres cerró la puerta de hierro tras él con estruendo.

El calvo volvió a sentarse a horcajadas en su silla. Encendió un cigarrillo mientras contemplaba el cuerpo blanco de la Chata, lleno de hematomas. Expulsó el humo y comenzó:

—¿Dónde está el pen drive?

Mientras los interrogatorios proseguían en los sótanos, el hombre pálido se sentó en su despacho ante el ordenador y comenzó a escribir una orden de busca y captura contra Haibala Ahmed Yadali, de treinta y dos años, nacido en El Aaiún... También envió a la policía española un oficio solicitando información sobre un tal Jean-Baptiste.

64

El Saharaui llegó a Fez a las once y media de la noche. Frente a la estación había una parada de taxis. Varios conductores conversaban y fumaban junto a los coches. Se acercó y les preguntó cuánto le cobrarían por llevarlo hasta Taza. No respondieron, así que él añadió que se trataba de una urgencia, que su madre había muerto y quería verla antes de que la enterraran.

Uno de los taxistas se separó del grupo.

—Eso está a ciento veinte kilómetros —dijo—, y tendrías que pagarme el viaje de vuelta.

—¿Cuánto?

—Además, es de noche —añadió el conductor, mirando al cielo, como si necesitara asegurarse—. Tendría que quedarme a dormir allí.

—No me cuentes lo que tendrías que hacer. Dime cuánto quieres y yo te diré si puedo pagarlo o no.

Los otros taxistas se incorporaron a la discusión. Tras quince minutos de regateo, se sentó en un viejo Mercedes con los asientos desfondados. En la parada se quedó protestando el tipo que quería que le pagara una noche de hotel. El coche arrancó dando tirones.

—Luego, cuando se caliente el motor, irá mejor. —El taxista le sonrió.

El Saharaui se echó la capucha sobre la cabeza.

—Si no te importa, voy a aprovechar para dormir.

—Espera. —El taxista extendió el brazo hacia el asiento trasero y le ofreció un cojín.

El Saharaui apoyó la cabeza en el cojín y éste en la ventanilla. Así, observando con los ojos entornados la carretera iluminada por los faros amarillos del coche, que no dejó de dar tirones, hizo el viaje en silencio.

Casi dos horas después, el taxista le sacudió el hombro para avisarle de que habían llegado. Él le dijo que lo dejara en la primera plaza iluminada que vio. Le pagó y desapareció por un callejón. Cuando el taxi se hubo marchado, regresó a la plaza y se sentó en un banco. Bebió agua y comió unas cuantas galletas y una naranja. Montó el móvil y comprobó que no tenía nuevas llamadas ni mensajes. Eran las dos de la madrugada cuando se puso en pie y, ayudado por su bastón, echó a andar hacia Oujda.

Hacía más de dos horas que había amanecido cuando oyó a su espalda el ruido de un autobús que se aproximaba. Levantó el bastón y el vehículo se detuvo. Compró un billete y se acomodó en un asiento del fondo, junto a un anciano jorobado que gemía de dolor cada vez que el vehículo pasaba por un bache. Durante las dos horas y media que duró el viaje permaneció con la cabeza inclinada hacia el pasillo, escrutando la carretera en busca de posibles controles de la policía.

A pesar de que iba sentado al fondo, fue de los primeros en bajar del autobús. Pasó por delante de un puesto de periódicos: anunciaban en grandes caracteres la detención de siete españoles y la recuperación del botín del banco de Marrakech. Compró uno de ellos: contaba el episodio de la autopista, pero nada mencionaba acerca del Pocero asesinado.

Echó a andar hacia el norte, hasta que la ciudad fue desintegrándose en suburbios, y éstos, en tierras baldías. Pronto aparecieron los primeros cultivos. No caminaba por la carretera, sino por el campo agostado. Avanzaba a largos pasos, que acortaba y espaciaba cuando divisaba a alguna persona. Vigilaba continuamente la carretera, situada a su derecha.

Jadeaba y estaba empapado en sudor cuando vio a lo lejos un tractor que salía de unos campos arrastrando un pequeño remolque. Debía de estar a un kilómetro. Corrió en diagonal para encontrarse con él. Cuando estuvo a unos cien metros introdujo dos dedos en la boca y lanzó un fuerte silbido. Luego agitó el bastón para llamar la atención del conductor.

El tractor se detuvo, aunque con el motor en marcha. Al volante iba un hombre de unos cincuenta años, quemado por el sol y vestido con una vieja camiseta azul sin mangas y unos zaragüelles descoloridos. En la cabeza llevaba un sombrero de paja roto. El Saharaui se acercó cojeando ostensiblemente.

—*Salam Aleikum!* —saludó.

Le explicó al hombre que venía andando desde Oujda para visitar a su hermano, que vivía en Chraga, y que se había torcido un tobillo.

—Yo no voy hasta Chraga —dijo el campesino—. Me desvío unos cinco kilómetros antes. No puedo llevarte más lejos.

El Saharaui le dio las gracias, subió al pequeño remolque y se tumbó. Nadie podría verlo a menos que se asomara dentro. La luz era cegadora; por la posición del sol calculó que serían cerca de las dos de la tarde. Se echó la capucha sobre los ojos y mantuvo el oído alerta. Estuvo pendiente de cada coche con el que se cruzaban y, sobre todo, de la voz del campesino. Tres veces saludó a lo largo del trayecto, y al Saharaui no le cupo duda de que cada uno de sus saludos iba dirigido a una patrulla militar distinta.

Al cabo de tres cuartos de hora, el tractor se detuvo y el hombre lo llamó. El Saharaui se incorporó con cautela. Unos doscientos metros atrás, dos soldados caminaban por el borde de la carretera con sus fusiles al hombro. Descendió del remolque y, cojeando, se acercó al conductor para darle las gracias. Éste le indicó la dirección de Chraga.

—Si tienes alguna duda —le aconsejó—, pregunta a los soldados. Hay muchos patrullando por aquí para vigilar la frontera.

El Saharaui le dio las gracias y volvió a atajar campo a través. La cojera había desaparecido. En dos ocasiones divisó parejas de soldados, y en ambas logró eludirlas. Cuando llegó al pueblo, se acuclilló a la sombra de una casa, montó el móvil y marcó un número.

—Ya —dijo.

Colgó y volvió a desmontarlo.

Desde donde estaba podía ver la estrecha pista de tierra que partía el pueblo en dos. Las casas de este lado estaban en Marruecos; las del otro, en Argelia. Un puñado de niños de ambos lados jugaban al fútbol en la pista. De repente, recogieron el balón: la mitad se colocaron del lado de Argelia, y la otra mitad retrocedieron hacia Marruecos. La explicación a la desbandada apareció pocos segundos más tarde: un todoterreno del ejército marroquí cruzó entre unos y otros. Quince minutos después, el episodio se repitió a la inversa: fue un vehículo del ejército argelino el que interrumpió el partido.

La puerta de la casa en la que apoyaba la espalda se abrió de repente. Una mujer se asomó y lanzó un cubo de agua sucia sobre el polvo de la calle. Sus miradas se cruzaron un instante. Ella cerró la puerta de golpe.

El Saharaui se levantó y se acercó a los niños, que habían reanudado su juego. Esperó mirándolos, sonriente, hasta que la pelota fue a parar a sus pies. Se descalzó, la cogió con ambas manos y la dejó caer sobre el empeine. Cuando llevaba treinta toques, los niños empezaron a lanzar exclamaciones de admiración. Cuando llegó a los cincuenta la golpeó más fuerte y la atrapó con ambas manos.

—¿Con qué equipo juego? —preguntó con una gran sonrisa.

Todos los muchachos levantaron la mano.

—¡Con nosotros, con nosotros!

Uno de los chicos interrumpió muy serio:

—¡Es marroquí y juega con los marroquíes!

Él les propuso jugar la mitad del partido con un equipo y la otra mitad con el contrario. Aunque los del lado marroquí protestaron, acabaron por ceder.

Cuando volvió a pasar un jeep marroquí, el Saharaui se colocó del lado argelino. Cuando apareció un jeep argelino, se colocó del lado marroquí.

Estuvieron jugando casi dos horas, hasta que en el lado argelino del pueblo apareció un todoterreno Toyota de color beis con las lunas tintadas.

—¡Adiós! —se despidió de los chicos el Saharaui.

Dio dos pasos y entró en Dragda, Argelia. Subió al jeep y el coche se lo llevó.

65

A las cuatro de la tarde, un policía sacó al Guapo de su celda, lo esposó y lo condujo a una sala angosta de la primera planta. Era una estancia pequeña pero limpia. Había en ella una mesa de despacho con una silla detrás. Del otro lado de la mesa, tres sillas más. El agente hizo sentar al Guapo en una de ellas y se quedó de pie tras él.

Diez minutos más tarde entró el calvo que lo había interrogado por la mañana. Pasó por su lado, se sentó ante la mesa y comenzó a hojear unos papeles sin decir palabra. Enseguida llamaron a la puerta.

—*Entrez!* —gritó.

Entraron Helena y Jordi. Ambos estaban esposados. Un pie de Jordi estaba calzado con un zapato náutico y el otro estaba enyesado hasta cerca de la rodilla. Al ver al Guapo, Helena comenzó a llorar en silencio.

—*Fill de puta!* —gritó Jordi, y se volvió hacia el calvo para decirle en francés—: ¡Éste es el cabrón que les dije! ¡Nosotros no tenemos nada que ver con este chorizo!

El calvo dio un palmetazo en la mesa.

—¡Cállese!

Jordi cerró la boca, pero se oía su respiración airada. Los policías obligaron a la pareja a sentarse en las dos sillas que quedaban libres.

El calvo se inclinó hacia delante y puso los codos sobre la mesa. Miró al Guapo.

—¿Cuál es su relación con estos dos?

Jordi empezó a decir algo, pero un policía le dio un pescozón.

—Nos conocimos en la aduana de Tánger —dijo el Guapo—. Se pegaron a nosotros porque temían que les robaran su coche nuevo. Vinieron al hotel El Minzah, pero todas las habitaciones estaban ocupadas, así que les cedí la mía y yo me fui a dormir con el Saharaui. Estuvieron allí dos días.

—Él dice que usted intentó violar a su mujer.

—¿Violar? —Giró la cabeza sorprendido hacia Helena.

La muchacha miraba al suelo y las lágrimas corrían por su rostro. La indignación pareció reanimar al Guapo.

—Lo que hice fue intentar ligar con ella, pero le dio un ataque de... ¿Cómo se dice? ¡Epilepsia! ¡Nunca intenté violarla! Puedo ser un ladrón, pero no voy por ahí violando a mujeres.

Jordi intentó hablar y recibió otro pescozón.

—Luego volvieron a encontrarse en Marrakech.

El Guapo asintió.

—Él estaba muy agresivo. Se acercó para darme una hostia y yo le di un pisotón.

—¡Me rompió el pie! —exclamó Jordi, señalando la escayola.

El teléfono que estaba sobre la mesa comenzó a sonar. El calvo miró la pantalla e hizo un gesto para que se llevaran a Helena y a Jordi, que se marchó cojeando y gritando que quería hablar con su embajada. El policía se levantó, cerró la puerta tras ellos y descolgó el auricular. Estuvo un buen rato hablando en árabe. Se sentó, se caló unas gafas y comenzó a tomar notas en un papel. Todavía siguió hablando varios minutos más antes de colgar. Respiró hondo y miró al Guapo por encima de las gafas.

—Quiero que entienda una cosa. Los interrogatorios no cesarán hasta que aparezca el pen drive.

66

El Saharaui salió de la ducha y sacó su uniforme del armario. No necesitó secarse, porque hacía tanto calor que las gotas de agua sobre su piel se evaporaron en menos de un minuto. Una vez vestido, comprobó la pistola y la introdujo en la cartuchera que llevaba en la axila izquierda.

El chófer, un negro de dos metros, ya lo esperaba al otro lado de la puerta. Se subieron al todoterreno Toyota; en cuanto el coche arrancó, el aire acondicionado comenzó a funcionar. Cruzaron lo que quedaba de la ciudad y salieron al desierto.

El negro conducía a una velocidad endiablada por las invisibles pistas de arena; los traseros de ambos permanecían tanto tiempo en los asientos como en el aire. A su paso, el coche iba dejando una nube de polvo parecida a la huella de un avión a reacción.

Dos horas después comenzaron a cruzarse con camiones que enarbolaban una bandera negra con la siguiente inscripción en letras blancas: «No hay más Dios que Alá. Mahoma es su profeta.» Algunos milicianos encaramados en ellos los saludaron agitando sus fusiles, pero el chófer no les prestó la menor atención.

A la entrada del campamento les dieron el alto. El negro bajó la ventanilla y cruzó unas palabras con el individuo embozado que mandaba la guardia. El tipo casi metió la cabeza dentro del coche para mirarlo.

—Se parece a alguien —dijo.

Se apartó del vehículo e hizo señas para que levantaran la barrera. El chófer arrancó derrapando y zigzagueó entre las tiendas de campaña y los edificios dañados. Frenó bruscamente ante una vieja escuela. En cuanto el Saharaui se bajó, aceleró y lo dejó envuelto en una nube de polvo.

Bajo el porche que daba acceso a la escuela, varios milicianos armados con kalashnikovs lo miraban con curiosidad. Se dirigió hacia ellos y pronunció su nombre.

—El jeque me espera —dijo.

Uno de los hombres entró en la escuela. Otro le hizo un gesto para que esperase con ellos a la sombra. Le hizo caso.

Diez minutos después salió el primer individuo y le hizo señas para que lo siguiera. El Saharaui echó a andar tras él por el antiguo patio de recreo, cubierto ahora por la arena. El hombre se detuvo ante la puerta de un aula, golpeó con los nudillos y se apartó.

Dentro reinaba la penumbra tan querida por los hombres del desierto. El jeque estaba sentado entre almohadones, con un ordenador portátil sobre las rodillas y un fusil automático a su lado. Vestía una fresca túnica y, como muchos de los árabes que habían combatido en Afganistán, se tocaba con un turbante con los extremos de la tela sueltos sobre la espalda. Su barba, larga y rizada, comenzaba a encanecer.

—Bienvenido, amigo mío. Adelante, pasa, pasa.

El Saharaui se quitó la gorra, se descalzó y cruzó humildemente encorvado el espacio que los separaba. Tras el rosario de saludos apenas murmurados, el jeque lo invitó a sentarse en el suelo, a sus pies.

—Has hecho un buen trabajo —dijo con voz paternal—. Hemos tenido que soportar algunas pérdidas, hacer algunos sacrificios, pero el objetivo ha sido alcanzado. Alá hace girar la rueda de la historia a nuestro favor. A partir de hoy Sus enemigos anegarán la tierra con sus lágrimas.

—Tu generosidad con mis errores es grande. No me perdono la muerte de nuestro amigo el Pocero.

El jeque dejó el portátil a un lado.

—Su hijo ya está aquí, con nosotros. Le mortifica recordar que mientras su padre era asesinado él estaba cuidando de la seguridad de las mujeres de los nazarenos. Pero entiende —se encogió de hombros— que hemos tomado cumplida venganza en la esposa de su jefe: «Si alguien os agrediera, agredidle en la medida que os agredió» —recitó—. Creo que le sentará bien hablar contigo. —Suspiró—. Todos cometemos errores. Lo que cuenta es el balance final. Y el tuyo es positivo.

—Gracias.

El jeque dio unas palmadas y un negro en el que el Saharaui no había reparado salió de las sombras.

—Tráenos unos dulces y prepáranos el té —ordenó.

El Saharaui introdujo la mano en su bolsillo.

—Te he traído un recuerdo —dijo. Abrió la palma de la mano y le ofreció un pen drive—. Es el que me llevé del banco. Aquí están guardadas las claves de la cuenta. Además, el impío tiene varias carpetas con documentos y vídeos pornográficos. Él sale en algunos con otros hombres.

El jeque miró con recelo el pequeño lápiz de memoria. El Saharaui lo depositó a su lado, sobre un cojín.

El negro colocó sobre la alfombra una bandeja con pastas, dos vasos y dos tetrabriks de zumo. En otra bandeja comenzó a preparar el té.

—Me dan un poco de miedo estos artilugios electrónicos. —El jeque cogió el pen drive entre el índice y el pulgar y se lo acercó a los ojos como si fuera un objeto digno de estudio. Se volvió hacia el negro—: En cuanto termines con el té, dile a Mati que traiga su portátil.

El criado sirvió dos pequeños vasos y les acercó la bandeja para que pudieran alcanzarlos. Luego salió de la habitación.

—Debes de estar cansado —dijo el jeque.

—Nada que no pueda remediarse con un poco de sueño.

El jeque asintió, sonriendo.

—Creo que a todos nos vendría bien que te alejaras de aquí durante unas semanas. El campamento está lleno de rumores sobre lo que has hecho. ¡Los hombres son más cotillas que las mujeres!

—¿Y adónde deseas que me retire?

El otro hizo un gesto amplio con la mano.

—Hay varios sitios en los que estarías protegido. —Alzó los ojos y recitó—: «Quienes creyeron y quienes dejaron sus hogares combatiendo esforzadamente por Alá pueden esperar la misericordia de Alá. Alá es indulgente, misericordioso.»

—«Matadles donde quiera que los encontréis» —replicó el Saharaui— «y expulsadles de donde os hayan expulsado. Soportar la persecución es peor que matar».

El negro entró seguido por un hombre esquelético que llevaba un ordenador bajo el brazo. El jeque le hizo señas para que se acercara y le entregó el pen drive.

—Mira a ver qué tiene dentro este chisme.

El recién llegado abrió su portátil e introdujo el dispositivo en un puerto USB. Tecleó un poco y dijo:

—Hay varias carpetas.

—Pues ábrelas.

—Mmm... La primera es una lista de números, parecen los movimientos de una cuenta bancaria. Esta otra también está llena de números... Habría que analizarlos. Ésta es de vídeos... ¡Son pornográficos!... ¡Y sale el impío!

El jeque dejó su vaso vacío sobre la alfombra y extendió las manos.

—Déjame ver.

67

Mohamed Abdelaziz cambió el canal del televisor con sus dedos peludos. Se dio la vuelta y miró a su dueño con sus ojos amarillos. Rió, dio una voltereta y huyó entre los coches.

El viejo guarda se levantó de su colchoneta y manipuló el mando a distancia. En el salto de canales, una imagen le hizo detenerse. Era una de esas tomas aéreas de guerra en las que se ven los objetivos estallando bajo un punto de mira en forma de cruz. «…uno de los principales líderes del Estado Islámico —decía en árabe la locutora— ha muerto en un bombardeo efectuado por la aviación saudí contra su cuartel general en Irak. Del ataque ha logrado escapar sin embargo este hombre —en la pantalla apareció un primer plano del Saharaui, sacado probablemente de una ficha policial—, Haibala Ahmed Yadali, que era buscado por la policía marroquí por su participación en el robo de joyas perpetrado hace sólo dos semanas en Marrakech.»

El viejo meneó la cabeza, apagó el televisor y guardó el mando bajo el colchón para que el mono no volviera a gastarle otra de sus bromas. Se recostó en los mugrientos cojines y cerró los ojos.

—Que Alá te guíe —murmuró—, que Alá te guíe.